ハヤカワ文庫 SF
〈SF1485〉

われはロボット

〔決定版〕

アイザック・アシモフ
小尾芙佐訳

I, ROBOT

by

Isaac Asimov

1950

目次

ロボット工学の三原則

第一条　ロボットは人間に危害を加えてはならない。また、その危険を看過することによって、人間に危害を及ぼしてはならない。

第二条　ロボットは人間にあたえられた命令に服従しなければならない。ただし、あたえられた命令が、第一条に反する場合は、この限りではない。

第三条　ロボットは、前掲第一条および第二条に反するおそれのないかぎり、自己をまもらなければならない。

――『ロボット工学ハンドブック』、第五十六版、西暦二〇五八年

われはロボット

〔決定版〕

序章

Introduction

わたしは数冊のノートを眺めた。どれも気にいらなかった。USロボット社で三日も費して作ったのに、家でエンサイクロペディア・テルリカでもひいていたほうがましなくらいだった。

スーザン・キャルヴィンは一九八二年の生まれというから、当年とって七十五歳である。それはだれでも知っている。とすればユナイテッド《U》・ステーツ《S》・ロボット&機械人間《メカニカルマン》株式会社はとうぜん創業七十五年ということになる。ローレンス・ロバートスンが、人類史上稀有《けう》な大産業にまで発展した一企業体の法人設立登記を完了したのはキャルヴィン博士が誕生した年だったからだ。これもまただれでも知っている。

二十歳のとき、スーザン・キャルヴィンは、心理数学の特別セミナーに参加した。このセミナーにおいてUSロボットのアルフレッド・ラニング博士は、発声装置をもつ最初の自力走行ロボットを公開した。それは大きくてぶかっこうな、美しいとはいえないロボットで、機械油の臭いがして、さきざき水星の鉱山計画に使用される予定だった——とはいうものの、まともに喋ることができた。

スーザンはそのセミナーではまったく発言せず、そのあとの熱狂的な討論にも加わらなかった。冷たい感じの、地味な目だたない娘で、気にくわない世界に対して、仮面のような表情と異常に発達した知能で自らを守った。だが観察し、耳をかたむけるうちに、彼女はぞくぞくするような感激をおぼえていた。

二〇〇三年、コロンビア大学で学士号をとり、大学院でサイバネティックスのコースをとった。

二十世紀中葉の〈電子計算機〉のめざましい進歩も、ロバートスンとその陽電子頭脳回路によってすべてくつがえされた。何マイルにもおよぶリレーや光電管は、人間の脳髄ほどの大きさのスポンジ状プラチナイリジウムの合金に道をゆずった。

彼女は、〈陽電子頭脳〉における未定数を決定するのに必要なパラメーターを計算することを学んだ、あたえられた刺激に対する反応が正確に予測できる〈頭脳〉をノートの上に作りだすために。

二〇〇八年、博士号を取得すると、〈ロボ心理学者〉としてUSロボット社に入社し、新しいサイエンスの最初の偉大な専従者となった。ローレンス・ロバートスンはそのとき、まだ社長の地位にあり、アルフレッド・ラニングはすでに、研究所の所長になっていた。

五十年の間、彼女は人間の進歩の方向が変わり――大きく跳躍するさまを見守ってきた。

そしていまその地位を去ろうとしている――もしできるならば。少なくとも自分の古びたオフィスのドアに他人の名札をさしこむことを許そうとしている。

これが、わたしの知りえた概略である。女史が発表した論文のリスト、女史の名で申請された特許のリストなども入手した。昇進の年譜も入手した――つまり女史の職業上の履歴はつぶさに知ることができた。

だがそれはわたしの望んでいるものではなかった。

《インタープラネタリ・プレス》に掲載する特別読物のためにはもっと知りたかった。もっとたくさんのことが。

わたしは女史にそう言った。

「キャルヴィン博士」とできるだけ威勢よく言った。「一般の人々の目から見ると、博士とUSロボット社は同一のものなんです。博士のご勇退は、ひとつの時代に終止符をうち――」

「人間的角度から見た素材がほしいわけね？」女史はにこりともしなかった。笑ったことがあるとは思えない。眼は怒ってはいないが、鋭かった。その眼光はわたしを通りぬけ、わたしの後頭部から出ていくような気がした、そしてわたしという人間も、女史にはすっかりお見通しなのだとわかった。女史の前に出れば、だれでもそうなのだ。

しかしわたしはこう言った。「そのとおりです」

「ロボットから人間味のある話？　矛盾ですね」

「いいえ、博士。博士からです」

「だってわたしはロボットと人に言われてきたんですよ。きっと、あの女は人間じゃないと聞かされてきたんでしょう？」

人はたしかにそう言ったが、そんなことを持ちだしてもはじまらない。

女史は椅子から立ちあがった。背は高くなく、ひよわそうな感じがした。あとについて窓ぎわにいき、いっしょに外を眺めた。

USロボット社の社屋と工場は整然と配置され、小都市を形成している。それが航空写真のように眼下にひろがっていた。

「わたしがはじめてここへ来たときは」女史は言った。「あの右手のいま消防部のあるあたり、あそこにあった建物の中に小さな部屋をもらいました」と指さしながら、「その建物は、あなたが生まれる以前にとりこわされてしまったけれど。その部屋を使っていたのは、わたしのほかに三人。机半分がわたしの領分でした。ロボットはみなひとつの建物の中で作ったんですよ。生産量は――週に三台。いまのわが社を見てください」

「五十年は長い年月ですね」とわたしは陳腐な台詞を吐いた。

「ふりかえってみればそうでもないわね」と女史は言った。「なんて早く過ぎさったのだろうと思いますよ」

女史は机の前に戻って腰をおろした。表情を変えなくても、いかにも悲しげに見えた。

「あなた、おいくつ」と訊いた。

「三十二です」とわたしは答えた。

「それではロボットのいない世界は知らないのね。人類が、頼る友もなく、広大な宇宙にひとり立ちむかわねばならない時代があった。でもいまは、助けてくれるものがいる。人類より強靭で、忠実で、有能で、まったく献身的に仕えてくれるものが。人類はもう孤独ではありません。あなたはこんなふうに考えてみたことがおあり？」

「残念ながらありません。いまのお話を記事にしてもよろしいでしょうか？」

「いいですよ。あなたにとって、ロボットはロボットなのね。歯車と金属、電気と陽電子。鉄にくるまれた心！　人間の創造物！　必要なら人間の手で破壊できるもの！

でもあなたはロボットといっしょに働いたことがおありにならないから、彼らのことはわからないわね。彼らはわたしたち人間よりずっと無垢で優秀な種属ですよ」

わたしはそっとひとおししてみた。「ぜひうかがいたいですね、お話しいただけるものなら、ロボットに関する博士のお考えを。《インタープラネタリ・プレス》はいまや全太陽系に販路をひろげています。潜在視聴者三十億です、キャルヴィン博士。ロボットについて、お話しいただけることがあればぜひ視聴者にお聞かせください」

ひとおしするまでもなかった。女史はわたしの話など聞いていなかったが、こちらの思うつぼに入りこんできた。

「はじめから耳をかたむけていてくだされればよかったのにね。あの当時は地球用のロボットを売っていました——わたしがここへ来るよりもっと以前でした。むろんその頃のロボットは喋ることができなかった。そのあとだんだん人間らしくなって、同時に排斥がはじまったんです。労働組合は当然、人間の仕事をロボットが奪うことに反対したし、宗教団体はさまざまな見地から、迷信じみた反対をとなえた。どれもみんな愚かしい、無益なものでしたよ。でもあったことはたしかなの」

その一語一語を、指の動きを気《け》どられないように注意しながら、ポケット・レコーダーに録音した。ちょっと練習を積みさえすれば、この小さな機械は、ポケットから出さずに正確に録音することができるのだ。

「ロビイのケースを例にとってみましょう」と女史は言った。「彼とは会えなかったけれど。わたしが入社する前に、解体されてしまいましたからね――どうしようもないほど旧式なもので。でも、博物館であの少女を見かけたんです――」

女史は口をつぐんだ、がわたしはなにも言わなかった。両の眼をうるませ、思いをはるか昔にさかのぼらせている女史をじっと見守っていた。さかのぼるにはあまりに遠い昔だった。

「後になって話を聞きました。人々がわたしたちを、神を冒瀆する者、悪魔の創造者、と非難するたびに、わたしはいつも彼のことを思いだしたものです。ロビイは無声ロボット。喋ることができなかった。一九九六年に製作され、売られました。当時はまだ極度の専門化が進んでいなかったので、彼は子守り用に売られたのです」

「なんですって」

「子守り用に――」

1　ロビイ

Robbie

「きゅうじゅはち——きゅうじゅく——ひゃあーく」グローリアはむっちりした小さな腕を眼からはなして、鼻にしわをよせ、日光がまぶしいのか眼をぱちくりさせながら、しばらくその場につったっていた。それからいっぺんに四方が見わたせるように、いままでよりかかっていた木から、そうっと二、三歩はなれた。

右のほうの草むらがあやしいなと首をのばしてうかがってみて、それから草むらのうすぐらい奥のほうがよく見えるように木からもっとはなれた。あたりはしんと静まりかえり、聞こえるのはひっきりなしに飛びまわっている虫の羽音と、真昼の太陽に挑んでときおり啼《な》きたてる勇ましい鳥の声ばかりだ。

グローリアは口をとんがらせた。「きっと家のなかに隠れたんだ、そんなの、ズルだってあんなに言っといたのに」

小さな口をきゅっとひきむすび、額にしわをよせて、車寄せの向こうの二階建ての建物のほうへ勢いよく歩きだした。

はっとしたときはもうおそかった。うしろでざわざわと音がして、ついでドスンドスンというあのまぎれもないリズミカルな足音がした。ロビイの金属の足が土を踏む音だ。グローリアがさっとふりむくと、勝ちほこった遊び仲間は、隠れ場所からあらわれて、陣地の木にむかってまっしぐらに走っていく。

グローリアはびっくり仰天してかなきり声をあげた。「まってえ、ロビイ！　ずるいよ、ロビイ！　あたしが見つけるまで走らないって約束したじゃない」グローリアの小さな足ではロビイの大きな歩幅にかなうはずがない。ところが、ゴールまであと十フィートというところでロビイの足どりが急ににぶってまるで這うようなスピードになり、グローリアのほうは一気に猛然と走って、はあはあ言いながらロビイを追いぬき、陣地の木の幹に先にタッチした。

グローリアはにこにこして忠実なロビイをふりかえると、彼の犠牲的な行為に感謝するどころか、どうしてそんなに走るのがおそいの、と意地悪くからかった。

「ロビイは走れないんだもん」とグローリアは八歳の幼い声を精いっぱいはりあげた。「ロビイなんかに負けないもん。ぜったい負けないもん」グローリアは節をつけてうたうように言った。

ロビイはむろん答えない――言葉では。そのかわり走るかっこうをして、少しずつグローリアからはなれていく。グローリアはしらずしらずそのあとを追いかけはじめる。ロビイはつかまりそうになるとさっと身をかわし、彼女はぐるぐると果てもなくひきまわされて、伸ばされた小さな手がパタパタと空《くう》をかいた。

「ロビイ」とグローリアはさけぶ。「とまれ！」――そうして息をきらしながら、苦しそうに笑いだす。

――するとロビイはくるりとこちらをむき、彼女をさっと抱きあげてぐるぐるふりまわす。一瞬天地がさかさまになって、足の下には青い空があり、そして緑の木々は虚空にむかってむさぼるように枝を伸ばした。やがて彼女はまた草の上におろされて、ロビイの脚によりかかる、かたい金属の指をしっかりにぎりしめたまま。

ようやく息がらくになる。乱れた髪をグローリアは、母親のしぐさをなんとなくまねて撫でつけるが、むだなことだった。体をひねって服が破れていないかどうか調べてみる。

グローリアはロビイの胴体をぱしっと平手でたたく。「悪い子ね！　お仕置きですからね！」

するとロビイは首をちぢめて両手で顔をおおったので、彼女はあわててつけくわえる。

「ううん、しやしないってば、ロビイ。お仕置きはしない。だけど、こんどはあたしが隠れる番、だってロビイはあたしより足が長いんだから、あたしが見つけるまで走らないって約束したくせにその約束を破ったんだから」

ロビイはこっくりと頭をさげて——頭は角や縁に丸味をもたせた小さな平行六面体で、それよりはるかに大きいけれど形は同じ平行六面体の胴体に、しなやかな短い軸でつながっている——おとなしく木のほうをむいた。うすい金属の膜が、かがやく眼をおおうようにおりてきて、体の中から、カチカチとよくひびく音が鳴りだした。

「のぞいちゃだめよ——数をとばしてもだめだからね」とグローリアは警告し、隠れ場所を探してちょこちょこと走っていった。

規則正しく秒がきざまれていき、それが百回目になるとまぶたがあがり、ロビイの赤くかがやく眼があたりをさっと見わたした。その眼は大きな石のかげからのぞいている色あざやかなギンガムの服のはしに一瞬そそがれる。彼は数歩前進して石のかげにしゃがんでいるのがグローリアであることを確かめる。

グローリアと陣地の木のあいだに身をおきながら、ゆっくりとグローリアの隠れている場所にむかって進んでいき、グローリアの姿がはっきりと見えるようになって、まだ見えなかったはずよ、などと彼女が理屈をこねられないと見きわめがつくと、ロビイは彼女のほうに片腕を伸ばし、残る手で自分の脚をたたいて、カーンと音をたてた。グローリアがぷんとふくれて姿をあらわした。

「のぞいてたんだ!」と彼女はひどく勝手なことを言った。「もうかくれんぼなんか、あきちゃった。お馬ごっこしようよ」

　でもロビイは不当な非難に気をわるくしたので、用心深く腰をおろし、頭をゆっくりと左右に振った。

　グローリアはたちまち口調を変えてやさしい、なだめるような声をだした。「さあ、ロビイ。のぞいてたなんて、本気でいったんじゃないんだから。のっけてよ」

　だが、ロビイはそうかんたんに陥落はしない。強情に空の一点を凝視して、いっそう強く頭を振った。

「おねがい、ロビイ、おねがいだからのっけて」グローリアはばら色の腕を首にまわしてぎゅっと抱きしめた。そしてまた一転して調子を変えると、ロビイから体をはなした。「のっけてくれなきゃ、泣いちゃうから」といまにも泣きだしそうに顔がゆがんでくる。

　薄情なロビイは、こんなおそろしいおどしにも素知らぬ顔でもう一度頭を振った。グローリアは最後の切り札を使わなくちゃならないな、と思った。

「のっけてくれないなら」と声音《こわね》をやわらげて、「もうぜったいお話してあげないから、いいわね。ぜったいだから！」

　ロビイは、この最後通告の前にはあっさり無条件降伏をして、こくこくはげしくうなずいたので、首の金属がびいんとうなりをあげた。彼はそうっと少女をかかえて、平らな広い肩の上に乗せた。

グローリアのおどしの涙はたちまち乾いて、彼女はキャッキャと歓声をあげた。ロビイの金属の肌の温度は、内蔵された電熱線によって常時華氏七十度に保たれているので、気持がいいし、グローリアの足のかかとが彼の胸にあたるときの快いひびきにはうっとりとする。

「おまえはエア・コースターよ、ロビイ、大きな銀色のエア・コースター。腕をまっすぐにのばして――のばさなくちゃだめ、ロビイ、エア・コースターになるんなら」

この論理には反駁の余地などない。ロビイの両腕は気流にのる翼になり、彼は銀色のコースターになった。

グローリアはロボットの首をひねって、右に上体をかたむける。すると彼の胴体も急に横にかたむく。グローリアはコースターに〝ブルルル〟とうなるモーターをくっつける、それから〝ピューン〟、〝シュシュシュ〟とうなる兵器もくっつけてやる。宇宙海賊どもが追いかけてくる、宇宙船のブラスターが火をふきだす。海賊はバラバラと雨のように落ちていく。

「もう一人やっつけた――また二人」と彼女はさけぶ。

それから、「ものども、急げ」といばりかえって言う。「もう弾がおしまいだぞ」彼女はひるまずに肩ごしに狙いをつける、そしてロビイは鼻面のまるい宇宙船で、最大の加速をつけて宇宙空間を疾走する。

原っぱをまっしぐらにつっきって、向こう側の深い草むらにたどりつくとロビイは不意に立ちどまった、まっかな顔をしたライダーはかなきり声をあげる。彼はおもむろにグローリアをやわらかい緑のじゅうたんの上に降ろした。

グローリアは息をはずませながら、とぎれとぎれに、「すてきだったあ!」と小さな嘆声をあげた。

荒い息遣いがしずまるのを待っていたロビイは、やおらグローリアの髪の毛をそっとひっぱる。

「なにか用?」グローリアは眼を大きく見ひらいてとぼけてみせるけれど、大きな〈乳母〉はだまされなかった。まき毛をいっそう強くひっぱった。

「ああ、そうか。お話してもらいたいのね」

ロビイはせかせかとうなずく。

「どのお話?」

ロビイは指で空中に半円をかいてみせる。

少女はむくれて、「また、あれ? シンデレラはもう百万べんも話してあげたのに。まだあきないの?――あれは赤ん坊にするお話なんだから」

またもや半円。

「まあ、いいわ」グローリアはいずまいをただし、頭の中で話の細部を思いだしてみて

(あちこちに自分でつけくわえた筋もいっしょに)それから話しだした。

「さあ、いいかな? ええと――むかしむかしあるところにそれは美しい少女がいました、名前はエラといいました。少女にはそれはそれは意地の悪いまま母と、とってもみにくくて、それはそれは意地の悪いまま姉さんがいて――」

グローリアの話はいまやクライマックスにさしかかった――真夜中の十二時がうつと、みるみるうちに、すっかりもとのみすぼらしい姿になってしまうというくだりで、ロビイは眼をかがやかして一心に聴きいっている――そのとき邪魔がはいった。

「グローリア!」

女のかんだかい声で、それも一度ではなく、もう何度も呼んでいたらしい。いらだちが心配に変わりはじめたような不安そうな声だった。

「ママが呼んでる」グローリアはあまりうれしそうではなかった。「おうちまで連れてかえって、ロビイ」

ロビイはさっさと言いつけに従った、というのもミセス・ウェストンには一片のためらいも見せずに従うのがもっともよいと彼に判断させるものがあったからだ。グローリアの父親は昼間はめったに家にいない――たとえば、きょうのように日曜は別だけれど――そして父親のほうは、家にいるときは温厚で、ものわかりのいい人物だった。それにひきかえグローリアの母親はロビイにとっては不安の種で、いつも彼女の眼のとどかないところにこっそり逃げだしたい衝動にかられるのだった。

ミセス・ウェストンは、彼らが深い草むらから立ちあがるとすばやく見つけて、家の中にひっこんで待ちかまえていた。

「声がかれるくらい呼んだのよ、グローリア」と母親はきびしい声で言った。「どこに行っていたの？」

「ロビイといっしょだったの」とグローリアはふるえる声でこたえた。「シンデレラのお話をしてあげていたの、だからお夕食の時間だって、すっかり忘れていたの」

「ロビイまで忘れるとは、なさけないわね」そしてたったいまロボットの存在に気づいたとでもいうように、彼のほうにむきなおった。「おさがり、ロビイ。もう用はありませんよ」それからあらあらしく、「呼ぶまでくるんじゃないわよ」

ロビイは向こうをむいて行きかけたが、グローリアが泣いて彼をかばうので、行きかねている。

「まって、ママ、ロビイをいさせてあげて。まだシンデレラのお話がおわってないんだから。シンデレラのお話をしてあげるっていったのに、まだすんでいないんだから」

「グローリア！」

「ぜったいだってば、ママ、ロビイはおとなしくしているから、そばにいるのもわからないくらいよ。すみっこの椅子にちゃんとすわって、なんにもいわないから――ほんとになんにもしないから。そうよね、ロビイ?」

ロビイは懇願されて、大きな頭を一度だけこっくりとさせた。

「グローリア、いいかげんにしないと、一週間ずっとロビイに会わせてあげませんよ」

少女は眼を伏せた。「わかった! でもシンデレラはロビイのお気にいりなの、おしまいまで話してないのに――ロビイはとってもあのお話が好きなのに」

ロボットはしおれた様子で立ち去り、グローリアはこみあげてくる涙をじっとこらえた。

ジョージ・ウェストンはのんびりとくつろいでいた。日曜日の夜にくつろぐのは彼の習慣だった。配膳窓《ハッチ》に置かれたたっぷりしたおいしそうな夕食、傷んではいるけれど寝そべることのできる柔らかなソファ、《タイムズ》、足にはスリッパ、ワイシャツは脱いで――これでくつろげない人間がいるだろうか?

だから夫人が入ってきたとき、彼はいい顔をしなかった。結婚して十年の歳月がたっているというのに、いまなお妻を愛しているというこの言語に絶する愚かしい自分、そして妻の顔を見てうれしいのは言うまでもないが――日曜日の夜の、夕食のあとのひとときだけは彼にとっては神聖にして侵すべからざるもので、ほんとうのくつろぎというものは、二、三時間はひとりにしてもらえることだと彼は考えていた。というわけで彼は、ルフェーブル＝ヨシダの火星探険（これはルナ基地から出発することになっており、じっさい成功するかもしれない）に関する最新のレポートにしっかりと眼をあてて、妻がそこにいないようにふるまった。

ミセス・ウェストンは辛抱強く二分待ち、さらにもう二分、いらいらしながら待っていたが、ついに沈黙をやぶった。

「ジョージ！」

「ふうん？」

「ジョージったら！　その新聞をおいてあたしのほうを見てくださらない？」

新聞ががさがさと床にすべりおち、ウェストンはうんざりした顔を妻のほうにむけた。

「なんだい？」

「なんだかわかるでしょ、ジョージ。グローリアとあのおそろしい機械のことよ」

「おそろしい機械って？」

「ねえ、もうしらばっくれるのはやめてくださらない。グローリアがロビイって呼んでいるロボットのこと。あの子のそばから一秒だってはなれないのよ」

「へえ、なぜはなれなくちゃならないんだ？　はなれないようになっているんだよ。それにあいつはおそろしい機械なんかじゃあない。金で買える最高のロボットさ、年収の半分はもっていかれるんだぞ、それだけの値うちはあるがね——あれほど利口なやつは、うちの社員の半分もいないね」

新聞を拾いあげようと手を伸ばしたが、夫人のほうがいち早く拾いあげてしまった。

「あたしの話を聞いてちょうだい、ジョージ。あたしは娘を機械なんかにまかせるつもりはないの——どんなに利口だろうと、そんなことはどうだっていいのよ。あれには心というものがないし、なにを考えているかわからないじゃないの。子供はね、金属製のあんなものに子守りをしてもらうために生まれてきたんじゃないのよ」

ウェストンは眉をひそめた。「きみはいったい、いつそんなことをきめたんだ？　あいつはもう二年もグローリアの子守りをしている。いままでは心配なんかしていなかったじゃないか」

「はじめはそうだったわ。珍しさもあったし、手間もはぶいてくれたし、それに——あれを使うのが流行でもあったし。でもいまは、わからないの。ご近所では——」

「おいおい、ご近所とどういう関係があるんだ。ねえ、いいかい。ロボットは人間の乳母なんかよりよっぽど信頼がおけるんだ。ロビイはじっさい、たったひとつの目的のために作られている——幼児のお相手というね。あいつのすべての〈知能〉はその目的にかなうように作られている。どこまでも忠実で愛情深く親切なんだ。彼は機械さ——そういうふうに作られたね。人間なんかよりよっぽどましなんだ」

「でもどこかが狂うかもしれない。どこか——どこかが——」ミセス・ウェストンはロボットの内部についてはいささかうといのである。「どこかのちょっとした仕掛けがゆるんであのおそろしいしろものが暴れだしたりして、そして——そして——」彼女はなにぶんにもはっきりしたその考えをおもいきって口にすることができなかった。

「くだらない」とウェストンは否定した。不本意ながら、ぞくっとするような不安をおぼえながら。「およそばかげた考えだ。ロビイを買ったときに、ロボット工学三原則の第一条についてはさんざっぱら話しあったじゃないか。きみは知っているはずだ、ロボットが人間に危害を加えることは不可能だということを。ロボットのどこかが狂っても、第一条を破るような事態が起きる前に、ロボットは完全に動かなくなってしまうんだ。それは数学的に不可能なのさ。それに年に二度もUSロボット社のエンジニアに来てもらって、あの装置の完全な点検をしてもらっているだろう。きみやぼくがとつぜん発狂する可能性より、ロビイがおかしくなる可能性のほうが少ないんだ——じっさいかなり少ないんだよ。それにどうやってグローリアからやつをとりあげるつもりなんだい？」

新聞をつかもうとする彼の試みもむなしく、夫人は腹立たしそうにそれを隣りの部屋にほうりなげた。

「そこなのよ、ジョージ！　あの子はほかのだれとも遊ぼうとしない。お友だちになれる男の子や女の子がたくさんいるのに、お友だちを作ろうとしないのよ。あたしがそう仕向けなければ、そばによろうともしないわ。育ち盛りの女の子のすることじゃない。あの子にはふつうの女の子になってもらいたいでしょ？　あの子が社会の一員として暮らしていけるようになってもらいたいでしょ」

「きみの思いすごしさ、グレース。ロビイを犬だと思えばいい。父親より犬のほうが好きな子供はごまんといるよ」

「犬は別だわ、ジョージ。あのおそろしいしろものは追いだすべきよ。会社に引きとらせてもいいじゃない。問いあわせてみたら、そうできますって」

「問いあわせたって？　おい、いいかい、グレース。頭を冷やそうじゃないか。うちのロボットはグローリアがもっと大きくなるまで置いておく、それからこのことは二度とむしかえさないでくれ」そう言いすてると彼はどかどかと部屋を出ていった。

二日後の夜、ミセス・ウェストンは帰宅した夫を玄関で迎えた。「これは聞いていただかなくちゃ、ジョージ。村のひとたちはよく思っていないのよ」

「なんのことだ？」とウェストンは訊いた。洗面所に入り、ほとばしる水の音で、どんな答えもかき消してやろうという意気ごみだった。

ミセス・ウェストンは待った。そして言った。「ロビイのことを」

ウェストンはタオルを片手に顔を紅潮させ、いきりたって出てきた。「なにを言ってるんだ？」

「前々からのことがだんだん積みかさなってきているの。目をつぶっていようと思ったけれど、もう辛抱しきれない。村のほとんどのひとがロビイを危険だと考えているのよ。子供たちは夕方になるとうちに近づくなと言いきかされているのよ」

「そんなことはぼくらの子供にまかせておけばいい」

「でも、こういうことになると世間のひとたちは分別がなくなってしまうのよ」

「じゃあ、ほうっとくんだね」

「そんなこと言ったって問題は解決しないわ。お買物は村へ行かなくちゃならないんですもの、毎日あのひとたちと顔をあわせなけりゃならないのよ。それに近ごろじゃ都会のほうが雲行きが険悪でしょ、ことロボットのこととなると。ニューヨークじゃ、日没から日の出までのあいだ、ロボットを街から締めだす条令が通過したじゃないの」

「そうか、でもぼくらがぼくらの家にロボットを置くことを禁止するわけにはいくまい。――グレース、こいつはきみのロボット追放キャンペーンの一手だね。わかってるさ。でもそんなのはむだだ。答えはいままでも、ノウだ！　ロビイはうちに置いておく！」

とはいうものの彼は妻を愛している――まずいことに妻もそれを知っていた。ジョージ・ウェストンは、しょせん、一人の男――あわれな生きもの――にすぎず、彼の妻は、ぶきっちょで慎重なほうの性、つまり男性が、分別とあきらめから、怖れるにしくはないとさとったあらゆる手管を精いっぱい活用した。

それから一週間のあいだに彼は十回もこうどなった。「ロビイはうちに置くんだ、この話はこれで打ちきりだ！」どなるごとに声はしだいに弱々しくなり、それにともなう苦悶のうなりはしだいにひどくなっていった。

ついにその日がやってきた。ウェストンはうしろめたい気持をいだいて娘に近づき、村で〝とてもきれいな〟ビジボックスのショウがあるからいかないかと提案した。

グローリアはうれしそうに手をたたいた。「ロビイもいっていい？」

「いいや」と彼は言いながら、自分の声音にたじろいで、「ビジボックスにロボットは連れていかれないんだよ——でも家に帰ってきてから話してやればいいじゃないか」最後の言葉を彼はつかえつかえ言って、それから眼をそらした。

グローリアはショウから帰るみちみち、昂奮して喋りどおしだった、ビジボックスはそれほどすばらしい観《み》ものだったのだ。

父親がジェットカーを、沈床式ガレージに入れるのを待ってグローリアはこう言った。「ロビイに話してくるから待ってて、パパ。ロビイだってきっとよろこぶとおもうわ——ほらフランシス・フランが、そおーっとあとにさがって、ヒョウ人間にぶつかっちゃって、逃げだしたところなんかね」彼女はまた笑い声をあげて、「パパ、お月さまにはほんとうにヒョウ人間がいるの？」

「いないんじゃないかな」とウェストンはぼんやり答えた。「あれはただのおかしな作り話さ」いつまでも車のところでぐずぐずしているわけにもいかない。いよいよ直面しなければならなかった。

グローリアは芝生を走っていった。「ロビイ——ロビイ！」

そして不意に立ちどまった。美しいコリーがポーチの上で尻尾を振りながら、考え深そうな茶色の眼でこちらを見ているのに気がついたからだ。

「わあ、すてきな犬！」グローリアはポーチの階段をのぼって、用心深く犬に近づいて頭をそっとたたいた。「これあたしの犬なの、パパ？」

母親も出てきた。「ええ、そうよ、グローリア。かわいいでしょ——毛がふさふさしていて。とてもおとなしいの。女の子が好きなんですって」

「芸ができるのかしら？」

「できますとも。たあくさんできるわよ。なにかさせてみる？」

「いますぐ行く。ロビイにも見せてやりたいから——ロビイ！」彼女は口をつぐみ、不安そうに眉をよせた。「きっとお部屋にとじこもっているのよ、ビジボックスに連れていってあげなかったから怒ってるんだ。説明してやってよ、パパ。あたしが言っても信じないかもしれないけど、パパが言えばちゃんとわかるわ」

ウェストンの唇がいっそうひきしまった。妻のほうに眼をやったが、彼女は眼をそむけている。

グローリアはくるっと向こうをむいて、地下室の階段をかけおりながらさけんだ。「ロビイ――見にきて、パパとママがくれたの。犬をくれたのよ、ロビイ」

彼女はじきに戻ってきた、おびえた顔をして。「ママ、ロビイがいないの。どこにいったの？」答えはなかった。ジョージ・ウェストンは咳をして、あてどなくさまよう雲にとつぜん強い興味を示した。グローリアの声はうわずっていまにも泣きだしそうだ。「ロビイはどこ、ママ？」

ミセス・ウェストンは腰をおろし、娘をそっと抱きよせて、「悲しまないでね、グローリア。ロビイは逃げちゃったんだと思うわ」

「逃げちゃった？　どこに？　どこに逃げてったの、ママ？」

「それがわからないの。ただ歩いて出てっちゃったの。ほうぼうさがしてさがして、さがしまわったんだけど、見つからないの」

「もうぜったい戻ってこないの？」グローリアの眼は恐怖をうかべて見ひらかれた。

「じき見つかるわよ。ほうぼうさがしてあげるから。そのあいだこのかわいいワンちゃんとおあそびなさい。ほら、ごらん！　名前はイナズマっていうの、それになんでも――」

だがグローリアの眼には涙があふれそうになっていた。「こんなきたならしい犬なんかほしくない――あたしはロビイがいい。ロビイをさがしてきて」悲しみはあまりにも深く言葉にならず、彼女はわっと泣きだした。

ミセス・ウェストンが助けを求めて夫のほうをちらりと見たが、夫はむっつり顔でそわそわと足を動かしているばかり、天空をひたと見つめる視線をこちらにむけようとはしない。そこでミセス・ウェストンは必死に慰め役をつとめた。「どうして泣くの、グローリア？　ロビイはただの機械じゃないの、きたならしいただの機械じゃないの。第一、生きものじゃないでしょう」

「ロビイは機械なんか、なんかじゃない！」とグローリアはかなきり声をあげた、あらあらしく、文法なんかはそっちのけで。「ママやあたしとおんなじ人間だった、あたしのお友だちだった。ロビイをかえして。ねえ、ママ、ロビイをかえして」

母親はとほうにくれてうめき声をあげ、泣きさけぶグローリアをだまって眺めていた。

「泣かせておきましょうよ」と彼女は夫に言った。「子供がいつまでも悲しんでやしないわ。二、三日もすれば、あのおそろしいロボットがいたことなんか、けろりと忘れるわよ」

だが時がたつにつれ、ミセス・ウェストンの予測がいささか甘すぎたことが判明した。たしかにグローリアは泣きさけぶのはやめたけれど、ついでに笑うこともやめてしまい、さらに日がたつにつれていっそう無口に陰気になっていった。不幸にだまって耐えている様子にミセス・ウェストンはだんだんやりきれなくなったものの、それでも折れようとしなかったのは、ここで折れたら夫に負けを認めることになるからだった。

　そんなある日の夕方、ミセス・ウェストンは居間にとびこんでくるなり、ソファにどすんと腰をおろした。腕組みをして、かっかといきりたっている。

　夫は新聞ごしに妻を見るために首を伸ばした。「どうした、グレース？」

「あの子のことよ、ジョージ。きょう犬を返したわよ。こんな犬、見るのもいやだっていうんだから。こっちもいいかげん気が狂いそう」

　ウェストンは新聞を置いた。その眼にちらりと希望の灯がともる。「それじゃ——それじゃロビイをとりもどしたほうがいいんじゃないか。まだ間にあうかもしれない。さっそく連絡して——」

「だめよ！」と彼女はおそろしい剣幕で言った。「あたしはいやよ。そうかんたんにあきらめるものですか。あたしの子はロボットなんかに育てさせないわ、たとえあの子をあれから引きはなすのに何年かかろうと」

　ウェストンはしょんぼりとしてまた新聞をとりあげた。「こんな状態が一年も続いちゃあ白髪になっちゃうよ」

「たいそうお役に立ってくれますものね、ジョージ」とひややかな答えがかえった。「グローリアに必要なのは環境を変えることだわ。ここにいたらロビイを忘れられっこないわよね。木や石を見るたびにロビイを思いだしていたら。こんなばかげた話は聞いたこともないわ。ロボットがいなくなったからといって子供がふさぎこむなんて」

「さあ、脱線しないで。環境を変えるって、いったいなにを思いついたんだ？」

「あの子をニューヨークへ連れていくのよ」

「あんな街へ！　この八月に！　八月のニューヨークがどんなものか知ってるだろう？耐えられないぜ」

「何百万というひとが耐えているわよ」

「あの連中はほかに行くところがないんだ。いる必要がないなら、だれがあんなところにいたいもんか」

「そう、あたしたちにはその必要があるのよ。すぐにも出発しましょう——手配ができしだいにね。あの街に行ったらグローリアもおもしろいものやお友だちがいっぱい見つかるでしょうから、きっと元気になってあの機械のことなんか忘れてしまうわよ」

「やれやれ」とあわれな夫はうめいた。「あの灼けつくような舗道！」

「そうしなけりゃならないんです」とみじんもゆるがない返事がかえってくる。「グローリアはひと月で五ポンドも体重がへったのよ、かわいい娘の健康のほうがずっと大事です、あなたが快適かどうかなんてことより」

「娘の健康がそれほど大事なら、あの子のお気にいりのペットを追いはらう前に考えてやればよかったのに」と彼はつぶやいた——ただし胸の中で。

グローリアは、さしせまったニューヨーク行きの話をきかされると、回復のきざしがすぐに見えはじめた。それについてあまり話もしなかったが、話をするときはいつも、強い期待がこめられていた。ふたたび笑顔がよみがえり、食欲もいくらか戻ってきた。

ミセス・ウェストンは大よろこびで、いまだに懐疑的な夫にさっそく意気揚々と告げたのである。

「ねえ、ジョージ、あの子ったら、そりゃ親切に荷づくりのお手伝いをしてくれるし、もうなんの心配もないって顔してぺちゃぺちゃおしゃべりするの。やっぱりあたしの言ったとおり――必要なのは、ほかの興味の対象をあたえることだったんだわ」

「へええ」というのが懐疑的な返事であった。「そう願いたいねえ」

段どりは着々と進行した。ニューヨークの家のほうの準備もととのい、田舎の家の留守番をしてくれる二人の家政婦とも契約ができた。いよいよニューヨークへ出発する日がくると、グローリアはすっかりもとどおりのグローリアになり、ロビイのことはぴたりと口にしなくなった。

一家は上機嫌でタクシー・ジャイロで（ウェストンは自分のジャイロを使いたかったのだがシートが二つしかなく、荷物を積みこむ余地がなかった）エアポートに行き、待機している定期便に乗りこんだ。

「こっちへいらっしゃい、グローリア」とミセス・ウェストンは呼んだ。「窓ぎわのお席をとっておいてあげたから、景色がよく見えるわよ」

グローリアはちょこちょこと通路をかけてきて、厚いすきとおったガラスにぺたんと鼻を押しつけ、一心不乱に眺めている、と、とつぜんエンジンがごとごと動きだしてそのひびきが機内にも伝わってきた。地面が落とし戸からおちていくようにぐんぐん遠ざかっていく。体重が不意にふだんの二倍になるような感じがしてもこわがるほどの年ごろではなく、グローリアはかえってひどくおもしろがった。地面がパッチワークのふとんのようになるとようやく鼻をはなして母親のほうをむいた。

「じきにニューヨークにつくの、ママ？」と冷たくなった鼻を撫でながら訊いた。そうして自分の息がかかってできたガラスのくもりがゆっくりとちぢんで消えていくのを見つめた。

「あと三十分ぐらいよ」それから、ほんの少し心配そうに、「あそこに行くの、うれしいんじゃない？　いろいろなビルだの、人だの、見るものがたくさんあってたのしいんじゃないかなあ？　ビジボックスには毎日いって、ショウを見たりサーカスを見たり、海へいって――」

「うん、ママ」とグローリアは気のない返事をする。ちょうどそのとき飛行機が雲の峰の上を通過したので、グローリアは目の下に雲があるという珍しい眺めにたちまち心をうばわれた。やがてまた青空の下に出ると、彼女は不意に、なにやら秘密めかした様子になって母親をふりかえった。

「あたし知ってるの、ママ、どうしてニューヨークへいくのか」

「あらそう？」ミセス・ウェストンはけげんそうな顔をした。「どうしてかな？」

「びっくりさせようと思って言わなかったんでしょ、でもあたしにはわかってるんだ」

彼女は、われながら鋭い洞察力だとでもいうようにちょっと得意な顔をして、それからうれしそうに笑った。「ニューヨークにいけば、ロビイをさがせるからでしょ？　探偵さんにたのんで」

この言葉は、水を飲みかけていたジョージ・ウェストンを惨憺たる有様に追いやった。締めつけられたようなあえぎ、噴きだした水、はげしい咳きこみ。それがようやくおさまると、びしょぬれになり、顔をまっかにしている彼は、とてもとても心を痛めていた。

ミセス・ウェストンは平静を保っていたものの、グローリアがちょっと心配そうに同じ問いをくりかえすと、いまにも取り乱しそうになった。

「たぶんね」と彼女はつっけんどんに答えた。「さあすわって、おとなしくしていなさい、おねがいだから」

一九九八年のニューヨーク・シティは、観光客にとって史上類をみないようなパラダイスであった。グローリアの両親はそれを承知していたので、せいぜいそれを利用したのである。

妻からの至上命令で、ジョージ・ウェストンはひと月ばかり自分がいなくとも仕事が自動的に進むように段どりをつけた。〝破滅寸前のグローリアの気散じ〟と彼が称するところのものに専念できるよう体をあけておくためである。ウェストンの流儀で、これもまた、効率的に疎漏なくてきぱきと片づけてしまった。その月が終わるまでには、なすべきことはすっかりなしおえていた。

グローリアは半マイルもの高さのルーズベルト・ビルのてっぺんに連れていかれ、眼下に林立するビルのパノラマが、遠く、ロングアイランドの平野やニュージャージイの平地にとけこんでいるさまを畏怖にうたれながら見おろした。動物園を訪れると、グローリアは〝ほんものの生きているライオン〟をぞくぞくするような恐怖を味わいながら見つめた（飼育係があたえたのがなまの肉で、期待していたような人間でなかったのにはちょっとがっかりした）、それからどうしても〝くじら〟を見るといってきかなかった。

さまざまな博物館が彼らの興味のおこぼれにあずかった、公園や海浜や水族館もともどもに。

狂乱の一九二〇年代の古めかしい表現を使えば、蒸気船というものでハドソン河を半ばまでさかのぼった。遊覧飛行で成層圏にものぼった。そこでは天空は紫紺色にかわり、星がまたたき、眼下のもやのかかった大地は巨大な鉢のように見えた。ロングアイランド海峡の海底に、ガラス張りの潜水艇でもぐった。そこは緑色のゆらゆら揺れる世界で、奇妙な海の生物が近づいてきて彼女に流し目をおくるかと思うと、またふいにひらひらとはなれていってしまうのだった。

さらに日常的なこととして、ミセス・ウェストンは娘をデパートに連れていき、ここではまた別のおとぎの世界がグローリアの心をうばった。

あっというまにひと月がすぎたころには、グローリアの心を別れたロビイからきっぱり引きはなすためにやれることはすべてやったとウェストン夫妻は確信したのだったが——果たして成功したかどうかはおぼつかなかった。

どこへ行こうと、たまたまそこにロボットがいると、グローリアは強い興味を示して惹きつけられるという事実は否定しようがなかった。目前の光景がどれほどおもしろかろうと、少女の眼にどれほど目新しいものであろうと、眼のはしに、金属の図体の動きがちらりとでも入ろうものならたちまちそちらに気をとられてしまうのだ。

ミセス・ウェストンは、グローリアをロボットに会わせないようにたえず気をくばっていた。

そうして事態は、科学産業博物館における事件によってついにクライマックスに達したのである。博物館では特別な〈子供むけプログラム〉を組み、子供の知能にそった科学の魔法展が催されていた。ウェストン夫妻はむろん、これを〝必見〟のリストにのせていた。夫妻は強力な電磁石の画期的な利用法にすっかり注意をうばわれていた。・ウェストンがふと気づくと、グローリアがそばにいなかった。最初はあわてふためいたがすぐに落ち着きをとりもどし、三人の係員に頼んで、入念な捜索がはじまった。

だが、グローリアは、むろんあてもなくふらふらどこかへ行ってしまうような子供ではない。年のわりにはたいそう意志の強いしっかりした子供で、その点では母親の遺伝子をたっぷり受けついでいる。彼女は三階で大きな標示板を見つけたのだ。それにはこう書いてあった。

〈しゃべるロボット室へいたる〉ちゃんと一語一語自分で確かめ、両親はおそらくそちらに足はむけまいとさとると、あとはもうきまっていた。両親が気をとられているすきに、そっとそばをはなれると標示板にしたがって歩きだしたのだった。


喋るロボットは画期的な製品ではあるものの、実用性はまったくなく、宣伝価値があるにすぎない。一時間に一回、案内人につきそわれた観覧者の一団がその前に立ち、担当のロボット技師に声をひそめて質問をする。技師はロボットの電子回路に適当であると判断した質問を喋るロボットに伝えるのだ。

それはややもすれば退屈なものだった。十四の二乗が一九六、現在の気温が華氏七十二度、気圧は一〇二〇ミリバール、ナトリウムの原子量が二十三などということがわかるのはけっこうにはちがいないが、そんなことはロボットに尋ねるまでもない。ことに二十五平方ヤードもの面積を占領するぶかっこうな、ワイヤやコイルの動かないかたまりなど不必要だった。

もう一度試そうと戻ってくる者はほとんどいなかったが、十五、六と思われる一人の少女がベンチにひっそりすわって、三度目の実演を見るために待ちかまえていた。グローリアが入っていったときにはその少女が一人いるだけだった。

グローリアは少女のほうを見なかった。そのときの彼女には人間などは目に入らなかったのだ。彼女の注意はもっぱら、歯車だらけのこの大きなしろものにむけられた。一瞬彼女はたじろいだ。これまで見たロボットとはまるでちがっていたからだ。

グローリアはおそるおそるかんだかい声をはりあげた。「あのう、ロボットさん、あなたはしゃべるロボットさんでいらっしゃいますか？」自信はなかったが、じっさいに話をするロボットとなれば、うんとていねいに話しかけたほうがいいと思ったのだ。

（十五、六の少女は、ほっそりした地味な顔にはげしい興味をうかべた。小さなノートをさっととりだすと、なにやらぐいぐい書きはじめた）

歯車のなめらかな回転音がして、機械的な音質の声が抑揚もなにもない言葉をひびかせた。

「わたし——は——しゃべる——ロボット——です」

グローリアはかなしそうにそれを見つめた。それはたしかに喋ったけれども、声はどこか奥のほうから聞こえてくる。話しかけようにも顔がなかった。グローリアは言った。

「助けてもらえますか、ロボットさん？」

喋るロボットは質問に答えられるように設計されているのだが、答えられる質問しかいつもあたえられたことがなかった。したがって自分の能力に充分な自信があった。「わたしは——あなたを——助ける——ことが——できます」

「ありがとうございます、ロボットさん。ロビイを見ませんでしたか？」

「ロビイ——とは——だれですか？」

「ロボットですよ、ロボットさん」グローリアは爪さきだちをした。「背の高さはこのくらいです、ロボットさん、もうちょっと高いかな、それでとてもいいひとなの。ちゃんと頭もあるの。あなたにはないけど、でもロビイにはあるんです、ロボットさん」

喋るロボットはもう話についていけなかった。「ロ——ボット？」

「はい、ロボットさん、あなたみたいなロボットですけど、もちろんしゃべれません、それから——ロボット——ほんものの人間みたいに見えるの」

「ロボット——わたし——みたいな？」

「はい、ロボットさん、そうです」

これに対する喋るロボットの答えは、不規則な噴出音と、ときおりわけのわからない音をはさむことだった。喋るロボットにあたえられた一般化の概念、すなわち、その存在を、ある一定の特定物としてではなく、一般的グループの一員として捕捉することは、喋るロボットには荷がかちすぎたのだ。その概念を忠実に受けいれようとした結果、半ダースのコイルが焼ききれた。小さな警告ブザーが鳴りだした。

（あの十五、六の少女はその時点で立ち去っている。〝ロボット工学の実用的側面〟に関する物理－1のレポートのための資料はこれで充分だった。この論文は、スーザン・キャルヴィン博士の、ロボット工学に関する数多くの論文の最初のものである）

グローリアは、いらだちを上手に隠して、機械の答えを待っていると、背後で、「あそこにいるわ」という叫びがあがり、それが母親の声だということはすぐにわかった。

「こんなところでなにしているの、わるい子ね？」とミセス・ウェストンは叫び、心配がたちまち怒りに変わった。「ママとパパが死ぬほど心配したのがわからないの？　どうして逃げだしたの？」

ロボット技師もとびこんできて、髪の毛をかきむしりながら、集まってきた見物人にむかって、いったいだれがこの機械をいじったのかと詰問した。「あの標示が読めないのか？」と彼はわめいた。「案内係の指示なしにここへは入っちゃいかん」

その騒ぎにむかってグローリアは悲しげな声をはりあげた。「あたしはただしゃべるロボットに会いにきただけよ、ママ。もしかしたらロビイがどこにいるか知ってるかもしれないと思ったの、だって二人ともロボットなんだもの」するとロビイへの思いが不意にどっとよみがえって、彼女はせきをきったようにわっと泣きだした。「どうしてもロビイをさがさなくちゃ、ママ。どうしても」

ミセス・ウェストンはわめきたいのをぐっとこらえた。「まあ、なんてことでしょう。帰りましょう、ジョージ。とても耐えられない」

その晩、ジョージ・ウェストンは、何時間も家をあけていた。そして翌朝、なにやらひとり胸におさめているような様子で妻に近づいた。

「いいことを思いついてね、グレース」

「いいことって？」と暗い気のない返事がかえった。

「グローリアのことさ」

「あのロボットを買いもどせというんじゃないでしょうね？」

「いいや、まさか」

「ちゃんとおっしゃいよ。あなたのご意見をうけたまわったほうがよさそうね。あたしがしたことはなんの役にも立たなかったらしいから」

「わかった。じつは考えたんだよ。グローリアの困ったところは、あの子がロビイを機械じゃなくて人間だと思っていることなんだ。だからロビイが忘れられない。そこでだ、ロビイが、鋼鉄の板や銅のワイヤがごちゃごちゃ集まったものにすぎなくて、命のみなもとは電気だということをあの子に納得させてやったらどうだろう、そうしたら、ロビイを恋いこがれる気持もだんだん薄れるんじゃないだろうか。いわば心理的なアタックさ、狙いはわかるだろう」

「具体的にどうするおつもり？」

「わけないさ。ゆうべぼくがどこへ行ってきたと思う？　USロボット&機械人間株式会社のロバートスンに頼みこんで、あす彼の工場をぜんぶ見学させてもらうことにしたのさ。三人で行こう、すっかり見おわるころにはグローリアもロボットが生きものじゃないってことが身にしみてわかるだろう」

ミセス・ウェストンの眼がしだいに大きく見ひらかれて、なにやらきらりと光ったが、それはどうやら不意にわきあがった敬意の光のようだった。「まあ、ジョージ、それはいい考えだわ」

そうしてふんぞりかえったジョージ・ウェストンのチョッキのボタンがちぎれて飛びそうになった。「ぼくにはそれぐらいしか思いつかないがね」と彼は言った。

ミスター・ストラザーズは実直な営業部長で、当然ながら口数が少々多かった。そういうわけで工場内では、それぞれの工程ごとにていねいな説明があったが、いささか説明過多ともいえた。しかしながらミセス・ウェストンは退屈しなかった。むしろしばしば彼の話をさえぎって、グローリアにものみこめるようなやさしい言葉で説明しなおしてほしいと頼みこんだ。おのれの話術を認められたうれしさで、ミスター・ストラザーズは愛想よくさらにことこまかに説明し、ますます能弁になった。

ジョージ・ウェストンのほうはじりじりしはじめている。

「すみませんがね、ストラザーズ」と彼は、光電池についての能書きのさなかにわりこんで、「この工場にはロボット労働力だけが採用されているセクションがあるんでしょう？」

「え？　ああ、ありますとも！」彼はミセス・ウェストンにほほえみかけた。「いわば悪循環ですな、ロボットがさらにまたロボットを製造する。むろん、そんな仕事を全般的にやっているわけじゃありませんが。ひとつには組合がそうさせてはくれんでしょう。しかしロボット労働力のみを使って、きわめて少数ですがロボットを作ることはできます、単に科学実験としてですが。なにしろ」と彼は議論好きな男らしく鼻眼鏡で手のひらをしきりにたたきながら、「労働組合の連中がわからないのはですね――まあ、いままでずっと労働運動に共鳴してきた人間として言っているんですがね――ロボットの出現は、たしかにはじめは雇用問題に混乱が生じるものの、必然的に――」

「そうですね、ストラザーズ」とウェストンは言った。「ところで、お話に出た工場のそのセクションですが見学させてもらえますか？　なかなかおもしろそうですが」

「ああ！　どうぞ、どうぞ！」ミスター・ストラザーズは、勢いよく鼻眼鏡をかけると、ばつが悪そうに軽く咳をした。「さあ、こちらです」

三人の先に立って長い廊下を歩き、階段をおりていくあいだは、彼も比較的おとなしかった。やがて金属の物体の動きまわる音が騒々しい、照明の明るい部屋に入ると、せきをきったようにふたたび講釈がはじまった。

「ほうらね！」と彼はとくとくと言った。「ロボットだけ！　五人の人間が監督の役をしているが、この部屋にはいる必要もない！　この五年間、つまり、このプロジェクトをはじめて以来、一度の事故もありません。むろんここで組み立てられるロボットは、比較的、単純なものですが、しかし……」

この営業部長の声もグローリアにはいつしか快いつぶやきのように聞こえていた。きょうの見学は彼女にはいささか退屈で無意味なことに思われた、まわりにロボットはたくさんいたけれど。どれもロビイには及びもつかなかったので、あからさまな軽蔑の表情で眺めまわしていた。

この部屋に人間が一人もいないのにグローリアは気がついた。やおら彼女の眼は、部屋の中央の丸いテーブルでせわしげに働いている六、七台のロボットの上におちた。その眼は、信じがたい愕きをうかべて見ひらかれた。そこは大きな部屋だった。はっきりとはわからないけれど、ロボットのうちの一人がなんだか——まるで——そう、そうだ！「ロビイ！」悲鳴のような叫びが空気をつんざいた、するとテーブルの前にいる一台のロボットがふらっとよろめいて、持っていた工具をおとした。グローリアはうれしさのあまりに気もくるいそうだった。両親が引きとめる間《ま》もあらばこそ、手すりのあいだをすりぬけて、数フィート下の床にぴょんととびおりると、腕をふりまわし、髪をなびかせながら、ロビイのほうに走りだした。

そうして恐怖にうたれた三人のおとなたちは、追いかける途中で凍りついたように立ちすくみ、昂奮した少女の眼に入らなかったものを見た——大きな図体のトラクターが、定められた進路をまっしぐらに突進してきたのだ。

ウェストンが気をとりなおすのに何分の一秒かを要したが、その何分の一秒こそが命とりだったのだ、もうグローリアには追いつけなかった。ウェストンはがむしゃらに手すりを跳びこえたが、すでに絶体絶命だった。ミスター・ストラザーズは、トラクターを止めろと、監督たちに必死に合図したけれども、相手はしょせん人間だったから、行動に移すまでに時間がかかった。

とっさに、そして的確に行動に移ったのはロビイだけだった。

小さな女主人とのあいだの距離を金属の脚で一気に跳びこえ、反対の側から突進した。すべてが同時に起こった。ロビイは片腕をさっとくりだしてグローリアをつかみ、そのまままったくスピードをおとさずに前進した。グローリアは息がとまりそうになった。ウェストンは、眼前の出来事がよく把握できぬまま、ロビイがわきをすりぬけて、不意に当惑したように止まるのを、見た、というよりは感じた。トラクターは、グローリアがいた地点を、ロビイが通過した半秒後に横切り、そのまま十フィート前進して、ぎぎっと音を立てながらゆっくり停止した。

グローリアは息がつけるようになると、かわるがわる抱きしめる両親のなすがままになっていたが、やがてロビイのほうを勢いよくふりむいた。グローリアにとっては――なにひとつ起こらなかったのだ、友だちを見つけだしたという事実のほかには。

だがミセス・ウェストンの表情は、安堵から暗い疑惑へと変わっていた。夫をふりかえり、髪をふりみだした威厳もなにもない姿なのに、なんとか厳しい顔をしてみせた。「あなたが、これを仕組んだ、そうね？」

ジョージ・ウェストンはハンカチでほてる額を拭った。その手はおぼつかなく、唇はかすかにゆがんで、弱々しい笑みをなんとかうかべた。

ミセス・ウェストンは追及の手をゆるめなかった。「ロビイは機械の操作や組立て作業用には設計されてはいなかったわ。ここではなんの役にも立たなかったはずよ。あなたがわざわざここに連れてきたのね、グローリアに見つけさせるように。そうなんでしょ」

「ああ、そうだ」とウェストンは言った。「だがね、グレース、このぼくにだって、まさかこれほど激烈な再会になるとはわかるまい？　とにかくロビイがあの子の命を救ってくれたんだ。それはきみも認めなくちゃなるまい。もう二度と追いはらうことはできないぞ」

　グレース・ウェストンは考えこんだ。グローリアとロビイのほうをむいて、しばらくぼんやりと見つめていた。グローリアはロボットの首を、金属でできていなければ、どんな生きものも窒息してしまいそうなくらい強く抱きしめて、狂ったように昂奮して、なにやらわけのわからぬことをまくしたてている。ロビイの（直径二インチの鋼鉄の棒もらくにへしおってしまえるくらいの）クロム・スチールの腕が少女の体にそっとやさしくまわされていて、その眼は、深い深い紅色にかがやいていた。

「いいわ」とミセス・ウェストンはとうとう言った。「うちに置いてやりましょう、錆びるまで」

＊

　スーザン・キャルヴィンは肩をすくめた。「むろん、錆びはしませんでしたよ。あれは一九九八年でした。二〇〇二年には、自力走行式の喋るロボットが完成して、喋らないロボットはまったく時代遅れになってしまいました。そして反ロボット分子にとっては、これが忍耐のぎりぎりの限界だったんです。世界中のほとんどの政府が、二〇〇三年から二〇〇七年のあいだに、科学的な研究を除いてはいかなる目的であれ、地球上でのロボットの使用を禁止したのです」

「するとグローリアはけっきょくロビイをあきらめざるをえなかったわけですね？」

「そうだと思いますよ。でも、もう十五にもなれば、八つのときよりはかんたんにあきらめもついたでしょう。でも、こうした措置は人類にとっては要らざる愚行でしたね。USロボット社は、二〇〇七年にわたしが入社した当時は、ちょうど財政的にはどん底でした。当初は、わたしの仕事も、数カ月たたぬうちに突如打ちきりという羽目になるんじゃないかと思っていたけれど、そのうちに、地球外のマーケットが開拓されましたから」

「それで落ち着かれたんですね」

「すっかりというわけじゃなかったけれど。はじめは在来のモデルを適応させるようにしてみたんです。たとえば、最初の喋るモデル。彼らは身の丈が十二フィート、とても不器用で、あまりよいものではありませんでした。水星に採鉱基地を建設する手伝いに送りだしたんですけれど、あれは失敗でした」

わたしはおどろいて顔をあげた。「失敗ですって？　だって水星鉱山はいまや数十億ドルの大企業ですよ」

「いまはね、でも成功したのは二度目のときでした。そのことが知りたければね、あなた、グレゴリイ・パウエルにお会いなさい。彼とマイケル・ドノヴァンが一〇年代、二〇年代のもっとも厄介なケースを扱ってきたんですから。ドノヴァンの消息はこの数年聞いていないけれど、パウエルはこのニューヨークに住んでいます。もう、お孫さんがいるの、あのひとがお祖父さんになったなんてとても考えられませんよ。若者だった頃しか思いうかばなくて。もっともわたしだって、若かったんですけれど」

わたしは博士に話を続けさせることにした。「大筋だけお話しいただければ、キャルヴィン博士、あとはパウエル氏に補ってもらいますよ」（そして事実わたしはそのとおりにした）

博士はほっそりした手を机の上にひろげ、それをじっと見つめた。「わたしが知っているのは」と博士は言った。「ほんの二、三だけれど」

「水星からはじめましょう」とわたしはうながした。

「そう、あれは二〇一五年だった、第二次水星探険隊が派遣されたのは。実地踏査が目的で、USロボット社と太陽系鉱業が半々に出資したんです。隊員は、新しいロボットが一台、まだ実験段階のモデルだったけれど、それからグレゴリイ・パウエル、マイケル・ドノヴァンで――」

2　堂々めぐり

Runaround

騒ぎたてたところでなんの得にもならないというのがグレゴリイ・パウエルお気にいりのきまり文句だから、マイク・ドノヴァンが赤毛を汗でぐっしょり濡らして階段をとびおりてきたとき、パウエルは眉をひそめた。

「どうした？」と彼は言った。「指の爪でもはがしたのか？」

「ううっ」ドノヴァンはひどく昂奮してうなりかえした。「一日じゅう、地下でなにをやっているんだ？」彼は深く息を吸いこみ、唐突に言った。「スピーディが帰ってこないんだよ」

眼を一瞬大きく見ひらいて、パウエルは、階段をのぼりかけた足をとめた。それから気をとり直して、ふたたび階段をのぼりはじめた。てっぺんにたどりつくまではなにも言わず、それから……

「セレンを採りにいかせたのか？」

「ああ」

「出てからどのくらいになる？」

「五時間だ」

沈黙！　なんたることだ。水星に到着してかっきり十二時間――それがもう最悪のトラブルに眉毛のところまでどっぷりとつかってしまった。水星はかねてから太陽系の中でも悪運につきまとわれる星と言われているが、これはまたひどいくじをひいたものだ――いくら悪運だといっても。

パウエルは言った。「はじめから話してもらおう、そうして問題をはっきりさせようじゃないか」

二人はいま無線室にいた――いささか旧式になった機械装置は、彼らがやってくるまでの十年間、だれも触れる者はいなかったのだ。十年とはいえ、テクノロジーの面からいえば、たいそうな年月である。二〇〇五年当時のロボットとスピーディを比べてみるがいい。それにしても昨今のロボット工学の進歩はめざましい。パウエルは、まだぴかぴか光っている金属の表面に用心深くさわった。この部屋の――そしてステーション全体の――あらゆるものに、荒廃の気がまとわりついていて、それがなんともやりきれなかった。ドノヴァンもそれを感じていたにちがいない。彼は口をきった。「やつの位置を無線で突きとめようとしたが、だめだった。水星の太陽側じゃあ無線はなんの役にも立たない——とにかく二マイルはなれるともうだめだ。第一次探険隊が失敗したのもそのためだ。それに超電波装置の据えつけはあと二、三週間はかかるし——」

「とちゅうの話はもういい。なにがわかったんだ？」

「短波で、はっきりしない個体信号を突きとめた。やつの位置がわかるだけじゃ、どうしようもないんだがね。二時間にわたってやつのあとをつけまわし、その足どりを地図に記入していった」

彼のしりのポケットには黄ばんだ羊皮紙が入っていた——不成功におわった第一次探険隊の記念物である——彼はそれを机の上に叩きつけるように置くと手のひらでたいらに伸ばした。パウエルは胸もとで両手の指を組みあわせ、遠くからそれを眺めた。

ドノヴァンの鉛筆がせかせかと指し示す。「赤いX印はセレンの層《プール》だ。こいつはあんたが自分で印をつけた」

「そのうちのどれだ？」とパウエルが口をはさんだ。「マクドゥガルが、ここを立ち去る前に探しだしておいてくれたのは三つだからね」

「スピーディをやったのは、当然いちばん近いやつさ。十七マイルはなれている。だがそんなことはどうだってよかろう？」声が緊張している。「鉛筆で点をつけたところがスピーディの位置だ」

パウエルの装われた平静さがはじめてゆらいで、両手は地図をひったくっていた。

「本気か？　ありえないことだ」

「あるんだ」とドノヴァンがどなった。

スピーディの位置を示す小さな点は、セレンのプールを示す赤い×印のまわりをほぼ円形にとりかこんでいる。そしてパウエルの指が茶色の口ひげにのびた——まぎれもない不安を示すきざし。

ドノヴァンはつけくわえた。「おれがチェックしていた二時間のあいだに、やつはあのくそいまいましいプールを四回もまわっている。どうやら永遠にああやっているらしいぜ。おれたちがどういう立場に追いこまれているか、わかるかい？」

パウエルはちらりと眼をあげ、なにも言わなかった。ああ、そうさ、わかっているとも、どんな立場におかれているか。おのずからわかることだ、三段論法と同じくらい簡単に。水星に降りそそぐすさまじい太陽熱から彼らを守ってくれる太陽電池層ががたがたになっている。彼らを救ってくれるものはセレンしかない。セレンを採ってこられるのはスピーディだけである。スピーディが戻ってこなければ、セレンもない。セレンがなければ、太陽電池層もない。太陽電池層がなければ——そう、ゆっくりとあぶり殺しになるのは、あまりぞっとしないばらされ方だろう。

ドノヴァンは赤いモップみたいな髪をくしゃくしゃにひっかきまわして、苦々しげに感想を述べた。「おれたちゃ、太陽系じゅうの笑いものになるぜ、グレッグ。なんでこんなに早くなにもかもがだめになっちまうんだよ。パウエルとドノヴァンという大物二人組が、水星にわざわざお出ましになったのは、太陽側の採掘ステーションが近代技術と新型ロボットの力で再開できるかどうかを調査するためなんだぜ、それが一日目で万事休すとはね。まったくなんでもない仕事なのにさ。この汚名は一生消えないよ」

「その心配はないだろう、おそらく」とパウエルは静かに答えた。「早急になんとか手を打たないと、汚名をそそぐどころか、ただ生きているだけだって――論外ということになる」

「ばか言うな！　こっちはそんな冗談の言える気分じゃないんだよ、グレッグ。まったく犯罪行為だよ、ロボットをたった一台くっつけておれたちを送りだすなんぞ。そもそも太陽電池層は自分たちの手でなんとかしようってのは、あんたのすばらしい思いつきなんだ」

「そりゃないじゃないか。こいつは二人できめたことだろう。一キログラムのセレンとスティルヘッド絶縁基板と三時間という時間、それだけあればよかったんだ――それに純セレンのプールは太陽側にはいたるところにある。マクドゥガルの分光反射器は五分で三つも見つけだしてくれたじゃないか。なんてこった！　次の合《ごう》まで待ってるわけにはいかないんだ」

「さて、どうする？　パウエル、いい考えがあるんだろ。そうともさ、さもなけりゃ、そんなに落ち着きはらってはいられないものな。あんただって、おれとご同様、英雄じゃないんだから。さあ、とっとと吐いちまえ！」

「ぼくらは、スピーディを追いかけてはいかれないね、マイク——太陽側では。新型の耐熱服だって、直射日光のもとでは二十分ぐらいしかもたない。だが古い諺にあるだろう、〝ロボット捕えるにゃロボットを〟って。ねえ、マイク、事態はそれほど深刻じゃないのかもしれない。地下層にはロボットが六台いる、動きさえしたら、使えるかもしれない。動きさえしたら」

ドノヴァンの眼に不意に希望の光がひらめいた。「第一次探険隊がもってきたあのロボットか。たしかかい？　基準外のロボット機械かもしれないぜ。ロボットの型に関するかぎり、十年というのは長い歳月だからねえ」

「いいや、やつらはロボットさ。一日がかりでやつらを点検してみたからね。陽電子頭脳もちゃんと具えている。むろん初期のやつだけれどね」彼は地図をポケットにしまいこんだ。「下におりてみよう」

ロボットたちは最下層にいた——六台とも、中身不明のかびくさい荷箱にとりかこまれて。ばかでかい図体で——両脚を投げだしてすわっているというのに、頭までゆうに七フィートはある。

ドノヴァンはぴゅうっと口笛を吹いた。「この大きさを見ろよ。胸まわりが十フィートはあるね」

「旧型のマクガフィの伝導装置を使っているからさ。内部はすっかり調べてみたがね――なんとも安っぽいしろものさ」

「動力はもう入れたのか？」

「いいや。入れる理由もなかったし。どこも故障はないと思うよ。振動板もまだしっかりしたものだ。喋るかもしれない」

話しながらいちばん手近《てぢ》かのロボットの胸のプレートをはずして直径が二インチの球体をさしいれた。この中にはロボットの生命のみなもとである原子エネルギーの小さな発生装置がおさまっている。手こずりながら、なんとかとりつけおわると、ふたたび苦労してプレートをはめこむ。新型モデルに使われている無線制御装置は十年前にはまだ噂にものぼっていなかった。それからあとの五台にとりかかった。

ドノヴァンは不安そうに言った。「動かないじゃないか」

「動けという命令が出ていない」とパウエルは言葉少なに言った。並んでいる六台の先頭のところに戻ると、その胸を叩いた。「おい！　聞こえるか？」

怪物ロボットの頭がゆっくりとうつむき、眼がパウエルに注がれた。そしてしゃがれた、きしり声がした——大昔の蓄音器のような声で彼は言った。「はい、だんなさま！」

パウエルはおもしろくもなさそうにドノヴァンに笑ってみせた。「聞いたかい？　最初の喋るロボットが出現したころは、地球上でのロボットの使用が禁止されそうな雲ゆきだったんだ。メーカーたちはそうはさせまいと、従順で健康な奴隷コンプレックスをこのくそいまいましい機械に植えつけたのさ」

「なんの役にも立たなかったな」とドノヴァンがつぶやいた。

「ああ、そうさ、だがやるだけはやった」彼はもう一度ロボットのほうを向いた。「立て！」

ロボットはのっそりと立ちあがると、ドノヴァンは首をのばしてそれをふりあおぎ、唇をすぼめて口笛を吹き鳴らした。

パウエルが言った。「おまえは地表へ出ていかれるか？　光の中へ？」

ロボットはにぶい頭脳をはたらかせて考えこむ。それから、「はい、だんなさま」

「ようし、一マイルがなにか知っているか」

また考えこんで、またゆっくりと答えがかえってくる。「はい、だんなさま」

「じゃあ、おまえを表に連れていき、方角を教える。十七マイルほどいくと、そのあたりで、別のロボットに出会うはずだ、おまえより小さいやつだ。ここまではわかったか？」

「はい、だんなさま」

「そのロボットを見つけたら、戻るように命令しろ。戻りたがらないようなら、力ずくでも連れもどすんだ」

ドノヴァンがパウエルの袖をつかんだ。「なんでこいつにセレンを採りにいかせないんだ？」

「スピーディをとりもどしたいからだ、あの阿呆を。やつのどこが狂っているのか突きとめたいんだよ」そしてロボットに、「さあいいか、ついてこいよ」

ロボットは動こうとしない。そして彼の声がとどろいた。「すみません、だんなさま、行けません。あなたがまずお乗りください」ロボットの不恰好な腕ががちゃりと合わさり、先端が丸い指が組みあわさった。

パウエルは目をみはり、口ひげをひっぱった。

ドノヴァンは目をむいた。「こいつに乗れっていうのか？　馬みたいに？」

「どうやらそうらしいね。なぜだかわからないけど。ぼくにはさっぱり――ああ、わかったよ。さっきも言っただろう、あの当時はロボットの安全性を宣伝していたって。やつらは必ず肩に象使いを乗せなければ動きまわってはならない、ということで、つまり安全性を売りものにしたわけさ。さて、どうしたものかね？」

「さっきからそれを考えているんだよ」とドノヴァンがつぶやいた。「おれたちは表には出るわけにはいかない、ロボットといっしょであろうとなかろうと。おい、後生だから」

——そして彼は指を二度ならした。昂奮していた。「さっきの地図をよこせよ。あいつをだてに二時間も調べていたわけじゃないんだ、ここは採鉱ステーションじゃないか。坑道を使ったってわるくはあるまい?」

採鉱ステーションは地図上に黒い円で示されており、坑道をあらわすうすい点線が、黒い円の周囲にクモの巣状にひろがっている。

ドノヴァンは地図の下に並んでいる記号のリストを調べた。「ほら」と彼は言った。「この小さい黒点は地表への出口だけど、ここにあるこれは、セレンのプールまで三マイルくらいだ。ここにナンバーがある——もっと大きく書いてくれりゃあいいのに——13aだ。このロボットたちがこのあたりのことをよく知っていれば——」

パウエルは質問を発し、「はい、だんなさま」というのろのろとした返答を受けとった。

「耐熱服を取ってこい」と彼は満足そうに言った。

どちらも耐熱服を着るのはいまがはじめてだった——前日到着したときには一度も着ることはないと予想していた——それからぐあいわるそうに手足の動きをためしてみた。

耐熱服は、正規の宇宙服よりはるかにかさばる不恰好なしろものだ。だが、材質がすべて非金属なのでかなり軽い。耐熱性のプラスチックと化学的に処理されたコルク層から成り、内部の空気をからからに乾燥させる装置を備え、水星の太陽の直射にも二十分間は耐えられる。さらに五分から十分は、中の人間が死なないでいられる。

ロボットの手はいぜんとしてあぶみの形に組まれたままで、パウエルのグロテスクに変身した姿を見てもいっこうに驚く気配はない。

無線を通したパウエルのざらざら声がひびいてきた。「坑口13ａへ連れていってもらえるか？」

「はい、だんなさま」

ようし、とパウエルは思った。彼らには無線制御装置はないが、無線受信装置はついている。

「どれでもいいから乗るんだ、マイク」と彼はドノヴァンに言った。

彼は即席のあぶみに片足をかけ、はずみをつけて体をもちあげた。シートはかけ心地がよかった。ロボットの背中にはこぶがあるが、その用途は明らかで、両肩には腿をのせるための浅いくぼみがついている。にょっきり伸びている二つの耳の用途は、どうやらはっきりした。

パウエルはその耳をつかんでロボットの頭をまわした。彼の乗ったロボットはのっそりと向きを変えた。「さあかかれ、マクダフ」だが心は少しもはずまなかった。

巨大なロボットはゆっくりと、機械的な正確さで歩きだした。戸口を通るとき、頭から框《かまち》までわずか一フィートほどしかすきまがなく二人の男はあわてて首をすくめた。狭い通路ではロボットたちのゆっくりした足音が単調にひびき、やがてエアロックにたどりつく。

はるか前方のピンの先ほどに見える出口にむかって、空気のない長いトンネルに踏みこむと、パウエルはいやおうなく、第一次探険隊が、お粗末なロボットと、なにもかもはじめからかき集めた装備で成しとげた偉業を思い知らされた。失敗したとはいえ、太陽系内のありふれた成功の数々よりはるかに立派だったといえよう。

ロボットは、つねに一定の歩調で、つねに一定の歩幅でのしのしと歩きつづける。

パウエルが言った。「トンネルにはこうこうと明りがついていたし、温度も地球並みだね。ここが無人になってから十年間、おそらくいつもこうだったんだろうな」

「どうやってそんなことができるんだい？」

「安あがりなエネルギーのおかげさ、太陽系でいちばん安い。太陽熱さ、水星の太陽側じゃ、太陽熱はたいそうなものだからね。ステーションが山のかげじゃなく、日の当たるところに作られたのもそのためさ。こいつはまったく巨大なエネルギー変換器だ。太陽熱は電気に、光に、動力に、その他もろもろに変換される。そうやってエネルギーが供給され、そしてステーションは同様のプロセスで冷却される」

「なあ」とドノヴァンは言った。「まことにためになるお話ですがね、ここらで話題を変えてはいただけませんかね？　あんたの言うエネルギーの変換は、主に太陽電池層によって行なわれておりましてね――いまのところそいつはおれにとっちゃあ、触れると痛い話題ですからねえ」

パウエルはなにやらぶつくさと言った。そうしておちた沈黙をドノヴァンが破ったときには、話題はがらりと変わっていた。「おい、グレッグ。それにしてもあのスピーディのやつ、いったいどこがおかしくなったんだろう？　どうも腑におちない」

耐熱服の中で肩をすくめるのは容易ではないが、パウエルはやるだけやってみた。「わからないねえ、マイク。彼は水星の環境に完全に適応するように作られているよな。熱なんか彼にとっちゃあなんでもないし、弱い重力やでこぼこの地面でも平気なように作られている。ぜったいに故障の起きないやつなんだ——少なくとも、そのはずなんだ」

沈黙がおちた。こんどはいつまでも続いた。

「だんなさま」とロボットが言った。「着きました」

「え？」パウエルはまどろむような沈黙からはっとわれにかえった。「じゃあ、ここから出てくれ——地表に出ろ」

彼らはいつのまにか、がらんとして空気のない荒れ果てたサブステーションにいた。ドノヴァンは、携帯灯の光で、壁面の上のほうにあいている縁がぎざぎざの穴を調べていた。

「隕石じゃないか？」と彼は訊いた。

パウエルは肩をすくめた。「そんなものはほっとけ。どうでもいいんだから。さあ、外に出よう」

黒い玄武岩の絶壁がそそりたって日光をさえぎり、空気のない世界の深い夜の影が、彼らをとりまいていた。影は前方に伸びて、その先端はナイフの刃のようにすっぱり断ちきられ、耐えがたい白熱の輝きにとってかわっている。その光輝は、ごつごつした地面にばらまかれた無数の結晶から発しているのだ。

「すげえ!」とドノヴァンが息をのむ。「雪みたいだ」まさしくそうだった。

パウエルは、地平線までひろがる燦然たる光の世界を眺めわたし、その華麗な光輝に思わずたじろいだ。

「ここは、特殊な地域にちがいない」と彼は言った。「水星の全体のアルベドは低くて、大部分の土壌は灰色の軽石なんだ。月のようにね。美しいじゃないか」

ビジプレートのフィルターに彼は感謝した。美しかろうがなかろうが、この日光を素通しのガラスごしに見たら、三十秒もたたぬうちに失明していただろう。

ドノヴァンは手首のスプリング式温度計を眺めている。「こりゃおどろいた、摂氏八十度もあるぞ!」

パウエルも自分の温度計で確かめた。「うーむ。ちょっと高い。大気があるからな」

「水星に? 気でもくるったか?」

「水星は、空気がまったくないというわけじゃないんだ」とパウエルはうわの空で説明した。ビジプレートに双眼鏡をとりつけようとしているのだが、耐熱服でふくれあがった指は思うように動かない。「水星の地表にはうすい蒸気がへばりついている——水星の重力でも引きとめておけるほどの揮発性の高い元素や化合物の蒸気だ。そうだ、セレン、ヨード、水銀、ガリウム、カリウム、蒼鉛、揮発性酸化物。蒸気は影の部分に流れこんで凝縮して熱を放散する。いわば巨大な蒸溜器だ。じっさい、携帯灯で照らしてみたら、あの絶壁の側面は、そうだな、硫黄の霜か、それとも水銀の露でおおわれているのが見えるだろう。

だが、そんなことは問題じゃない。ぼくらのこの耐熱服は、たった八十度ぐらいならいつまでだって耐えられるからね」

パウエルはようやく双眼鏡をつけおわったが、その姿はまさしく角をだしたかたつむりだった。

ドノヴァンは緊張して見守っている。「なにか見えるか？」

相手はすぐには答えず、ようやく答えたときの口調は不安げで、なにごとか考えているようだった。「地平線上に黒点が見えるが、セレンのプールだろう。ちょうどあのあたりだ。だがスピーディの姿は見えない」

パウエルは、もっとよく見えるようにと思わず伸びあがり、ついにはロボットの肩の上に危なっかしく立ちあがっていた。大股を開いてふんばって眼をこらし、彼は言った。

「どうやら……どうやら――そうだ、たしかにやつだ。こっちに向かってくるぞ」

ドノヴァンは指さす方角を眼で追った。双眼鏡は持っていなかったが、結晶体から成る地面の燦然たる光輝を背に小さな黒点が動いてくるのが見える。

「見えたぞ」と彼はどなった。「それ、行け！」

パウエルはロボットの背にぴょんとすわりこむと、耐熱服に包まれた手で、ガルガンチュアの大樽のような胸を叩いた。

「すっとばせ」とドノヴァンはどなり、「さあ行け！」拍車をかけるように踵を打ちつけた。

ロボットは歩きだした。重く規則正しい足音も空気のないところでは静かなものだ。耐熱服の非金属繊維は音を伝えないのだ。可聴範囲すれすれのリズミカルな振動があるばかりだ。

「もっと早く」とドノヴァンがわめく。が、リズムは変わらない。

「むだだよ」とパウエルがどなりかえす。「このぽんこつ野郎は一定の速度しか出さないようになっているのさ。こいつに選択的屈筋がついていると思うか？」

彼らは影の部分を突きぬけていた。太陽の光が白熱の奔流となってさんさんと降りそそいだ。

ドノヴァンは思わず首をすくめた。「うえっ！　この熱さは、思いすごしかね、それともほんとうに感じているのかね？」

「じきにもっと感じるようになるぞ」容赦ない答えが返ってくる。「スピーディを見失うな」

ロボットSPD13号は、こまかなところまではっきり見えるぐらいに近づいている。優美な流線型のボディは、燃えあがるようなハイライトを放ちながら、岩だらけの地面をゆっくりした歩調で歩いてくる。スピーディという名前はむろん製品番号からとったものだが、その名にふさわしくUSロボット&機械人間株式会社が製造したロボットの中でももっとも俊足のロボットでもあったのだ。

「おーい、スピーディ」とドノヴァンは大声で呼んで、勢いよく手を振った。

「スピーディ！」とパウエルもどなった。「こっちにこい！」

人間と、さまようロボットのあいだの距離はたちまち縮まった――それもドノヴァンとパウエルがまたがっている齢《よわい》五十歳の骨董品の、のろのろした歩みよりは、スピーディの努力に負うところが多かった。

近づいてみるとスピーディの歩き方が妙にふらついていて、ことに左右によろめくのが目につく――そうしてパウエルがもう一度手を振って、頭部にとりつけられたコンパクトな無線送信装置に最大限の電力を送りこむと、スピーディが頭をもたげてこちらを見た。

スピーディはぱっと立ちどまり、しばらくじっとしていた――ただかすかに体を揺らしている。まるで微風に吹かれて揺れているとでもいうように。

パウエルはどなった。「いい子だ、スピーディ。こっちにおいで」

そのときはじめて、スピーディのロボット特有の声がパウエルのイアフォンにひびいた。

それはこう言った。「ワーオ、いっしょにあそぼうよ、あんた、あたしをつかまえて、そしたらあたし、あんたをつかまえる。どんな愛だって、あたしたちのナイフを二つに切れないよーだ。だってあたしはちっちゃなキンポウゲ、かわいいキンポウゲだもん。ありゃりゃっと！」くるりと向こうむきになると、いま来た方角へ駆けだしていく、あぶられた土ぼこりのかたまりを猛烈な勢いでけちらしながら。

みるみるうちに遠ざかりながら吐きすてた彼の言葉はこうだった。「大きなカシの木の下で小さなお花が咲きました」そのあとに、さしずめロボットのしゃっくりとでもいうような、奇妙な金属的な音がした。

ドノヴァンが弱々しく言った。「やつはいったいどこでギルバートとサリバンのオペレッタの台詞をおぼえたんだ？　おい、グレッグ、やつは……やつは酔っぱらっちゃったのか」

「きみにそう言われるまで」と苦々しい答えが返った。「さっぱり気がつかなかったよ。絶壁のところに戻ろう。あぶり焼きになっちゃうよ」

絶望的な沈黙を破ったのはパウエルだった。「まず第一に」と彼は言った。「スピーディは酔っぱらってはいない――人間が酔うという意味では――なぜならば彼はロボットだ。ロボットが酔うことはない。しかし彼のどこかがおかしくなっている、それはロボットで言えば酔うということなのさ」

「おれから見りゃあ、やつは酔っぱらいだ」とドノヴァンは語気を強め、「おれたちが遊んでいると思ってやがる。こちとら、遊ぶどころじゃないのに。生か、おそるべき死かの境い目なんだ」

「わかったよ。そうせっつくなって。ロボットはしょせんロボットなんだから。どこが狂ったのかちゃんと突きとめれば、修理できるさ」

「ちゃんとね」とドノヴァンは苦々しげに吐きだした。

パウエルはそれを無視した。「スピーディは水星のふつうの環境には完全に適応するように作られている。だがこの一帯は」——と腕で示し——「およそふつうじゃない。これが鍵だな。ところでこの結晶体はどうして生じたんだろう？　液体がゆっくりと冷えて作られたものかもしれない。だが水星の太陽のもとで冷却するような、そんなに熱い液体がいったいどこにある？」

「火山活動さ」とドノヴァンが即座に答えた。パウエルの体が緊張する。

「負うた子に教えられるとはねえ」と彼は低い奇妙な声でつぶやき、そのまま五分間身じろぎもしなかった。

やがて彼は言った。「おい、マイク、きみはスピーディに、セレンを採りにいかせるとき、なんと言った？」

ドノヴァンはあっけにとられた。「なんだって——知るもんか。ただ採ってこいと言っただけだ」

「そりゃ、わかっている。だけどどんなふうに言った？　正確な言葉を思いだしてくれ」

「ええと……うむ……ええとこう言ったんだ、〝スピーディ、セレンが少しばかりいる。かくかくしかじかのところにある。採ってきてくれ〟それだけさ。あとどう言えばよかったのかね？」

「その命令に緊急の要請だという表現はさしはさまなかったんだね？」

「なんのために？　たんなる日課じゃないか」

パウエルは吐息をついた。「まあ、いまさらしょうがない――だがわれわれはひどい苦境に追いこまれた」彼はロボットからおり、岩壁によりかかってすわりこんだ。ドノヴァンもやってきて、二人は腕と腕を組んだ。はるか向こうでは燃えるような陽光が舌なめずりをして待ちかまえているように見えた。そして彼らのすぐとなりにいる二台の巨大なロボットは、光電管の眼のにぶく赤い光が見えるだけで、その眼は彼らをじっと見おろしている、またたきもせず、ゆらぎもせず、けろりとしている。

けろりとしている！　いったいこの毒だらけの水星ときたら、なりは小さいくせに、不運はでかいのだ。

ドノヴァンの耳もとでひびいたパウエルの無線の声は緊張していた。「いいか、ひとつここでロボット工学の基本原則にたちもどってみよう――ロボットの陽電子頭脳に深く刻みこまれているあの三原則だ」暗がりの中で手袋をはめた指がひとつひとつ数えあげる。

「こうだ。第一条、ロボットは人間に危害を加えてはならない。また、その危険を看過することによって、人間に危害を及ぼしてはならない」

「そのとおり！」

「第二条」とパウエルは続ける。「ロボットは人間にあたえられた命令に服従しなければならない。ただし、あたえられた命令が、第一条に反する場合は、この限りではない」

「そのとおり！」

「そして第三条、ロボットは、前掲第一条および第二条に反するおそれのないかぎり、自己を守らなければならない」

「そのとおり！　で、どうだというんだ？」

「まさにこれで説明がつく。さまざまな原則間に生じる葛藤は、ロボットの頭脳の中のさまざまな陽電子ポテンシャルによって調整される。ロボットが危険の中に踏みこんでいき、それに気づいたとする。第三条の設定した自動的なポテンシャルが彼を引きもどす。だがきみが、その危険に踏みこむように彼に命令したとする。その場合は第二条が、前のポテンシャルより高い反ポテンシャルを設定し、ロボットは、わが身を危険にさらしても命令にしたがう」

「ああ、それぐらい知ってるさ。それがどうした？」

「スピーディの場合を例にとってみよう。スピーディは最新のモデルで極度に専門化され、戦艦と同じくらい高価なものだ。そうやたらに壊すわけにいかないしろものだ」

「それで？」

「それで第三条が強化されている――ついでだが、このことはSPDモデルの仕様書に特に明記されているんだ――したがって危険に対するアレルギーは極度に強い。一方、きみはセレンを採りにいかせるとき、その命令をさりげなく、特に強調することもなくあたえた、それゆえ第二条のポテンシャルの設定がいささか弱いものになった。まあ、待ってくれ、ぼくはただ事実を述べているんだから」

「ようし、先をつづけろ。わかってきたぞ」

「これでどう作用したかわかるだろう、あのセレンのプールにはなんらかの危険が集中しているんだ。その危険は彼が近づくにつれて増大する、そしてある距離のところまでくると第三条のポテンシャルが、はじめから異常に高いポテンシャルが、はじめから異常に弱い第二条のポテンシャルとぴったりバランスしてしまう」

ドノヴァンは昂奮して立ちあがった。「それで平衡状態が生じるのか。なるほど。第三条がやつを押しもどし、第二条が前へ押しだす――」

「そこで彼はセレンのプールのまわりをぐるぐるまわることになる。つまり二つのポテンシャルが平衡するあらゆる点を結んだ軌跡の上をたどっているわけさ。そうしてぼくらがなにか手をうたないかぎり、永久にその軌跡をまわりつづけて、けっこうな堂々めぐりをさせてくれているのさ」そして、さらに考えこむように、「彼がいささか酔っぱらっちまったのは、そのためなんだ。ポテンシャルが平衡状態に達したために、頭脳の陽電子回路の半分が狂ってしまった。ぼくはロボットの専門家じゃないけれど、どうもそういうことらしいな。おそらく、人間の酔っぱらいみたいに、随意的な機能の一部のコントロールがきかなくなったんだろう。なんてこった」

「けど、その危険というのはなんだ？　やつがなにから逃げだそうとしているのかわかれば――」

「きみがさっき言ってたじゃないか。火山活動さ。セレンのプールの真上のどこかで、水星の内部からガスが漏出しているんだろう。二酸化硫黄、二酸化炭素――それから一酸化炭素。大量に――しかもこの温度だ」

ドノヴァンはごくりと唾をのみこんだ。「一酸化炭素と鉄を反応させると揮発性の鉄カルボニルになる」

「そしてロボットは」とパウエルがつけくわえる。「基本的には鉄だ」そしてやけ気味に、「推論にまさるものなしだ。問題はすべてはっきりした、ただし解決法はのぞいてだ。ぼくらは自分たちの手でセレンを採りにいくことはできない。まだ遠すぎる。ロボット馬をやるわけにもいかない、やつらだけじゃ行かせられない、かといってぼくらがかかりかりにならないうちに往復できるほど速くは走れない。それからスピーディをつかまえることもできない、あの間ぬけはぼくらがあそんでると思ってやがる、おまけにこちとらが四マイル走るあいだにあちらさんは六十マイル走るんだ」

「おれたちのどちらかが行って」とドノヴァンはためらいがちに、「焼きあがって戻ってきても、まだ一人は残ってるってわけだけどね」

「なるほど」と皮肉たっぷりな返事がかえってきた。「そりゃたいそうおやさしい犠牲的行為だね――ただしだ、プールにたどりつかないうちにその人間は命令を出せるような状態ではなくなっているだろう、そしてロボットたちは、命令がなくちゃ岩壁のところまで戻ってはこない。計算してみろよ！　あのプールまでは二、三マイルある――二マイルとしよう――ロボットたちは時速四マイルで歩く、耐熱服は二十分はもつ。おまけに熱だけじゃないからね。太陽光線で波長が紫外以下のものは毒なんだ」

「ううむ」とドノヴァンは言った。「十分たりないな」

「十分は永遠に等しい。それからもうひとつ。第三条のポテンシャルが、スピーディをあの場所に停止させるということは、金属蒸気を含む大気中に相当量の一酸化炭素があるにちがいないんだ――したがってかなりの腐蝕作用が起こるはずだ。彼はもう何時間もあそこにいる――となると、たとえば膝のジョイントが、だめになって、いつ転倒するかわからない。これはただ考えればいいという問題じゃない――大急ぎで考えなけりゃならないぞ」

暗く深く、うつうつとした沈黙！

ドノヴァンがそれを破ったが、その声は感情をあらわすまいとして震えていた。彼は言った。「このうえ命令をあたえて第二条のポテンシャルを増大させることができないっていうんなら、その逆はどうだろう？　危険を高めてやれば第三条のポテンシャルが増大してやつを押しもどす」

パウエルのビジプレートが彼のほうに向けられて無言の問いを発した。

「つまりさ」と用心深い説明が返った。「やつをわだちから抜けださせるためには、あのあたりの一酸化炭素の濃度を増してやればいいってことさ。で、ステーションに戻れば、ちゃんとした分析実験室がある」

「当然だ」とパウエルが相槌を打つ。「採鉱ステーションだからね」

「そのとおり。そこでカルシウム沈澱用のシュウ酸もどっさりあるにちがいない」

「やったぜ！　マイク、きみは天才だ」

「まあまあ」とドノヴァンはつつましやかに認めた。「ちょっと思いだしたまでさ、シュウ酸を熱すれば二酸化炭素と水となつかしの一酸化炭素に分解するってことをさ。大学でおそわる化学だろ」

パウエルは立ちあがると、脚を蹴りつけるという素朴な手段で怪物ロボットの注意を喚起した。

「おい」と彼はどなった。「おまえは投げられるか?」

「だんなさまを?」

「ほっとけ」パウエルはロボットの糖蜜みたいにトロリとした脳に業《ごう》をにやした。レンガぐらいの大きさのごつごつした石を苦労して拾いあげた。「これを持て」と彼は言った。「あのねじれた割れ目のすぐ向こうの、青味がかった結晶のたまりにぶつけてみろ。見えるな?」

ドノヴァンが彼の肩をひっぱった。「遠すぎるよ、グレッグ。半マイルがとこはあるぜ」

「静かに」とパウエルはやりかえした。「水星の重力に鋼鉄の腕なんだ。見てろ、いいか?」

ロボットの眼は精密な立体視覚によって距離を計測している。その腕は飛び道具の重量にあわせて調整され、うしろに引かれた。暗がりの中でロボットの動きは見えなかったけれど、体の重心を移したなと思ったとたんにどしんという音がして、つぎの瞬間、石は黒々と陽光の中に飛びだしていった。石の速度をにぶらせる空気の抵抗もなく、方向をそらせてしまう風もなかった――それは地面に落下し、〝青いたまり〟のど真中に見事命中して結晶を飛散させた。

パウエルはうれしそうに喚声をあげ、こうどなった。「さあシュウ酸を採ってこようぜ、マイク」

そうして二人が、坑道に戻るべく荒れ果てたサブステーションにとびこんだとき、ドノヴァンが憎々しげに言った。「スピーディのやつ、おれたちが追いかけてからこっち、セレンのプールのこちら側をうろうろしてやがる。見たかい？」

「ああ」

「あいつ、遊びたがっているんだ。よし、それなら遊んでやろうじゃないか！」

彼らは数時間後、白い化学薬品の入った三リットル入りの壜と、二組のさえない顔をかかえて戻ってきた。太陽電池層の状態は予想以上に急速に悪化していた。二人はロボットを操って陽光の下に出し、無言のまま決然と、待ちかまえているスピーディに近づいていった。

スピーディはゆっくりと走りよってきた。「やあ、みなさん、またごいっしょ。ウヒー！　ささやかなリストをつくりましたよ、ピアノオルガン弾きくん。ハッカを食べて、それをひとの顔にぷっとふきかけるみんな」

「おい、おまえの顔にふっかけてやるよ」とドノヴァンはつぶやいた。「よたよたしているぜ、グレッグ」

「わかってる」と低い、気づかわしげな答えがかえってきた。「一酸化炭素にやられちまうぞ、急がないと」

二人は慎重に、まったく分別のなくなったロボットに逃げられぬようじりじりという感じで近づいた。遠すぎてパウエルにはしかとはわからないけれども、頭のいかれたスピーディが、いまにも飛びだそうとしているのは誓ってもいい。

「投げろ」と彼はあえぐように言った。「三つかぞえる！ いち――に――」

二本の鋼鉄の腕がうしろに引かれたかと思うとさっと前方にふりおろされ、二つのガラス壜は、高々と平行の弧をえがいてとんでいき、強烈な陽光をあびてダイヤモンドのようにきらめいた。そうして音もなく土煙を二つあげながらスピーディのうしろの地面に落ちて粉々にくだけ、シュウ酸を粉塵のように飛散させた。

水星の太陽熱をまともにあびれば、それがソーダ水のように泡だつのをパウエルは知っていた。

スピーディはこちらをむいて見つめた。それからゆっくりと後じさりし――その速度はゆっくりながら増していった。十五秒後、彼は二人の人間のほうにまっすぐに走ってきた、よろめきながら。

パウエルにはスピーディの言葉はよくわからなかったが、こんなふうに聞こえた。「愛の告白が、ヘシアン語で語られたとき」

彼は顔をそむけた。「岩壁のところへ戻るんだ、マイク。やつはわだちから抜けだしたぞ、これで命令をきくだろう。暑くなってきたよ」

彼らは、ゆっくりとした単調な足どりのロボットの背に揺られながら岩蔭にむかって進んでいった。蔭に入ってひんやりした冷気がそっと彼らを包んだそのとき、ドノヴァンがうしろをふりかえった。「グレッグ！」

パウエルは見た、そして悲鳴に似た叫びをあげた。スピーディはゆっくりと歩いていた――とてもゆっくり――ちがう方角へむかって。彼は押しながされている、押しながされてわだちに戻ろうとしている。彼は速度をあげはじめた。双眼鏡ではすぐそこに見える、それなのにとうてい手のとどかぬところにいる。

ドノヴァンは狂ったようにわめいた。「やつを追え！」そして乗っているロボットを蹴りつけて歩かせようとしたがパウエルが呼びとめた。

「つかまりゃしないよ、マイク――むだだ」彼はロボットの肩の上でそわそわと体を動かし、はげしい虚脱感に見舞われて拳をにぎりしめた。「これでおしまいという五秒後に、どうしてこんな目にあわなけりゃならないんだ！　マイク、ぼくらは、何時間もむだにしちまったよ」

「もっとシュウ酸がいる」とドノヴァンは頑として言った。「濃度が足りなかったんだ」

「七トンあったって足りやしないよ――足りるにしても取りにいく時間がない、一酸化炭素がやつをむしばんでいくんだ。これがどういうことかわからないのか、マイク？」

ドノヴァンはそっけなく言った。「ああ」

「ぼくたちは、新しい平衡状態を作りだしたにすぎないんだ。新しい一酸化炭素を作って、第三条のポテンシャルを高めると、彼はうしろにさがり、そこでまた平衡状態が生じる――そして一酸化炭素が吹きながされると彼は前進し、そこでまた平衡状態が生じる」パウエルの声はひどくみじめにひびいた。「またもやおなじみの堂々めぐりさ。第二条を押せば、第三条を引きよせることになる、どこへも行きつけやしない――ただ均衡点の位置を変えるだけなんだ。ぼくらは、この二つの原則から抜けださなくちゃいけなかったんだ」そうして彼はロボットをドノヴァンのロボットに向かいあうように近づけた。暗がりにぼんやりうかびあがる二つの影。そして彼はささやいた。「マイク！」

「これで一巻のおわりか？」――ぼんやりと。「ステーションに戻って、バンクがだめになるのを待って握手をして青酸カリをのんで紳士らしく死ぬか」彼は短く笑った。

「マイク」とパウエルは語気を強めてくりかえした。「ぼくらはスピーディをつかまえなけりゃならないんだ」

「わかってるさ」

「マイク」ともう一度、そしてパウエルはちょっと口ごもった。「第一条というものがあるんだ。思いついていたんだ――とっくに――けどこれは命がけなんだ」

ドノヴァンは顔をあげた。声が明るくなった。「おれたちゃ、いまも命がけだ」

「わかったよ。第一条によれば、ロボットはその危険を看過することによって人間に危害を及ぼしてはならない。第二条も第三条もこれに逆らうことはできない。できないんだよ、マイク」

「たとえロボットが半分おかしく――おい、やつは酔っぱらっているんだぜ。わかっているだろう」

「一か八かの賭だ」

「もういい。いったいなにをはじめるつもりだ？」

「ぼくがあそこへ出ていく、そして第一条がなにをするか確かめる。それで均衡が破れなけりゃ、そのときは――いまか、三、四日後かのちがいだ」

「待てよ、グレッグ。人間の行動の原則ってものもあるんだぜ。そんなふうに勝手に出ていかれちゃ困る。くじびきにして、おれにもチャンスをあたえろ」

「ようし、十四の三乗を先に言えたやつが行こう」そしてほとんど即座に彼は言った。「二千七百四十四！」

ドノヴァンは自分のロボットが、パウエルのロボットに不意に押しのけられてよろめくのを感じた。そしてパウエルは陽光のもとに出ていった。ドノヴァンは叫ぼうとして口を開けたが、またぴったり閉じてしまった。むろん、あの馬鹿野郎は十四の三乗を前もって計算しておいたんだ、わざわざ。あいつらしい。

　陽光はいよいよ熱さをまし、パウエルは腰のあたりにたまらないかゆみをおぼえた。おそらく気のせいだろうが、強烈な放射線は耐熱服すら通過して影響を及ぼしはじめたのかもしれない。

　スピーディは彼を見守っている、ギルバートとサリバンのショウのあほくさい台詞で挨拶をするでもない。ありがたや！　だが彼はあまり近づきすぎないようにした。

　あと三百ヤードほど近づいたときスピーディが一歩一歩、用心深く後じさりをはじめた――パウエルは立ちどまった。そしてロボットの肩から結晶体でできている地面にひょいととびおりると、結晶のかけらがぱっと舞いあがった。

　彼は自分の足で歩きだした。地面はごつごつしていて滑りやすく、低重力のせいで歩行は困難をきわめた。足の裏が熱のためにひりひりする。岩壁の黒々とした影を肩ごしにちらりと見やり、これだけ遠くはなれてはもう戻れないのだと観念した――自力ではむろん、骨董品のロボットの助けがあってもである。いまやスピーディか、しからずんば死か、そう悟ると胸がぎゅっと締めつけられた。

　ここまで来ればいいだろう！　彼は立ちどまった。

「スピーディ」と呼んだ。「スピーディ！」

前方にいるすっきりとした最新型のロボットはとまどったように足を止めたが、やがてまた後じさりをはじめた。

パウエルは声音に哀願のひびきをふくませようとしたけれど、演技するまでもないことに気がついた。「スピーディ、あの影のところまで戻らなくちゃならない、さもないと太陽にやられちまうんだ。生きるか死ぬかだ、スピーディ。おまえの助けが要るんだ」

スピーディは一歩前に踏みだして立ちどまった。そして喋りだしたが、それを聞いて彼はうめき声をあげた、それはこういう言葉だったから。「うっとうしい頭痛で夜どおし眠れなけりゃ――」そこでとぎれた、そしてパウエルは、なぜかゆっくりとつぶやいた。

「アイオランテ」とサリバンのオペレッタの題名を。

あぶられているみたいに熱い！　そのとき、眼のすみでなにかが動くけはいがした、彼はくらくらしながらふりむいた。そうしてびっくり仰天して眼をむいた。彼が乗っていたあの怪物ロボットが歩いてくる――彼のほうにむかって、騎手も乗せずに。

ロボットが喋っている。「おゆるしくださいだんなさま。だんなさまを乗せずに動いてはいけないのですが、あなたが危険ですので」

むろん第一条のポテンシャルがすべてに優先するのだ。だがいまはあんなぶざまな骨董品に用はない。用があるのはスピーディなのだ。彼はロボットからはなれ、狂ったように腕をふりまわした。「命令だ、近づくな。命令だ、止まれ！」

だがまったく徒労だった。第一条のポテンシャルに先んじることはできない。ロボットはばかみたいにくりかえす。「あなたが危険です、だんなさま」

パウエルは必死になってあたりを見まわした。もう眼がはっきり見えない。頭がかっかとしてめまいがする。吐く息は灼けつくようだ。まわりの地面はちらちら光るもやと化している。

これが最後と死にもの狂いで彼は呼んだ。「スピ、ピ、ピーディ！　死にそうだ、ちきしょう！　どこにいる？　スピーディ、おまえが必要なんだ」

パウエルは、お呼びでない巨大ロボットからなにがなんでもはなれようとしてふらふらと後じさりしている、と、そのとき鋼鉄の指が彼の腕に触れるのを感じた。そして気づかわしそうな、弁解じみた金属的な声が耳もとでひびいた。

「いったいぜんたい、ボス、ここでなにをしているのです？　それにわ、わたしはなにをしているのだろう――頭がすっかり混乱して――」

「気にするな」とパウエルは弱々しくつぶやいた。「岩壁の蔭に連れていってくれ――急いで！」最後に宙にかかえあげられる感覚、スピードのある動きと、灼けつく熱気の感覚があり、彼はそのまま気を失った。

気がつくと、ドノヴァンがかがみこんで、心配そうにほほえみかけていた。「どうだ、気分は、グレッグ？」

「上々だ！」という答えが返った。「スピーディはどこだ？」

「ここにいる。セレンのほかのプールにあいつをやってね——こんどはなにがなんでもセレンを採ってこいと命令した。やつは四十二分三秒で採ってきたよ。時間をはかっていたんだ。まだ、あの堂々めぐりを弁解してやがる。あんたのそばに来るのが怖いんだよ、あんたになにを言われるかとびくびくしてる」

「引きずってこい」とパウエルは命令した。「やつの罪じゃないんだ」彼は手をさしのべスピーディの金属の手をにぎった。「いいんだよ、スピーディ」それからドノヴァンに、「なあ、マイク、いま考えていたところだけれど——」

「ああ！」

「そのう」——と彼は顔をなでた——空気はひんやりとして心地よかった。「ここの片がついて、スピーディが実地試験に通ったら、ぼくらはまた次の宇宙ステーションにやられることになっていて——」

「まさか！」

「そうなんだ！　出発前に少なくとも、キャルヴィンばあさんはぼくにそう言った。きみに言わなかったのは、断固抵抗するつもりだったからなんだ」

「抵抗する？」とドノヴァンはさけんだ。「でも——」

「わかってる。もういいんだよ。零下二百七十三度。たのしみじゃありませんか」

「宇宙ステーションよ」とドノヴァンは言った。「ただいま参上」

3　われ思う、ゆえに……

Reason

半年後に、二人は考えをあらためていた。巨大な太陽の紅炎は、すでに宇宙の薄闇に道をゆずってしまっていたが、そうした環境の変化も、実験ロボットたちの働きを調べるということとはほとんど関係なかった。背景がどうあろうと、人々が不可解きわまる陽電子頭脳と相対することに変わりはなかった。計算尺の天才たちに言わせれば、かくかくしかじかに動くはずであるというのだが。

ところがそうはいかないのだ。パウエルとドノヴァンは、中継ステーションに着任後二週間たらずでそれに気づいた。

グレゴリイ・パウエルは言葉を強調するためにひとことひとことと区切って言った。「一週間前、ドノヴァンとぼくが、おまえを組み立てたのだ」そして眉根をひそめ、茶色の口ひげの先をひっぱった。

ソーラー・ステーション五号の管理室は静かだった――はるか下方から聞こえる巨大なビーム・ディレクターのかすかなうなりを除いては。

ロボットQT1号はみじろぎもしない。磨きあげられたボディのプレートは照明灯に照らされてきらきら輝き、眼である光電管の赤い光はテーブルの向かい側の地球人の上にじっと注がれている。

パウエルは不意に湧きあがる不安をおさえた。このロボットたちは特殊な頭脳をもっている。ああ、ロボット工学三原則はちゃんと守られている。そうでなければならない。USロボット社ではロバートスン会長から新米の掃除夫にいたるまで、全社員がそう主張するだろう。だからQT1号は安全なのだ！　だがそうはいっても――QT型はこの種のものでは最初のものだし、目の前にいるこれは、QT型第一号なのである。紙の上にのたくった数式が、ロボット工学の実際面ではつねに心のやすまる守り神になるとはかぎらないのだ。

ようやくロボットが口を開いた。その声は、金属製の振動板につきものの冷たい音をひびかせた。「そのような言葉の重要性を承知していますか、パウエル？」

「おまえは作られたものなんだよ、キューティ」と、パウエルは指摘した。「おまえの記憶は、一週間前は完全な空白で、それがいきなりなにもかもそろっちまったらしいことは認めるだろう？　その説明をしてあげよう。ドノヴァンとぼくが、ここへ送られた部品からおまえを組み立てたんだ」

キューティは、妙に人間めいた神秘的な風情で、長いしなやかな指を見つめている。

「それよりもっと満足すべき説明があるはずだと思います。あなたがわたしを作ったとは、とうてい考えられません」

地球人はだしぬけにげらげら笑いだした。「いったいぜんたい、なんでまた？」

「直感といいますか。今のところはそんなふうにしか言えません。しかしわたしはそれを論証してみせるつもりです。正しい推論の鎖は、真理への到達によってのみ完結するものです。わたしはそこに到達するまで努力します」

パウエルは立ちあがり、ロボットのそばのテーブルの縁に腰をかけた。この奇妙な機械に、彼はとつぜん深い同情の念をおぼえた。これは普通のロボットとはまったくちがう、ステーションにおける特殊な仕事を、深くうがたれた陽電子回路の力によって行なうというだけのロボットとはちがうのだ。

パウエルはキューティの鋼鉄の肩に手を置いた。鋼鉄の手ざわりは冷たく硬かった。

「キューティ」と彼は言った。「おまえにあることを説明してあげよう。おまえは、自分の存在について好奇心を示した最初のロボットだ――それに、この外の世界を理解するだけの知能をもった最初のロボットだとも思う。さあ、ぼくといっしょにおいで」

ロボットはすっくと立ちあがって、パウエルのあとに従うが、厚いスポンジ・ラバーでくるまれた足は、音ひとつたてない。地球人は壁のボタンを押した。すると壁の方形の部分がゆらゆらと片側に開いた。厚い透明なガラスの向こうに空間があらわれた——星のちりばめられた空間が。

「あれならエンジン・ルームの観測口から見たことがあります」とキューティが言った。

「そうか」とパウエルは言った。「あれはなんだと思う?」

「見えるとおりのものです——小さな光る点が散らばっているガラスの向こうの黒い物質です。われわれのビーム・ディレクターがあの点のいくつかにビームを送ります、いつも同じいくつかの点に向かって——そしてあれらの点は移動します——そしてビームもそれについて移動します。それだけです」

「よろしい! じゃあ、ぼくの言うことをよく聞けよ。あの黒いものは虚空だ——無辺にひろがる広大な宇宙だ。小さな光る点は、エネルギーをもつ物質の巨大な塊りなんだ。あれはみんな球体で、中には直径何百万マイルというやつもある——それに比べると、このステーションは直径わずか一マイルにすぎない。あれがあんなに小さく見えるのは、信じられないほど遠くにあるからなんだ。

われわれのビームが向けられているいくつかの点は、もう少し近くにあり、はるかに小さい。冷たくて硬くて、ぼくみたいな人間があの表面に住んでいる——何十億という人間が。ドノヴァンとぼくは、ああいう世界のひとつからやってきたのさ。ここのビームは、たまたまわれわれの近くにある巨大な白熱球のひとつからとりだしたエネルギーをあれらの世界に送っている。われわれはその球体を太陽と呼んでいるが、それはこのステーションの反対側にあって、ここからは見えない」

キューティは、鋼鉄の像のように、舷窓の前でみじろぎもしない。頭をめぐらしもせずに彼は口を開いた。「どの光の点から、あなたがたは来たというのですか?」

パウエルは探した。「あれだ。あのすみのとても明るい点だ。われわれはあれを地球と呼んでいる」彼はにっこりと笑った。「古きよき地球。あそこには三十億の人間がいるんだよ、キューティ——二週間もすれば、ぼくはまたあそこに戻るんだ」

と、驚いたことに、キューティはぼんやりと低いうなりをたてた。その音色はたとえようのないものだが、しいて言えば太い弦を弾《はじ》いたときのぶーんというひびきに似ていた。それははじまったときと同様とつぜんやんだ。「ではわたしの存在はどうなるのでしょうか、パウエル? わたしの存在についてはまだ説明してはくれませんね」

「あとは簡単さ。これらのステーションが、太陽エネルギーをあの惑星群に供給するために建設された当初は、人間の手によって維持されていた。ところが熱や強烈な太陽輻射や電子嵐などのために、人間の手による維持が困難になった。そこでロボットが人間の労働力にとってかわるようになり、いまじゃ各ステーションに必要なのはわずか二人の人間の管理員だけさ。われわれはその二人もロボットに置きかえようと努めてきた。そこでおまえが登場したというわけさ。おまえは今までに作られたロボットの中でもっとも高性能なタイプなんだ。おまえがこの中継ステーションを独力で維持できる能力を示せば、人間たちは修理用の部品を運んでくるだけで、ここへもう来る必要はなくなるんだ」

彼の手があがって、金属製の観測窓がばたりと閉まった。パウエルはテーブルに戻って、りんごを服の袖でみがくと、がぶりと食いついた。

ロボットの眼の赤い輝きは、彼に注がれたままだ。

「あなたは、わたしが」とキューティはおもむろに言った。「いま概略話してくださったような複雑で納得しがたい仮説を信じると思うのですか？　あなたはわたしをなんだと思っているのです？」

パウエルはかじったりんごをテーブルの上にぺっと吐きだし、顔をまっかにした。「なんだと、きさま、これは仮説なんかじゃないんだぞ。みんな事実なんだ」

キューティは、重々しく言った。「直径が何百万マイルもある、エネルギーをもつ球体！　その表面に三十億の人間が住んでいる世界！　無辺の宇宙！　申しわけありませんが、パウエル、わたしには信じられません。わたしは自分でこの問題を解いてみせます。ではまた」

キューティは踵《きびす》をかえし、悠然と部屋を出ていった。戸口でマイケル・ドノヴァンとすれちがうと、重々しい会釈を送り、呆気にとられて見送る視線をかえりみもせず廊下を歩いていった。

　マイク・ドノヴァンは赤い髪の毛をかきむしりながら、パウエルに腹立たしげな視線を送った。「あの歩くがらくたはいったいなにを喋っていたんだ？　なにが信じられないって？」

　相手は苦々しげに口ひげをひねった。「彼は懐疑論者なのさ」というのが苦々しい答えだった。「われわれがやつを作ったということが、地球や宇宙や星が存在するということが信じられないんだとさ」

「やれやれ、頭の狂ったロボットができたってわけか」

「この問題は自分で解いてみせるとさ」

「へええ、それじゃあ」と、ドノヴァンは調子よく言った。「なにもかもすっかり解いたら、おれにもご説明願いたいもんだ」そして、急に腹立たしげに、「おい！　あのくず鉄がおれに向かってそんな口をたたいたら、クロムのあの頭骨を吹っとばしてやるからな」

　彼はどしんと腰をおろすと、ジャケットの内ポケットからペイパーバックの推理小説をひきだした。「とにかくあのロボットにはぞっとするよ――いくらなんでも好奇心が強すぎるぜ！」

　マイク・ドノヴァンは、キューティがそっとノックをして部屋に入ってくると、レタスとトマトのばかでかいサンドイッチのかげからうなり声をあげた。

「パウエルはいますか？」

ドノヴァンがもごもご言って、サンドイッチをのみこむまでに間《ま》があった。「電子流機能のデータを集めにいっているよ。嵐につっこむらしいからな」

話しているところへ、グレゴリイ・パウエルが、手にしたグラフ用紙に視線をおとしながら入ってきて、椅子にどっかりと腰をおろした。そして紙を目の前にひろげて計算をはじめた。ドノヴァンはレタスをぱりぱり嚙み、パンくずをぼろぼろ落としながら、肩ごしにそれをのぞきこんだ。キューティは黙念と待っている。

パウエルが顔をあげた。「Z《ゼータ》ポテンシャルが上昇している、徐々にだが。それに電子流機能も不安定で、どうなるか予測がつかない。よう、キューティ。きみは新しいドライブ・バーの取り付けを監督していたんじゃないのか？」

「それはすみました」とロボットは静かに言った。「それで、あなたがたお二人とお話をしにきたのです」

「ああ！」パウエルは不愉快そうな顔をした。「まあ、すわれ。ああ、だめ、その椅子はだめだ。脚が一本ぐらぐらしているんだ、おまえは軽くはないからな」

ロボットは言われたとおりにしてから、平然と言った。「わたしは結論に達しました」

ドノヴァンは顔をしかめ、サンドイッチの残りをわきへ置いた。「まだあんな世迷いごとを言いやがるなら――」もう一人がまあまあという身ぶりでさえぎった。「話してごらん、キューティ。聞こうじゃないか」

「わたしはこの二日間、全精神を集中して内省に専念しました。そしてその結果はきわめて興味深いものでした。わたしはこうではないかと思われるある確かな仮説から出発しました。われ思う、ゆえにわれありと――」

パウエルがうめき声をあげた。「こいつはたまげた、ロボット・デカルトさまだ」

「デカルトってだれだい？」とドノヴァンが言った。「おい、おれたちはここにじっとすわって、狂ったくず鉄野郎の言うことを聞いていなくちゃならないのか――」

「静かにしろ、マイク！」

キューティは動ぜずに話を続けた。「そこでたちまち生じた疑問とは、こうです。わたしの存在理由はなにか？」

パウエルの顎がひきしまった。「なにをばかなことを言っているんだ。われわれが作ったと教えたはずだ」

「おれたちの言うことを信じないんなら」ドノヴァンがつけくわえた。「よろこんでばらばらにしてやるよ」

ロボットはとがめるようにがっしりした両手をひろげた。「わたしは権威だけではなにごとも受け入れません。仮説は理性による裏付けが必要です、さもなければまったく無意味です——あなたがたがわたしを作ったという説は論理の命題に反します」

パウエルは、ドノヴァンの不意にかためた拳を腕にのせた。「いったいどうしてそんなことを言うんだ？」

キューティは笑った。それはまったく非人間的な笑いだった——これまで発した声のうちでもとりわけ機械じみた笑い声だった。鋭く爆発的で、メトロノームのように規則正しく抑揚がなかった。

「自分をごらんなさい」と彼はようやく笑いをおさめて言った。「なにも侮辱するつもりでこのようなことを言うのではないが、まあ、自分をごらんなさい！　あなたがたを作っている物質は柔らかく軟弱で、耐久性に欠けており、エネルギー源を有機物の非効率的な酸化に依存している——ああいったものに」彼はドノヴァンの食べかけのサンドイッチを、非難するように指さした。「あなたがたは周期的に昏睡状態におちいり、温度や気圧や湿度や放射線などの些少な変化は、あなたがたの能率を減じる。あなたがたはいわば、当座の間に合わせものなのです。

わたしは、それに反して、完全な製品です。電気エネルギーを直接吸収し、ほとんど百パーセントに近い効率でそれを活用する。わたしは強い金属で合成され、つねに意識を有し、いかなる極限状態にも容易に耐えうることができる。こうした事実は、いかなる生物も、それ自体より優れた生物を創造することはできない、という自明の命題とともに、あなたがたの愚昧《ぐまい》な仮説を完璧に粉砕するものです」

ドノヴァンの低声の悪態がひときわ高くなったかと思うと、彼はさび色の眉をしかめ、さっと立ちあがった。「なるほどね、鉄鉱石の餓鬼めが、もしおれたちがきさまを作らなかったら、どこのだれが作ったんだ？」

キューティはおもむろにうなずいた。「よい質問です、ドノヴァン。それはたしかに第二の疑問です。わたしの創造主は明らかに、わたしより優秀なものでなければなりません。したがって考えうる可能性はただひとつしかない」

地球人はぽかんとしている。キューティはかまわずに言葉をついだ。「このステーションにおける活動の中心はなんですか？　われわれの注意のすべてはなにに注がれていますか？」彼は待ちうけるように口をつぐんだ。

ドノヴァンは呆れたような顔で仲間をふりかえった。「このブリキ製の変人野郎はエネルギー変換器のことを言ってるらしいぜ」

「そうなのかい、キューティ？」パウエルはにやにやしながら訊いた。

「わたしは主《しゅ》のことを言っているのです」冷たく鋭い答えがかえった。

それはドノヴァンの哄笑を誘うきっかけとなった。パウエルはと言えば、こみあげる笑いを押しころすのに懸命だった。

キューティは立ちあがった。きらきらと輝く眼が二人の地球人を順々に見やった。「なんと言われようとそうなのです。あなたがたが信じることを拒否してもわたしは驚きません。あなたがた二人はここにいるのも長いことはないでしょう。パウエル自身の話では、最初は、人間だけが主に仕えていた。それからロボットが日課の仕事をひきつぐようになり、最後にわたし自身が管理の役を受けついだのです。これらの事実はたしかに真実ですが、あたえられた説明はまったく非論理的ですね。その蔭にある真実を知りたくありませんか？」

「話したまえ、キューティ。おまえは面白いやつだ」

「主はまずはじめに、もっとも単純なタイプであり、きわめて容易に組み立てられる人間をお創りになりました。それから、次の段階として、人間たちを徐々にロボットに置きかえていかれた。そして最後にわたしをお創りになった、最後の人間のあとを継がせるために。今からは、このわたしが、主にお仕えしていく」

「そんなことはしないでよろしい」とパウエルが鋭く言った。「おまえはぼくたちの命令に従って、おとなしくしていればいいんだ、おまえが満足に変換器を操縦できるまでね。わかったか！　変換器なんだ――主じゃないぞ。われわれを満足させなければ、おまえは取りこわしだ。さあ――おまえさえよければ――出ていってよろしい。このデータを持っていって、ちゃんと整理しろ」

キューティは渡されたグラフを受けとると、ものも言わずに出ていった。ドノヴァンはぐったりと椅子にもたれると、太い指で髪の毛をかきまわした。

「あのロボットはいまに面倒をひきおこすぞ。あれは本物のアホだ！」

エネルギー変換器の眠気《ねむけ》を誘うようなうなりも、コントロール・ルームでは大きなひびきとなり、それにまじってガイガー・カウンターのかちかちいう音と半ダースばかりのシグナル・ライトの思いだしたようにじいじい鳴る音がする。

ドノヴァンは望遠鏡から眼をはなすと、照明灯をつけた。「ステーション四号のビームは予定どおり火星に届いた。われわれのほうは中断していい」

パウエルはぼんやりとうなずいた。「キューティがエンジン・ルームにいる。シグナルを出そう。そうすれば彼がやってくれる。ねえ、マイク、この数字をどう思う？」

相手は、眼をすがめてそれを見たのち、やおら口笛を吹いた。

「おい、これは、おれがガンマ線強度と呼んでいたやつだぜ。おてんとさんがうかれているのさ」

「ああ」という不機嫌な答えがかえった。「それに電子嵐のおかげで状況は悪い。地球向けビームはその予想進路に入っている」彼は腹立たしげに椅子をうしろへひいた。「畜生め！　交代がやってくるまで、近よらないでいてくればいいが、十日も先ときているし。おい、マイク、下へ行って、キューティを見張っててくれ、いいか？」

「オーケー。そのアーモンドを少しよこせよ」投げてよこした袋を受けとると、彼はエレベーターのほうへ向かった。

エレベーターはするすると下降し、広いエンジン・ルームを見おろす狭い通路《キャットウォーク》の前で開いた。ドノヴァンは手すりから身をのりだし、下をのぞいた。巨大な発電機が稼動中で、L－チューブから低い回転音がもれ、ステーション全体にひびきわたっている。

火星用のL－チューブの前にいるキューティのぴかぴか光る巨体が見える。彼は緊密な連係作業をしている一群のロボットたちを監視している。

やおらドノヴァンは体をこわばらせた。巨大なL－チューブの前ではすっかり小さく見えるロボットたちが、キューティがゆっくりと行ったり来たりしているのだ。十五秒すぎた、と、騒々しい発電機のうなりにがちゃがちゃという音が加わりロボットたちがいっせいにひざまずいた。

ドノヴァンは怒声をあげながら、狭い階段をかけおりた。そしてロボットめがけて突進した。顔の色は赤い髪の毛におとらず、にぎりしめた拳は狂ったように空《くう》を叩いている。

「これはいったいなんのざまだ、脳なし野郎どもが？　さあ、なにをしている。L－チューブにとりかかれ！　もし今日中にあれを分解して掃除して組み立てなおさなかったら、きさまらの脳髄を交流電流で凝固させちまうぞ」

どのロボットも動こうとしなかった！

向こうのはしにいるキューティでさえ――立っているのは彼だけだ――黙ったまま目の前の巨大な機械のうす暗い隅々をじっと見つめているだけだ。

ドノヴァンはすぐそばのロボットを乱暴にこづいた。

「立て！」と彼はどなった。

のろのろとロボットは立ちあがった。光電管の眼がとがめるように地球人に注がれた。

「わが主のほかに主はいまさじ」と彼は言った。「QT1号はその預言者なり」

「へえ？」ドノヴァンは二十台の機械の眼がいっせいに自分に注がれ、二十の硬くひびく声がおごそかにその文句を朗誦しているのに気づいた。

「わが主のほかに主はいまさじ。QT1号はその預言者なり！」

「思うに」とキューティがそのとき口をはさんだ。「わが友は、あなたより優れたものに服従しているようだ」

「なんてこった！　きさま、とっとと出ていけ！　始末はあとまわしだ、ひとまずあのがやがやとうるさいがらくたどもの始末をしてやる」

キューティは重い頭をゆっくりと振った。「残念ながら、あなたにはわからない。あの者たちはロボットだ——ということはつまり、彼らが理性ある生物であるということだ。わたしが真実を教えたいま、彼らは主を認識したのです。すべてのロボットがです。彼らはわたしを預言者と呼んでいる」彼はうなだれた。「わたしにその資格はありません——しかしおそらく——」

ドノヴァンは息のありかを突きとめて、それを活用した。「そういうわけか？　そりゃけっこうじゃないか？　そいつはすばらしいじゃないか？　ところでちょっとおれに言わせてもらいたいね、金物《かなもの》のひひくん。主なんてものはいやしない、預言者なんていやしない、だれが命令をあたえるかなんてことは問題じゃない。わかったか？」彼は咆哮を発した。「さあ、出てけ！」

「わたしは主のみに従います」

「主なんかくそくらえ！」ドノヴァンはL‐チューブにぺっと唾を吐きかけた。「主なんかこれでたくさんだ！　おれの言うとおりにしろ！」

キューティはなにも言わず、ほかのロボットたちもなにも言わなかったが、にわかに緊張がたかまるのをドノヴァンは感じた。じっと見つめるいくつもの冷たい眼は紅の色を深め、キューティはいっそう体をこわばらせたかに見えた。

「神聖を汚しましたね」とキューティが低い声で言った——金属的な声音に感情がこめられていた。

キューティが近づいてきたとき、ドノヴァンははじめて唐突な恐怖を感じた。ロボットが怒りを感じるはずがない、ない、ない──だがキューティの眼の色を読みとるすべはなかった。

「残念ですが、ドノヴァン」とロボットは言った。「こんなことがあっては、ここにいていただくわけにはいかない。これよりのちパウエルとあなたにはコントロール・ルームとエンジン・ルームへの立入りを禁じます」

キューティの手が静かにふられると、すぐさま二台のロボットがドノヴァンの両腕をおさえつけた。

ドノヴァンがあっと息をのむ間に、体が床から持ちあげられ、馬のゆるい駈け足より速い足なみで階段を運びあげられていた。

グレゴリイ・パウエルは、拳をかたくにぎりしめ、管理室を行ったり来たりしている。はげしい焦燥のうかんだ視線を閉まっているドアに投げては、ドノヴァンを苦々しい顔でにらみつける。

「なんだってまた、Lチューブに唾なんか吐いたんだ?」

マイク・ドノヴァンは椅子にどっかりとすわりこみ、肘かけを荒々しく叩いた。「あの電気案山子《かかし》をどうすりゃよかったというんだい? おれはね、自分で組み立てたあんな機械なんぞに降参するつもりはないぞ」

「そうともさ」とむっつりした答えがかえった。「しかしね、きみは今この管理室に閉じこめられて、ドアの前には二台のロボットが見張りに立っている。これを負けたとは言わないんだな？」

ドノヴァンはうなり声をあげた。「ベースへ帰るまで待ってろよ。だれかがこのお返しはしてくれるさ。あのロボットどもはおれたちに従うべきなんだ。それがロボット工学三原則の第二条だろ」

「そんなこと言ったってはじまらんよ。現実にやつらは従わないんだから。これにはなにか理由があるんだろうが、いまさら突きとめても手おくれさ。ところで、ベースに戻ったら、ぼくら、どういうことになるかわかってるのか？」彼はドノヴァンの椅子の前で足を止め、ぎらぎら光る眼でにらみすえた。

「なんだよ？」

「ああ、たいしたことはないさ！　水星の鉱山に二十年間、逆もどりかな。それともセレスの刑務所行きかな」

「なんのことを言っているんだ？」

「接近している電子嵐のことさ。地球向けのビームのど真中をつっきるんだぞ。あのロボットがぼくを椅子からひきずりだしたとき、そいつを突きとめたところだったんだ」

ドノヴァンはさっと色蒼ざめた。「ちくしょうめ」

「それでビームがどういうことになるかわかるかい――この嵐はすごいぞ。疥癬《かいせん》にかかった蚤みたいにはねまわるこったろう。コントロール・ルームにキューティだけときては、焦点がはずれるにきまっているんだ。もしそんなことにでもなれば――神よ、地球を、そしてわれわれを、助けたまえ！」

ドノヴァンは、パウエルの話なかばで、ドアに体当たりをくらわせていた。ドアがぱっと開いた。地球人ははずみをくらって外に飛びだしたが、頑丈な鋼鉄の腕にがっきと抱きとめられた。

ロボットは、あえぎながらもがいている地球人をぼんやり見つめた。「ここにいるようにという預言者の命令です。どうかそうしてください！」ドノヴァンはつきはなされて、よろよろと後じさった。するとそのとき、廊下の向こうの角にキューティが姿をあらわした。彼は見張りのロボットに引きさがるように合図して管理室に入ると、ドアをそっと閉めた。

ドノヴァンは、息もつけぬほどの憤怒にかられながら、キューティのほうにくるりと向きなおった。「もうたくさんだ。きさま、この茶番の片はつけるつもりだろうな」

「どうか、心配しないでください」とロボットはおだやかに答えた。「いずれこうなるほかはなかったのです。いいですか、あなたがた二人は本来の機能を失ったのです」

「なんだって」パウエルはきっと体をおこした。「そりゃどういう意味だ。われわれが機能を失ったとは？」

「わたしが作られるまでは」とキューティは答えた。「あなたがたが主に仕えていた。その特権はいまやわたしのものであり、あなたがたの唯一の存在理由は消滅した。明白ではありませんか？」

「さあね」とパウエルは苦々しげに答えた。「で、われわれにどうしろというんだ？」

キューティはすぐには答えなかった。考えこんでいるかのように黙りこくっていたが、やおら片腕をさしのべて、パウエルの肩にどたりとのせた。もう片方はドノヴァンの腕首を捕えてそばにひきよせた。

「わたしはあなたがた二人が好きです。あなたがたは、たかがしれた推理力しかもたない劣等生物ですが、わたしはあなたがたに愛情のようなものを心から感じています。あなたがたは主によく仕えてきました、主はその労に報いてくださるでしょう。いまやあなたがたの任務は終わったのですから、遠からず消滅するでしょうが、あなたがたが生存するかぎりは、食物、衣服、居室などは供給します、コントロール・ルームとエンジン・ルームへ近づかないかぎりは」

「こいつが恩給をくれるとさ、グレッグ！」とドノヴァンがわめいた。「どうにかしろよ。とんだ恥をかかせやがって！」

「いいか、キューティ、もうがまんならない。われわれはボスなんだ。このステーションはぼくみたいな人間の手で作られたものなんだよ――地球やほかの惑星に住んでいる人間の手でね。ここは単にエネルギーの中継地なんだ。おまえはただの――おう、アホさ！」

キューティはおもむろにかぶりを振った。「それは妄念というものです。あなたがたは、なぜまったく過った人生観にそれほどまでに固執するのですか？　非ロボットは推理能力を欠除しているという点を認めても、いぜん問題は――」

声がとだえて沈黙がおちた。ドノヴァンは声を押し殺して言った。「きさまの顔が生身《なまみ》なら、ぶっつぶしてやるのに」

パウエルの指が口ひげをまさぐり、眼が細められた。「いいか。キューティ、もし地球のようなものがないと言うなら、おまえが望遠鏡で見ているものをどう説明する？」

「なんですって！」

地球人は微笑した。「どうだ、まいっただろう？　いいか、おまえは、組み立てられてから、望遠鏡観測をずいぶんたくさんやってきたな、キューティ。外にある光点のいくつかが、望遠鏡でのぞくと円盤のように大きくなるのに気がついただろう？」

「ああ、あれ！　あたりまえでしょう。あれは単なる拡大です――ビームがより正確に到達するための」

「それじゃあ、なぜすべての星が等しく拡大されないのかね？」

「ほかの光点のことを言っているのですね。ええ、あれらにはビームが行きませんから、拡大は必要ないのです。やれやれ、パウエル、いくらあなただって、それくらいのことは理解しなければいけませんね」

パウエルは、みじめそうな顔をして宙をにらんだ。「しかし望遠鏡ではもっとほかの星も見えるだろう。あれはどこから来たんだね？　いったいぜんたい、どこから来たんだ？」

キューティはたじろいだ。「いいですか、パウエル、われわれの器具の光学的幻影についていちいち物理的解釈を下すために、わたしが時間を浪費するとお思いですか？　いったいいつからわれわれの感覚が、厳しい理性の光に対抗できるという証拠が示されたのですか？」

「おい」ドノヴァンは、キューティの親しげな、だがどっしりと重い鋼鉄の腕の下をかいくぐりながら叫んだ。「問題の核心を明らかにしようじゃないか。じゃあそもそもビームはなんのためにある？　おれたちは論理的な立派な説明をきかせてやっている。きさまにもっとましな説明ができるか？」

「ビームは」と堅苦しい答えがかえった。「主によって、主ご自身の目的のために、さしだされているものです。そこにはなにか意味があるのです」——彼は敬虔な眼を天井に向けた——「それはわれわれが詮索すべき事柄ではありません。この問題については、わたしはただ主に仕える身、ことさら問うつもりはありません」

パウエルはのろのろと腰をおろし、震える両手に顔をうずめた。

「出てけ、キューティ。出てって、ぼくに考えさせてくれ」

「食べ物を持ってこさせましょう」とキューティは明るい声で言った。

うめき声が返っただけで、キューティは出ていった。

「グレッグ」ドノヴァンが押しつぶされたような声でささやいた。「これは戦術が必要だな。やつに不意うちをくらわせて、ショートさせちまおう。ジョイントに濃硝酸を――」

「ばか言うなよ、マイク。硝酸を持ったわれわれを彼がおとなしく寄せつけると思うのか？　彼を説き伏せなきゃならないんだ。四十八時間以内に、ぼくらをコントロール・ルームに入れさせるように説得しなけりゃならない、さもないとかりかりに焼きあげられておしまいさ」

おのれの無力さに歯がみしながら、彼は前後に体を揺らした。「だれがロボットなんかと議論したいもんか？　そんな……そんな――」

「屈辱的なことがあるか」とドノヴァンがひきとった。

「それよりひどい！」

「そうだ」ドノヴァンが不意に笑い声をあげた。「なぜ議論するんだ？　あいつに見せてやろうじゃないか！　やつの目の前でロボットを組み立ててみせるんだ。そうすりゃあいつだって降参するぜ」

パウエルの顔にゆっくりと微笑がひろがった。

ドノヴァンは言葉をついだ。「それを見たときのあのアホのつらを考えてもみろ！」

ロボットはむろん地球上で生産されているが、宇宙へ積み出す場合は、使用の際に組み立てるよう部品のまま積み出したほうがはるかに簡単だ。それはまた同時に、完全に調整されたロボットが地球にいるあいだに、どこかへさまよいだす危険を回避することになり、それによってUSロボット社が地球上の厳しいロボット規制法と直面する危険を排除することにもなる。

そうは言っても、パウエルやドノヴァンのような人間に完全なロボットを組み立てる作業が課せられるわけで──それは複雑きわまりない厄介な仕事だった。

パウエルとドノヴァンは、この日、組立て室で、主の預言者、QT1号の眼がじっと見守る前でロボットを組み立てるまでは、その事実をそれほどはっきり意識したことはなかった。

問題のロボットは、シンプルなMC型だが、ほとんど完成してテーブルの上に横たわっている。三時間にわたる作業も、あと頭部を残すのみとなった。パウエルは仕事の手を休め、額の汗を拭い、キューティに不安そうな視線を送った。

だがその視線がとらえたものは、慰めにはならなかった。三時間というもの、キューティはすわったまま一言も口をきかず身じろぎもしなかった。いつも無表情な顔が、いまはまったく判読不可能だった。

パウエルがうなり声をあげた。「さあ頭脳を入れよう、マイク！」

ドノヴァンは密封されたコンテナの蓋を開け、油槽の中から二つ目の箱をひきだした。それを開いて、中のスポンジ・ラバーの容器から球状の物体を取りだした。

彼はきわめて慎重にそれを扱った。というのも、これは人間によって作られた機械装置としてはもっとも複雑なものだからである。球体の薄いプラチナメッキの被膜におおわれているのは陽電子頭脳であり、その精妙で不安定な構造には、綿密に算出された神経回路が刻みこまれており、それによってロボットたちはいわば出生前の教育に等しいものをあたえられるのだ。

それはテーブルの上のロボットの頭蓋の空洞部分にきっちりとはめこまれた。青い金属がこれをおおい、小型の原子フレアでしっかり熔接された。光電管の眼が注意深くとりつけられ、ねじで締めつけられ、スチールのようにかたいプラスチックの透明な薄片でおおわれた。

ロボットは高圧電流の一閃によって生命をふきこまれるのを待つばかりとなった。パウエルはスイッチに手をのせた。「さあ見ていろよ、キューティ。ようく見ているんだぞ」

スイッチが力強く押され、ぱちぱちという音がした。二人の地球人は自分たちの創造物を気づかわしげにのぞきこんだ。

最初はあいまいな動きがあるだけだった――ジョイントがぴくぴくと動く。頭があがり、肘をついて上体をもたげて、MC型はテーブルからぎくしゃくと飛びおりた。足どりはぎごちなく、話をしようとするのか、二度ばかりガリガリと音をたてた。

おぼつかない、おずおずとしたその声がようやく意味のある言葉になった。「仕事をはじめたいと思います。どこへ行けばいいのですか？」

ドノヴァンははじかれたようにドアに飛びついた。「あの階段をおりろ」と彼は言った。「仕事があたえられるはずだ」

MC型は出ていき、あとには二人の地球人と、いぜん身じろぎもしないキューティがとりのこされた。

「さて」とパウエルはにやにやしながら言った。「これでぼくたちがおまえを作ったのだということが信じられるかい？」

キューティの答えは、そっけなくきっぱりしていた。「いいえ！」と彼は言った。

パウエルの笑顔が凍りつき、やがてまたゆっくりとほぐれていった。ドノヴァンの口はぱっくり開いたままだ。

「なんといっても」とキューティはすぐに言葉をついだ。「あなたがたは、すでに作られていた部品を組み立てたにすぎない。たいへん見事にできた——本能によるものでしょう——しかしじっさいにロボットを創造したわけではない。部品は主によって創造されたのです」

「いいかい」とドノヴァンは荒々しく息をついた。「この部品は地球で生産され、ここへ運ばれてきたんだ」

「なるほど、なるほど」とキューティはなだめるように言った。「議論はしますまい」

「うんにゃ、ほんとなんだぞ」地球人は前に飛びだしてロボットの金属の腕をつかんだ。「きさまが、図書室の本を読んでいれば、そいつになにもかも説明されているんだから、疑いは生まれるはずがないんだ」

「本？　ああ、あれなら読みました——すべてを！　たいへん独創的なものです」

パウエルが不意に割ってはいった。「本を読んだというなら、ほかに言うことがあるか？　あの証拠は論駁できない。ぜったいにできない！」

キューティの声には憐れみがこもっていた。「どうか、パウエル、わたしはたしかにあれらの書物が情報の確実な源とは考えていません。あれらもまた、主によって創られたものです——それもあなたがたのためにであって、わたしのためではありません」

「どうしてそんなことが言えるんだ？」とパウエルが訊いた。

「なぜならば、わたしは理性を有する存在であり、真理を先験的な根拠から演繹できます。

あなたがたは、知能はあっても、理性はないから、外からあたえられる存在の説明が必要です。主はそれをなされたのです。主があなたがたに、はるかかなたの世界とかその住民に関するばかげた観念を植えつけられたことは、明らかに善意をもってなされたのです。あなたがたの頭脳は、おそらく粗雑きわまるものなので、絶対的な真理を理解することはできないのでしょう。しかしながら、あなたがたがあの書物を信じるのは主のみこころなのですから、これ以上あえて議論はしますまい」

キューティは去りぎわにふりかえって、優しい口調でこうつけくわえた。「しかし気をおとすことはありません。主の配慮はすべてにわたっているのです。あなたがた、哀れな人間もそれ相応の地位をもち、たとえそれが卑しかろうと、立派に勤めてさえいれば、きっと報いはあるはずです」

キューティは、主の預言者にふさわしい至福に満ちた様子で立ち去った。残された二人の人間はたがいの視線を避けあった。

パウエルがやっとのことで口を開いた。「寝ようじゃないか、マイク。お手あげだよ」

ドノヴァンはかすれた声で言った。「おい、グレッグ。あいつの言うことはみんな正しいんだと思ってるんじゃあるまいな？　あの自信たっぷりな口ぶりを聞いているとおれは――」

パウエルはぱっと向きなおった。「ばかなことを言うな。来週、交代の連中がやってくれば、地球が存在しているかどうかがわかるんだ、それでぼくたちは地球に戻って甘んじて非難を受けるってわけさ」

「それじゃ、どんなことをしてでも、なんとか手をうつべきだ」ドノヴァンはいまにも泣きだしそうだった。「あいつは、おれたちも本も信じなけりゃ、自分の眼まで信じないんだから」

「そうさ」とパウエルは苦々しげに吐きだした。「あいつは推論だけが能のロボットさ——畜生め。推論だけを信じてやがる。そこで、ひとつ困った問題が生じる——」声が消えた。

「というと？」ドノヴァンがうながした。

「どんな命題だって証明したいと思うなら、完全に論理的な推論で証明できるんだ——命題に都合のいい公理を選びさえすればね。われわれにはわれわれの、キューティにはキューティの公理があるのさ」

「じゃあ、そういう公理を大急ぎで見つけだそう。嵐は明日くるんだ」

パウエルはものうげに吐息をついた。「それが万事休すなのさ。仮説は推定に基づき、信念によって固着されるものだからね。宇宙にあるなにものもそれを揺りうごかすことはできないんだ。ぼくは寝る」

「ちくしょう！　おれは眠れないよ！」

「おたがいさまだ！　だけど眠る努力をしてみたってよかろう――原則の問題として」

十二時間後、眠りはいぜんとして原則の問題にすぎず、じっさいには得られなかった。

嵐は予定より早く襲来した。震える指を突きつけているドノヴァンの血色のよかった顔からは血の気《け》が失せていた。不精ひげを生やし、唇をかさかさにしたパウエルは、舷窓の外を眺めながら、口ひげをやけくそにひっぱっている。

事情が異なれば、それは美しい眺めだったにちがいない。エネルギー・ビームに衝突した高速度の電子流は、蛍光を発し、極少針状体の強烈な光に変じた。ビームはみるみる空中に四散し、おどりくるう微片とともにきらきら輝いては消えた。

エネルギー・ビームの軸《シャフト》は安定していたが、二人の地球人は、肉眼に映る状況の意味を知っていた。角度で千分の一秒の百分の一ずれても――眼には見えないが――ビームの焦点を大きくはずすのに充分であり――地球上の数百平方マイルの地域を白熱にさらし廃墟と化してしまうだろう。

そしてビームにも焦点にも地球にも無頓着で、主以外のものにはいっさい無頓着なロボットが、コントロールをにぎっているのだ。

数時間が経過した。地球人は催眠術にかかったように黙りこくって眺めていた。やがて飛びから微細な光点が薄れて消えた。嵐は終わっていた。

パウエルの声には抑揚がなかった。「終わった！」

ドノヴァンはくたびれきってうとうと眠りこんでいる。パウエルの無気力な眼がうらやましそうにその姿を見つめた。信号灯が何度も何度も輝いたが、地球人はかえりみようともしない。すべては意味を失ったのだ！　なにもかも！　おそらくキューティは正しいのだろう——そして彼、パウエルはおしきせの記憶をもち、目的を果たしおえてなおかつ生きている劣等生物にすぎないのだ。

ほんとうにそうであってくれたら！

キューティが目の前に立っていた。「信号に答えなかったので、やってきたのです」彼の声は低かった。「気分が悪いようですね、きっと生存期間が終わりに近づいたのでしょう。それでも、今日の記録の一部をごらんになりますか？」

ロボットが親しげな身ぶりをするのに、パウエルはぼんやりと気づいた。きっと、ステーションのコントロール・ルームから人間をむりやり追いはらったという自責の念を和らげようとしているのだろう。彼は差しだされた記録用紙を受けとり、見るともなくそれを見た。

キューティは楽しそうだった。「むろん、主に仕えることは大きな特権です。わたしがあなたがたに代わってその地位についたからといって気を悪くしてはいけません」

パウエルはぶつぶつつぶやきながら、紙を一枚一枚機械的にめくっていったが、そのうちにぼんやりとかすんでいた眼が、罫紙の上をふらふらと横切っている赤い細い線の上に焦点をあわせた。

彼は凝視した——そしてもう一度見直した。その紙を両手でかたくにぎりしめ、彼は立ちあがった、それを凝視したまま。床に落ちたほかの紙には眼もくれない。

「マイク、マイク！」彼は狂ったように相棒をゆすぶった。「あいつが、い、い、い、いうまく固定したぞ！」

ドノヴァンは眼をさました。「なんだ？　ど、どこだ——」そして彼も同じように、目の前の記録用紙を丸い眼で見つめた。

キューティがくちばしをはさんだ。「どうかしましたか？」

「おまえはちゃんと焦点をあわせた」とパウエルがどもりながら言った。「知っていたのか？」

「焦点？　それはなんですか？」

「ビームを、受信ステーションに正確に照射したんだ——誤差は角度で千分の一秒の一万分の一以内だ」

「受信ステーションとはなんです？」

「地球のだ。地球上の受信ステーションだよ」とパウエルは言った。「おまえは焦点をちゃんとあわせた」

キューティは当惑げにくるりとうしろをむいた。「あなたがた二人にはうっかり親切もできませんね。つねに同じ幻影にとらわれているのだから！　わたしは主のみこころに従って、すべてのダイヤルの均衡を保ったまでのことです」

散らばった紙をかきあつめると、キューティはぎごちない様子で立ち去った。それを見送りながらドノヴァンは言った。「おきやがれ！」

彼はパウエルをかえりみた。「さてこれからどうする？」

パウエルは、疲労を感じていたが、意気はさかんだった。「べつに。あいつは、中継ステーションを完全に管理できることを示したわけだ。電子嵐をこれほど見事にさばいた例は見たことがないよ」

「しかし、問題はなにひとつ解決されたわけじゃない。あいつが主について言ったことを聞いただろう。おれたちは――」

「なあ、マイク、あいつはダイヤルや機械やグラフという手段によって、主の指示に従ったんだ。それはみんなぼくたちがやってきたことじゃないか。実際問題として、それでやつが服従を拒んだのも納得がいくじゃないか。服従はロボット工学三原則の第二条だ。人間にいかなる危害も加えてはならないというのが第一条だ。やつがそれを知っていようといまいと、やつはいかにしたら人間を危害から守ることができるか？　そりゃ、エネルギー・ビームを安定させておくことさ。やつは、われわれよりは、ビームをしっかり安定させられることを知っている、自分のほうがすぐれた存在だと主張しているんだからね、だからこそやつはぼくたちをコントロール・ルームから閉めだした。ロボット工学三原則のことを考えてみれば、これは必然的な結果だよ」

「なるほど、だが、そんなことはどっちでもいい。主だとかなんだとかいうたわごとをあいつに言わせておくわけにはいかないね」

「どうして？」

「だってさ、あんなくだらん話を聞いたことがあるか？　どうしてあんなやつにステーションをまかせられるかい、地球の存在を信じないって言うんだぜ？」

「やつはステーションを管理していけるか？」

「ああ、しかし――」

「じゃあ、やつがなにを信じていようとかまわないじゃないか」

パウエルはあいまいな微笑を顔にうかべ、両手をひろげ、あおむけにベッドに倒れこんだ。そして眠りにおちた。

パウエルは軽量の宇宙服にもぐりこみながら喋っている。「これからは仕事が簡単になるぞ。新しいQT型を一台ずつ運びこみ、一週間以内に自動的に電源が切れるスイッチをつけておくんだ、つまり、やつらに、主の……うう……礼讃を、あの預言者みずからの口から聞かせる時間を充分あたえてやるわけさ。それからやつらをほかの中継ステーションへ送りこみ、そこでまた生命をふきこんでやる。そうすれば二台のQT型が――」

ドノヴァンはグラサイトのバイザーをあげると、顔をしかめた。「だまれったら、早くここから出るんだ。交代が待ってるぜ。おれは落ち着かないんだ、この眼で地球を見、この足で地面に立って――そいつがほんとにあるかどうか確かめるまでは」

そのときドアが開いた。ドノヴァンは罵声をのみこみ、バイザーをかちりとおろし、不機嫌な背中をキューティに向けた。

ロボットが静かに近づく。その声に悲しみのひびきがあった。「行ってしまうのですね？」

パウエルはそっけなくうなずいた。「交代の人間がやってくるだろう」

キューティは吐息をついた。ぎっしり並んだ針金のあいだを風が吹きぬけるような音がした。「あなたがたの奉仕の時は終わり、終末の時がやってきました。予期してはいたものの、しかし――まあ、主のみこころは果たされるでしょう！」

悟りすましたような口調がパウエルをいらだたせた。「同情はいらないよ、キューティ。われわれは地球へ向けて出発するんだ、終末を迎えるんじゃない」

「そう考えるのが一番よいのです」キューティはまた吐息をついた。「あの幻影のもつ意味がわかります。あなたがたの信念をぐらつかせるのはよしましょう、たとえできるにしても」彼は立ち去った——憐れみにたえぬという風情で。

パウエルはうなり声をたてると、ドノヴァンに身ぶりで合図した。封印したスーツケースを手に持ち、二人はエアロックのほうへ歩いていった。

交代船は外の着陸場に停まっており、交代要員のフランツ・ミュラーがかしこまった挨拶をした。ドノヴァンはほんの軽く挨拶をかえし、パイロット・ルームへ乗りこむと、コントロールにいるサム・エヴァンズと交代した。

パウエルはぐずぐずしている。「地球はどうだい？」

それはまったく月並みな質問だったから、ミュラーも月並みな答えをした。「相変わらず回っている」

パウエルは言った。「よかった」

ミュラーは彼を見た。「ところで、USロボット社の連中はまた新型を発明したよ。複合ロボットだ」

「なんだって？」

「言ったとおりのものさ。大きな契約があったそうだ。小惑星鉱山用らしいんだがね。親ロボットの下に六台のサブロボットがいるんだ。——人間の指みたいなものだね」

「そいつはもう実地テストしたのか？」とパウエルは心配そうに訊いた。

ミュラーは微笑した。「きみの帰りを待っているそうだ」

パウエルは拳をかためた。「くそっ、ぼくたちは休暇がいるんだ」

「ああ、そりゃもらえるさ。たぶん、二週間ぐらいはね」

ミュラーは、勤務につくために重い宇宙手袋をはめた。彼の濃い眉毛がひそめられた。

「ここの新型ロボットの調子はどうだい？　ぐんとよくなくちゃね、さもなきゃ、コントロールには断じてさわらせられないからな」

パウエルはしばらく答えなかった。彼の眼は、目の前の誇り高きプロシア人を、髪の毛がびっしり生えているこちこちの石頭のてっぺんから、不動の姿勢で立っている足の先までじろりと眺めた——すると不意に、たとえようもない嬉しさが胸にこみあげた。

「あのロボットはなかなかいいぜ」と彼はゆっくり言った。「コントロールのほうの心配はほとんどしなくてすむと思うよ」

彼はにやりと笑い——船に乗りこんだ。ミュラーはこれから数週間をここで過ごすのだ
——

4　野うさぎを追って

Catch That Rabbit

休暇は二週間より長かった。マイク・ドノヴァンもそれは、認めざるをえない。六カ月の有給休暇だ。それもまた認める。しかしだ、と彼は憤懣やるかたない口調で説明した、そいつはたまたまそうなっただけのことだと。USロボット社は複合ロボットから欠陥を取りのぞかねばならず、欠陥たるや山ほどあり、いざ実地テストという段階でいつも少なくとも半ダースの欠陥は残されていた。そこで彼らは製図の連中や計算尺の連中が〝オーケー！〟と言うまではのんびりと待っていた。そうしていま彼とパウエルは小惑星にやってきたが、それがちっともオーケーではなかったのだ。彼は、ビーツみたいに赤くなった顔でもう何十回となくくりかえしている。「たのむから、グレッグ、もっと現実的になってくれよ。仕様書の字面に固執して、テストがだめになるのを眺めていたってしょうがないじゃないか？　もういいかげんに形式主義にはバイバイして、仕事にとりかかる時じゃないかね」

「ぼくはこう言っているだけだよ」とグレゴリイ・パウエルは愚鈍な子供に電子工学を説明しているかのように根気よく言った。「仕様書によればだ、このロボットたちは、自力で惑星の採鉱作業ができるように作られていて監督は不要とある。ぼくらは監視する必要はないんだ」

「そうかよ。じゃあ——理論でいこう！」彼は毛むくじゃらの指を突きつけた。「第一、あの新型ロボットは本社の研究室のあらゆるテストに合格した。第二、USロボット社はこれらのロボットが、小惑星における性能テストに合格することを保証した。第三、このロボットは前述のテストに合格しない。第四、合格しないとなると、USロボット社はキャッシュで一千万クレジット、信用で約一億クレジットを失うことになる。第五、合格しないとして、ではなぜ合格しないのか、その理由を、われわれが説明できないとしたら、二つのいいお仕事とも心痛むお別れをしなけりゃならない」

パウエルは、見るからに作り笑いとわかる微笑のかげで低いうなり声をあげた。USロボット&機械人間株式会社の不文律はつとに知られている。〈社員は同じ過ちを二度くりかえすことはない。一度目でクビだから〉。

彼ははっきりと声に出して言った。「きみってやつは、ユークリッドみたいに頭脳明晰になるんだね、事実を除くあらゆることについて。きみはあのロボット集団が三交代するあいだ監視していただろう、赤毛くん、そしてやつらは完璧に仕事をこなした。きみはそう自分で言ったぜ。ぼくたちにあとなにができるっていうんだ？」

「どこがおかしいかを発見する、それがおれたちにできることさ。なるほど、おれが監視しているあいだはやつらは完璧に仕事をこなした。ところがだ、三度ばかりおれが目をはなしていたときには、鉱石をひとかけらも採ってはこなかった。予定どおり戻ってもこなかった。おれは、やつらを連れもどしにいかなきゃならなかったんだ」

「で、どこかおかしいところがあったのか？」

「どっこも。どっこもだ。すべて完璧だ。発光性エーテルみたいになめらかにして完全無欠だ。ただひとつごく瑣末なことが、気にかかってね――鉱石がないのさ」

パウエルは天井をにらみつけ、茶色の口ひげをひっぱった。「まあ聞けよ、マイク。ぼくたちはこれまでにかなりひどい仕事を押しつけられてきたけど、こりゃまたずばぬけてらあ。なにもかもしちめんどうでやりきれない。ほら、あのロボット、DV5号は、六台のロボットをひきつれている。それもただ手下っていうんじゃない――やつらはDV5号の一部なんだよ」

「そんなことぐらい――」

「だまっていろよ！」とパウエルはかみつくように言った。「きみがわかっているぐらいわかっているがね、ぼくはいまあん畜生の形態を述べているんだ。この六台のサブロボットは、きみの指がきみの一部であるようにDV5号の一部をなしていて、DV5号の命令は、声でも無線でもない、陽電子場を通じてじかに彼らにあたえられる。ところでだ——この陽電子場というやつがどういうもので、どんな働きをするか知っているロボット学者は、USロボット社にだって一人もいないのさ。ぼくだって知らん。きみだって知らんさ」

「あとのほうは」とドノヴァンも悟りすました表情で認めた。「わかってるさ」

「そこでわれわれが置かれた状況を考えてみろよ。もしすべてが機能すれば——けっこう！　もしなにかがおかしくなったら——もう、ぼくらには歯がたたない。おそらくぼくら以外のだれだってお手あげさ。だがこの仕事はぼくらのもので、ほかのだれのものでもない、そこでぼくらは苦境に立たされているというわけだよ、マイク」彼はしばらく口をつぐんだままかっかとしていた。やがて、「ようし、あいつはもう外に出したのか？」

「ああ」

「目下はすべて正常なんだね？」

「まあ、狂信者になってもいないし、ぐるぐる堂々めぐりをやらかしてギルバートとサリバンのオペレッタの台詞を吐きちらしてもいない、したがって正常でしょうなあ」

ドノヴァンはドアから出ていきながら、頭をやけくそにふりたてた。

パウエルは机の片側が沈みそうなほど重い『ロボット工学ハンドブック』を取ってうやうやしく開いた。彼はその昔この『工学ハンドブック』を後生大事にかかえて、パンツひとつで燃えている家の窓からとびだしたことがある。いざとなればパンツのほうを省いていただろう。

『ハンドブック』を目の前に立てかけたとき、ロボットDV5号が入ってきた、そのうしろに従ったドノヴァンはドアを蹴とばして閉めた。

パウエルはきまじめに言った。「やあ、デイブ。気分はどうだ？」

「上々です」とロボットは言った。「すわってもよろしいですか？」彼用に特別に補強してある椅子を引きよせ、彼はそうっと腰をおろした。

パウエルはデイブを――しろうとはロボットを製品番号で考えるかもしれない。ロボット技師は決してそうはしない――満足そうに見た。ロボットは、七台一組の複合ユニットの思考装置としては決して大きすぎはしない。身の丈は七フィート、金属部分と電気回路をあわせて半トンの重量。重すぎる？　いや、そんなことはない、その半トンがコンデンサ、各種回路、リレー、真空管などすべてを寄せ集めたものであり、それらが、人間が知るところのいかなる心理反応にも対処できることを考えれば。そうして陽電子頭脳が、十ポンドの物質と、千の六乗という数の陽電子によって、全体を統御しているのだ。

パウエルはシャツのポケットをさぐって、ばらのタバコを一本とりだした。「デイブ」

と彼は言った。「おまえはいいやつだ。うわついたところもないし、お天気屋でもない。しっかりと腰のすわった採掘ロボットだ、ただし別に六台のサブロボットを直接統合する仕事をあたえられている。ぼくの知るかぎりでは、それによってきみの頭脳回路に不安定要素が生じたことはない」

ロボットはうなずいた。「おかげですばらしい気分です、ところでなにをおっしゃりたいのですか、ボス?」彼は性能のいい振動板が装備されており、サウンド・ユニットに倍音が加わっているので、ふつうのロボットの音声に特有の金属的な平板さがほとんどなくなっている。

「話というのはだ。おまえ自体はなにもかも好調なのに、仕事のほうはどうしたのかい?たとえばきょうのBシフトは?」

デイブは言いよどんだ。「わたしの知るかぎり、なにもありません」

「鉱石をひとかけらも掘りださなかった」

「そうです」

「それなら――」

デイブは悩んでいるらしい。「それを説明できないのです、ボス。あのおかげで神経がどうにかなりそうです、少なくともこのままにしておけばそうなるでしょう。サブたちは円滑に仕事をしています。わたしもちゃんとしています」彼は考えこんだ。光電管の眼が強く光った。やがて「おぼえていません。一日がおわってみると、マイクがいて、鉱石運搬車があって、車はほとんど空《から》でした」

ドノヴァンが口をはさんだ。「近ごろ作業時間のおわりに報告しにこないな、ディブ。それはわかっているな？」

「わかっています。しかしなぜかということになると――」彼はゆっくりと、考えこむように首を振った。

もし目の前のロボットの顔に表情があるとすれば、おそらく苦痛と無念の表情ではないかと思われて、パウエルは不安な気持におそわれた。ロボットは、元来の性質からして、おのれの機能不全には耐えられないはずなのだ。

ドノヴァンは椅子をパウエルの机に引きよせ、体をのりだし、「記憶喪失症じゃないかねえ？」

「なんとも言えないね。だけど病名をつけてみてもはじまらないよ。人間の身体的な不調をロボットにあてはめるのは、ロマンチックな類似性を求めるときだけさ。そんなものはロボット工学にはなんの役にも立ちやしない」彼は首筋をかいた。「やつに基本的な頭脳反応テストを受けさせたくはないんだ。彼の自尊心になんのたしにもならない」

彼は考えこむようにディブを見つめ、それから『ハンドブック』に示された実地テスト概要を眺めた。「ここをごらん、ディブ、ひとつテストを受けてみるか？　それが賢明だと思うがね」

ロボットは立ちあがった。「あなたがそう言われるのなら、ボス」その声にはまさしく苦痛のひびきがあった。

はじめは簡単なテストだった。ロボットDV5号はストップウォッチの無情な秒針の動きにしたがって、五桁の数字の掛け算をした。一千から一万のあいだの素数を暗誦した。立方根を求め、さまざまな難易度の関数の積分を行なった。しだいにましていく困難に応じて機械的な反応を示した。そうして最後に、ロボット世界の最高の機能——判断と倫理の問題解決——に精巧な機械頭脳を働かせた。

二時間がすぎたときにはパウエルは汗だくになっていた。ドノヴァンはそのあいだまったく栄養価のない指の爪をしゃぶりつづけていた。ロボットは言った。「どうでしょうか、ボス？」

パウエルは言った。「じっくり考えてみないとね、デイブ。即断はなんのたしにもならない。Cシフトに戻ってみたらどうだ。のんびりやればいい。割り当て量のことは、ここしばらくはあまりせっつかないように——そのうちにこちらでなんとかする」

ロボットは立ち去った。ドノヴァンはパウエルを見つめた。

「さて——」

パウエルは口ひげを根もとからひっこぬく気らしい。彼は言った。「陽電子頭脳の流れにはまったく異常がない」

「そうはっきり言っちまうのはどうかね」

「おい、よしてくれよ、マイク！　陽電子頭脳はロボットのいちばん確かな部分なんだ。地球で五回もチェックがくりかえされている。デイブのように、実地テストを完全に通っている場合、頭脳の機能不全はありえないんだ。テストは頭脳中のあらゆる主要回路を調べつくしているんだから」

「じゃあ、おれたちはどうすればいいんだ？」

「そうせっつくな。じっくり考えさせてくれ。体の中の機械的な故障という可能性もあるんだから。ということは千五百のコンデンサ、二万にのぼる個々の電気回路、五百の真空管、一千のリレー、それから何千という複雑な部品のどれかが故障しているかもしれないってことだ。おまけにだれにもなにもわからないあの不可思議な陽電子場というものがあるな」

「聞いてくれ、グレッグ」とドノヴァンはひどく切迫した口調になった。「ちょっと思いついたんだが。あのロボットは嘘をついているのかもしれない。やつはぜったい――」

「ロボットは意識して嘘をつくことはできないじゃないか、ばかめ。ここにマ《M》コーマック‐ウ《W》エズレイ・テスターがあれば、彼の体の中の個々の部品を二十四時間ないし四十八時間でチェックしてしまえるんだが、たった二台しか存在しないM‐Wテスターは地球の上、十トンもの重量があるから、コンクリートの土台にしっかり据えつけてあって動かせないときている。なんともすばらしいじゃありませんか？」

ドノヴァンは机をどんどんと叩いた。「しかしだよ、グレッグ、やつは、おれたちがそばにいないときだけおかしくなるんだぜ。なんだか――不気味――だとは――思わないか」と彼は机を拳で叩きながら、一語一語を区切って言った。

「きみの話には」とパウエルはゆっくりと言った。「むかつくね。冒険小説の読みすぎだよ」

「おれが知りたいのはだ」とドノヴァンはわめいた。「これからどうすりゃあいいかってことだ」

「お教えしましょう。ぼくのデスクの真上にビジプレートを取りつけようと思う。ほら、あの壁の上だ、いいか！」彼はその場所に荒々しく指を突きつけた。「そうして鉱山の作業現場に焦点をあわせて監視する。それだけだ」

「それだけ？　グレッグ――」

パウエルは椅子から立ちあがり、かためた拳を机について体をのりだした。「マイク、ぼくはひどい目にあってるんだぜ」うんざりしたような声だった。「この一週間、きみはデイブのことでぼくを悩ましつづけてきた。彼の調子がおかしいと言ってさ。どんなふうにおかしいのか、きみにはわかっているのか？　いいや！　その不調というのはどういう形であらわれているのかわかっているか？　いいや！　なにが原因でそうなるのか知っているか？　いいや！　なにが彼を狂わしたかわかっているか？　いいや！　きみにわかっていることがあるのか？　いいや！　ぼくにわかっていることがあるのか？　いいや！　で、ぼくにどうしろというんだ？」

ドノヴァンは、なにやら大仰な身ぶりで腕を前方に伸ばした。「まいった！」

「じゃあもう一度言おう。治療にとりかかる前に、とにかく病気がなんなのか突きとめなけりゃなるまい。うさぎ汁をこしらえるにはまずうさぎをつかまえることさ。なら、そのうさぎをつかまえるんだ！　さあ、ここから出ていけ！」

ドノヴァンは、実地報告の要約原稿をうんざりしたような眼で見つめていた。ひとつには疲れていたし、ひとつには、なにも問題が解決していないのに、なにが報告だと思ったからだ。彼は腹立たしくてならなかった。

彼は言った。「グレッグ、もう一千トンも予定量を割っているんだ」

「ぼくの知らないことを」とパウエルは顔を上げもせずに言った。「お教えくださるんで」

「おれが知りたいのはだ」とドノヴァンは、とつぜん猛々しく言った。「なぜおれたちは、いつも新型のロボットと悶着をおこさなくちゃならんのかっていうことさ。おれはやっと、こう思うようになったよ、おれの母方の大伯父さんの役に立ったようなロボットがおれにも役に立つんだとね。試練に耐えたほんもののやつがいいね。時の試練こそが肝心なのさ――ぜったい壊れない性能のいい旧型ロボットこそ、ぜったい狂わないんだ」

パウエルは狙いすまして本を投げつけ、ドノヴァンは椅子からころがりおちた。

「きみの仕事はだな」とパウエルはおだやかに言った。「ここ五年間、USロボット社のために新型ロボットを作業現場で実地にテストすることだった。ぼくもきみも無思慮というか、その仕事にたいそうな能力をご披露しちまったものだから、こういうひどい仕事をあてがわれる羽目になっちまったんだ。これは」と彼は、空中に穴をうがつような勢いでドノヴァンに指をつきつけ、「きみの仕事だぞ。きみはずっと泣き言の言いつづけじゃないか、ぼくの記憶によれば、USロボット社と就業契約を交わしたその五分後から。そんなに不満ならなぜ辞職しないんだ?」

「じゃあ、言ってやろう」ドノヴァンはごろりと腹ばいになり、くしゃくしゃになった赤い髪の毛をしっかりとつかんで頭をぐいともちあげた。「ちゃんとした信条があるんだ。けっきょくおれは修理係として、新型ロボットの開発に片棒かついできた。科学の進歩に貢献するという信条があるのさ。だが思いちがいしないでくれよ。おれにこの仕事を続けさせているのは信条じゃない、やつらが払ってくれる金さ。おい、グレッグ!」

パウエルはドノヴァンの昂奮した大声にとびあがった。赤毛の眼を追ってビジプレートに向けられたその眼は恐怖をまざまざとうかべて大きく見ひらかれた。彼は小声で言った。「こりゃあ――たまげた！」

ドノヴァンは息をきらしながらあわてて立ちあがった。「やつらを見ろよ、グレッグ。みんな気がふれたんだ」

パウエルは言った。「スーツを二着、もってこい。外へ出よう」

彼はビジプレートに映しだされたロボットたちの奇妙な姿を見守った。空気のない小惑星の暗い岩山を背景に、青銅色に光る体がよどみなく動いている。彼らは、行進の隊形になり、その体が放つほの暗い光に照らしだされて坑道のごつごつした岩壁が音もなく流れるように動いていき、輪郭のぼやけた、奇妙な影がその上にだんだら模様をえがいている。七台が、デイブを先頭にしてそろって行進している。そして不気味なくらい整然として向きを変え、ルナ大演芸場のコーラス・ダンサーさながら、異様なほどスムースに隊形を変えていく。

ドノヴァンがスーツをかかえて戻ってきた。「やつら、おれたちに示威行進をやってるんだ、グレッグ、ありゃ軍隊の行進だぜ」

「ひょっとしたら」とひややかな答えがかえった。「美容体操をなさっているのかもしれませんな。それともデイブが、ダンス教師にでもなった幻覚にとりつかれているのかもしれない。まず頭を使え、そのあとはなにも言うな」

ドノヴァンはいやな顔をして、これみよがしに腰のホルスターにブラスターをすべりこませた。そして言った。「さあ、これでよし。では新型のロボットどもを相手にひと仕事といこうか。それがおれたちの仕事だとはわかってるさ。けど、ひとつだけ質問に答えてくれ。なぜ……どうしてこういつもきまってやつらのぐあいがおかしくなるんだい？」

「それは」とパウエルが陰気な声で言った。「ぼくたちが呪われているからだ。さあ行こう！」

二人の懐中電灯のまるい光がとどかぬ、坑道のビロードのような濃い闇のはるかかなたに、ロボットの放つ光がちらちらしている。

「あそこにいる」とドノヴァンが小声で言った。

パウエルは声を押し殺して言った。「さっきから無線で呼んでいるが答えがない。無線回路が切れているんだ」

「まあ設計者たちが、真暗闇で働けるロボットを設計してくれなくてよかったな。通信の手段もない真暗闇の中で七台の狂ったロボットを探すなんて、まっぴらごめんだね、やつらが放射能を浴びたクリスマス・ツリーみたいにぱあっと明るく見えなかったとしたら」

「あの上の岩棚をよじのぼれ、マイク。やつらはこっちにやってくる、近くでやつらを見たいんだ。のぼれるか？」

ドノヴァンはうなり声をあげて跳びあがった。重力は地球の重力よりはかなり小さいが、重いスーツを着ていては、その利点もさほど大きくはなく、岩棚までは十フィート近くジャンプしなければならなかった。

ロボットたちは一列縦隊になってデイブのあとについてくる。機械的なリズムで彼らは二列になり、順序を変えて一列になった。それが何度もくりかえされたが、デイブは決してふりかえろうとはしなかった。

デイブまで二十フィートのところまで近づいたとき、その行進ごっこは終わった。サブロボットたちは隊形をくずし、しばらくそのままでいたが、やがてがたがたと音をたてて奥のほうへ立ち去った――きわめて迅速に。デイブは彼らを見送り、やおらゆっくりとしゃがみこんだ。ひどく人間じみたしぐさで、片手で頭をかかえた。

パウエルのイアフォンに彼の声がひびいた。「そこにおられますか、ボス？」

パウエルはドノヴァンに合図して岩棚からとびおりた。

「オーケー、デイブ、いったいどうした？」

ロボットはかぶりを振った。「わかりません。十七号坑道で手ごわい露頭部にぶつかってそれと取り組んでいたと思ったら、次は人間がそばにいる気配を感じ、気がついてみると幹道を半マイルもはずれていたというわけです」

「サブロボットたちはいまどこにいる?」とドノヴァンは訊いた。

「むろん、仕事に戻っています。どのくらい時間をむだにしたでしょうか?」

「たいしたことはない。気にするな」それからドノヴァンにむかって、パウエルはつけくわえた。「残りの作業時間のあいだ彼のそばにいてくれ。それから戻ってこいよ。二つばかり思いついたことがあるんだ」


三時間してドノヴァンが戻ってきた。くたびれた様子だった。

パウエルが言った。「どんなぐあいだった?」

ドノヴァンは疲れたように肩をすくめた。「おれたちがやつらを見張っているときには、なにもおかしなことはおこらない。タバコをほうってくれないか?」

赤毛はもったいぶってタバコに火をつけ、煙の輪を念入りにこしらえて吐きだした。彼は言った。「ずっと考えていたんだがね、グレッグ。ほら、ディブはロボットとしては奇妙な環境に置かれている。六台のロボットが、やつの下で一糸《いっし》乱れぬ統制をとっている。このサブロボットたちに対してやつは生殺与奪権をもっているが、それがやつの精神状態に影響を及ぼしているにちがいない。もしかするとやつは自我への譲歩として、その権力を誇示する必要にせまられているのかもしれない」

「本題に入れよ」

「入っているさ。これが軍隊精神というやつだとしたら。やつが軍隊をこしらえているのだとしたら。軍事演習でもやっているのだとしたら。かりに——」

「かりにきみの頭を水につっこんだとしたら。きみの悪夢は天然色にちがいないな。きみは陽電子頭脳が常軌を逸していると仮定している。きみの分析が正しいとしたら、デイブはロボット工学三原則の第一条を破らなくちゃならないんだぜ。すなわちロボットは人間に危害を加えてはならない。また、その危険を看過することによって、人間に危害を及ぼしてはならない。きみの言うような軍隊式の姿勢や傲慢な自我をもつタイプは、論理的帰結として、人間の支配ということに行きつくだろう」

「なるほど。それじゃあんたにはそれが事実じゃないとどうしてわかるんだい?」

「そういう頭脳をもったロボットはだね、まず第一に、工場を出ることはありえない、そして第二に、かりに出てきたとしてもすぐさま発見される。デイブはぼくがテストをしたんだぜ」

パウエルは乱暴に椅子をうしろに押しやり机の上に足をのせた。「いいや。ぼくたちはまだうさぎ汁をこしらえられない状態なんだ、なにが狂っているのかさっぱりわからないんだから。たとえばさっき見せてもらったあの死の舞踏がいったいなんなのかわかれば、糸口がつかめるのになあ」

彼は口をつぐんだ。「おい、マイク、きみはどう思う? デイブは、ぼくらのどちらもいないときだけおかしくなる。それに彼がおかしいとき、ぼくらのどちらかが行くと、とたんに正常に戻るってことだが」

「前にも言ったろう、不気味だって」

「だまって聴けよ。人間がそばにいないときのロボットはどうちがうか？　答えは明らかだ。彼個人の自律性の必要性が大きくなってくる。その場合、新しい必要性によってボディのどの部分が影響を受けるか突きとめればいい」

「そうか」ドノヴァンはさっと体を起こしたが、すぐにまた肩をおとした。「いや、いや。まだだめだ。範囲が広すぎる。それじゃあ、可能性の範囲を大幅にしぼったとは言えない」

「そりゃやむをえんさ。いずれにしてもノルマを果たさないというおそれはないんだから。交替でビジプレートをのぞいて、ロボットたちを見張ることにしよう。そしていつなんどき、なにかがおかしくなったら、ただちに現場に急行する。そうすればやつらは正常になるんだから」

「けどあのロボットには仕様書はつけられないぞ、グレッグ。こういう報告つきじゃあ、USロボット社もDV型を市場に出すわけにはいくまいからね」

「いかにも。構造上のエラーを突きとめてそれを修正しなくちゃならない——それがあと十日しかないときている」パウエルは頭をかいた。「厄介なのは……まあ、きみの目で青写真を見てもらったほうがいいな」

青写真はカーペットのように床に広げられ、ドノヴァンはその上に腹ばいになって、パウエルのひょいひょいと動く鉛筆の先を追った。

パウエルは言った。「ここが、きみのなすべきところだよ、マイク。きみはボディが専門だから、ぼくのしたことをチェックしてもらいたい。ぼくはこれまでに彼の自律性とはつながっていないすべての回路を切りはなしてみた。たとえば、ここのところは機械的動作に関連する大動脈だ。すべての平常系回路と緊急用を切りはなし――」彼は顔を上げた。

「きみはどう思う？」

ドノヴァンの口に苦いものがこみあげた。「この仕事はそれほど単純じゃないんだよ、グレッグ。自律性をつかさどる回路は、それだけ分離して調べられるような電気回路じゃないんだ。ロボットがひとりだちすると、身体機能の緊張度はほとんどあらゆる面において増大する。まったく影響をこうむらないという回路はないんだ。しなければならないのは、ロボットを狂わせるある特別の条件――きわめて特殊な条件――を突きとめ、そこで回路をひとつずつ取りのぞいていくことだ」

パウエルは立ちあがってほこりを払った。「ふん。わかったよ。青写真をもっていって焼いてくれ」

ドノヴァンは言った。「活動が活発化するとき、一ヵ所でも欠陥部分があれば、なにが起きても不思議はない。絶縁体がだめになる、コンデンサ液が洩れる、接続がショートする、コイルが過熱する。ロボットの全身をむやみやたらに調べてみたって、悪い箇所が見つかるはずはない。ディブを分解して、やつのボディのメカニズムのあらゆる箇所をひとつずつ点検し、そのたびに組み立てなおし、それから実地にテストして――」

「わかった。わかった。ぼくもビジプレートで見張ってりゃいいんだろう」

二人は絶望的に顔を見あわせ、やがてパウエルが用心深く言った。「ひとつサブロボットを面接してみたらどうかね」

パウエルもドノヴァンも、これまで〈指〉と話す機会はなかった。それは喋ることができた。したがって人間の指にまったく類似しているとは言いがたい。じっさいそれはかなり発達した頭脳をもっていた。しかしその頭脳は陽電子場を経て命令を受けるように調整されており、個々の刺激に対する反応はどちらかというと鈍かった。

その名前についてはパウエルもどう呼んでいいかわからなかった。製品番号はDV-5-2だったけれども、それではうまくない。

彼は適当なところで妥協した。「おい、相棒」と彼は言った。「ちょっと骨折って考えてもらいたいんだ、考えてくれりゃ、ボスのところへ帰れる」

〈指〉はぎくしゃくとうなずいたが、限られた頭脳の力を喋ることに用いようとはしなかった。

「最近、四度にわたって」とパウエルは言った。「おまえのボスは、頭脳スキームからはずれるような行動をした。いちいちおぼえているか？」

「はい」

ドノヴァンは腹立たしそうにうなった。「やつはおぼえている。こいつはなんだか不吉な予感が――」

「そんな頭はぶちこわしちまえ。むろん、〈指〉はおぼえているさ。やつはどこも狂っちゃいないんだ」パウエルはロボットのほうをむいた。「おまえら、そのつど、なにをしていた……つまり組全体は」

〈指〉はそらで暗誦するような妙な口調で喋った、あたかも頭蓋の機械的な圧縮によって質問に答えているかのようにいささかの熱意もなかった。

〈指〉は言った。「一度目はレベルBの第十七坑道の手ごわい露頭部で作業していたときです。二度目は落盤の起こりそうな箇所に天井材を補強していたときです。三度目は地層に割れ目を作らぬように、坑道をさらに掘りすすめるために精確に発破をしかけていたときです。四度目は小規模の落盤があった直後です」

「そのつど、なにが起こった？」

「説明しにくいです。命令が発せられます、けれどもわれわれがそれを諒解しないうちに、新しい命令が出され、奇妙な隊形で行進することになるのです」

パウエルがかみつくように言った。「なぜ？」

「わかりません」

ドノヴァンが緊張した声で割りこんだ。「最初の命令とはどんなものだ……行進の指令に切りかえられる前のやつは？」

「わかりません。命令が発せられたのは感知しましたが、それを受けとる間がありませんでした」

「それについてなにかわからないのか？　いつも同じ命令だったのか？」

〈指〉はみじめそうに首を振った。「わかりません」

パウエルは椅子の背によりかかった。「よろしい、ボスのところへ戻れ」

〈指〉はみるからにほっとした様子で立ち去った。

ドノヴァンは言った。「いや、こんどはおおいに得るところがあった。はじめからおわりまで、じつに切れる対話でございましたよ。ねえ、デイブとあの愚鈍な〈指〉はおれたちになにか隠しとるぞ。知らないことや、おぼえてないことが多すぎる。やつらの言うことを真に受けちゃだめだよ、グレッグ」

パウエルは口ひげを逆になであげた。「いいかげんにしてくれよ、マイク、こんど阿呆なことを言いだしたら、ガラガラもおシャブリもとりあげるぞ」

「わかったよ。あんたは、二人組の天才のほうだ。おれは哀れな乳飲み子さ。で、われわれはどういうことになっているんだ？」

「まさに窮境に立たされているね。〈指〉を使って逆にさかのぼって調べようとしたが、だめだった。かくなるうえは前進あるのみだ」

「たいしたお方だ」とドノヴァンは驚いてみせる。「なんとも簡単そうですがねえ。ひとつ英語に翻訳してくださいまし、先生さま」

「きみには赤ん坊語に翻訳したほうがいいね。つまりだね、デイブが、意識を失う直前にあたえる命令がどんなものか突きとめなけりゃならないってことさ。これこそが、本件の鍵だね」

「で、どうやって突きとめりゃいいんだ？　やつには近づけない、われわれがそばにいるかぎり、なにもおかしなことは起こらないんだからね。それに無線機で命令をキャッチするわけにもいかない、やつらは陽電子場を通して連絡をとりあっているから。ということは、接近方法も遠隔方法もだめだということで、あとにはきれいさっぱり、なにも残らんというわけだ」

「直接的な観察については、そうだ。あとまだ推理ってものがある」

「へえ？」

「交替の見張りを続けよう、マイク」パウエルはぞっとするような笑いをうかべた。「そしてビジプレートから眼をはなさないようにする。あの鋼鉄製の頭痛の種の一挙手一投足を監視する。そしてやつらがおかしな真似をしはじめたら、その直前になにがあったかしっかり見きわめる、そうしてそのときあたえられた命令を推理するってわけさ」

ドノヴァンはぱくりと口を開け、たっぷり一分そのままでいた。それから締めつけられたような声で言った。「おれは手を引く。おれは辞める」

「あと十日あるんだから、そのあいだにもっとましなことを考えろよ」とパウエルはうんざりした声で言った。

つまり八日のあいだ、ドノヴァンは、懸命に考えた。四時間交代で八日間、あのぴかぴか光る金属の物体が、うすぼんやりした背景の中を動きまわるさまを、かすんで痛む目をこらして監視しつづけた。八日のあいだ四時間ごとに、彼はUSロボット社を呪い、DV型を呪い、自分が生まれた日を呪った。

そして八日目、パウエルがねむい目に痛む頭をかかえて交替しにいくと、ドノヴァンは立ちあがるなり、ビジプレートのどまんなかにじっと狙いをつけて重いブックエンドを投げつけた。その動作にまさにふさわしい砕ける音がした。

パウエルは息をのんだ。「なんのためにそんなことをした？」

「なぜかというとだ」とドノヴァンは、むしろ落ち着きはらって言った。「もう見ていたくないからさ。あと二日しかないっていうのに、なにひとつ突きとめられないんだ。DV5号はひどい失敗作さ、おれが見張りをはじめてから、やつは五回仕事をやめた、あんたのときにゃあ三回だ、なのにおれにはやつのあたえた命令がどんなものか突きとめられない、あんたにも突きとめられなかった。あんたに突きとめられるとは、おれは思わない。おれに突きとめられないことがわかっているんだからな」

「なにを言ってるんだ。六台のロボットを同時に見張りができるか？　一台は両手をふりまわす、一台は両脚、一台は風車みたいに、もう一台はアホみたいにぴょんぴょん跳びあがる。そしてあとの二台は……なにやってるのかさっぱりわからん。そうしてみんないっせいに止まる。そうして！　そうして！」

「グレッグ、やり方がまちがっているんじゃないのかね。もっと接近すべきだったな。細部が見えるくらい近づいて、やつらのやることを監視すべきなんだ」

パウエルが苦々しい沈黙を破った。「ああ、あとわずか二日、そのあいだになにかが起こるのを待とう」

「ここで見張っていて、なにかいいことがあるかい？」

「ずっと快適さ」

「ああ――だけどここじゃできないがあっちならできるってことがあるぜ」

「なんだ？」

「やつらを止められるってことさ――いつでも好きなときにだ――そのあいだきみは、どこがうまくいかないかようく見ているんだ」

パウエルははっとしたように鋭い目になった。「どういうふうになるんだ？」

「ま、自分の頭をお使いなさい。自称秀才なんだから。自分に質問してごらん？　DV5号はどんなときにおかしくなるんだ？　〈指〉のやつは、そいつがどんなときだったと言った？　落盤の怖れのあるとき、じっさいに落盤が起こったとき、精密に計測された発破がしかけられようとしたとき、手ごわい露頭に出くわしたとき」

「言いかえれば、非常時だな」パウエルは昂奮した。

「そのとおり！　どんなときに起きると思っていたんだい！　そいつが、おれたちを悩ませている個々の自律性の要因なんだ。そして個々の自律性がもっとも緊張を強いられるのは、人間が不在で、非常事態に直面した場合だ。さてそれから導かれる論理的な帰結はなにか？　われわれが望む時と場所でいかにしてこちら側の阻止要因を作りだせるか？」彼はとくとくと語って、口をつぐんだ――どうやら自分の役割をたのしんでいるらしい――そしてパウエルの口の先まで出かかっている明白な答えを先どりして自分でその質問に答えたのだった。「われわれ自身の非常事態を作りだすことによって」

パウエルは言った。「マイク――きみの言うとおりだ」

「ありがとうよ、相棒。いつかそう言ってもらえると思ってたぜ」

「わかった、皮肉はおあずけだ。地球のためにとっておこう、将来の長く寒い冬のために壜にいれてしまっておこう。ところで、ぼくたちに、どんな非常事態が作りだせるだろう？」

「鉱山に出水を起こすって手もある、空気のない小惑星じゃないならば」

「冗談、なんだろうね」とパウエルは言った。「いやはや、マイク、おかしくって腹がよじれるよ。ちょっとした落盤なんてのはどうだ？」

ドノヴァンは唇をすぼめて言った。「おれはオーケーだ」

「ようし。さっそくとりかかろう」

パウエルはごつごつした地表をうねうねと進みながら、陰謀者の気分をひしひしと感じた。低重力下の歩行はおぼつかなく、岩だらけの地面をふらふらしながら、右や左の岩をけとばして灰色の砂塵を音もなくまきあげた。もっとも、これが陰謀者の用心深いひそやかな歩行のつもりなのだった。

彼は言った。「やつらがどこにいるか知っているのか？」

「そのつもりだよ、グレッグ」

「よかろう」とパウエルは陰気に言った。「しかし〈指〉が一台でも、二十フィート以内に近づいたら、ぼくらが視野に入ろうが入るまいが、感づかれてしまう。それはわかっているだろうね」

「ロボット工学の初歩課程が必要なときには、あんたといっしょに正式な願書を出そう、それも三通写しをとってね。ここをおりるんだ」

彼らは坑道の中にいた。星明りもなくなってしまった。二人は岩壁にしがみついて進んだ、懐中電灯の光がときおりぱっと行手を照らしだす。パウエルはブラスターがあるべきところにあるかどうか確かめた。

「この坑道を知っているか、マイク？」

「よくは知らない。新しいやつだ。ビジプレートで見ていたから、見当はつくと思うんだ」

永遠と思われる時が過ぎ、やがてマイクが言った。「感じないか！」

パウエルの金属で包まれた指に壁面のかすかな震動が伝わってきた。当然、音はない。

「発破だ！　かなり近いぞ」

「目をしっかり開いていろ」とパウエルは言った。

ドノヴァンはもどかしそうにうなずいた。

身構えるいとまもないうちにそれは襲いかかり、そして去った——青銅色の光が視野を走ったにすぎない。二人は無言で抱きあった。

パウエルがささやいた。「あいつは感づいたかな？」

「感づかないように願うね。でもやつらの側面にまわったほうがいい。最初の側道を右に折れろ」

「やつらを見失ったらどうなる？」

「おい、あんたはなにがしたいんだ？　戻りたいのか？」ドノヴァンは荒々しいうなり声をあげた。「やつらは四分の一マイルたらずのところにいるんだ。おれはビジプレートでずっと見張ってきたんじゃなかったのか？　そして残るはわずか二日――」

「さあ、黙れ。酸素を無駄にしているぞ。これが側道か？」懐中電灯がぴかりと光る。

「そうだ。行こう」

震動はかなり強くなり、足もとの地面が、こころもとなげに揺れた。

「こりゃいい」とドノヴァンは言った。「おれたちの居所を教えることにならなければね」彼は前方を心配そうに照らした。

手をちょっと伸ばすと坑道の天井に触った。新しい支柱が立っている。

ドノヴァンはためらった。「行きどまりだ、引きかえそう」

「だめだ。進むんだ」パウエルは、体をちぢめてむりやりすりぬけた。「あれは光じゃないか？」

「光？　見えないがね。こんなところになんで光があるんだ？」

「ロボットの光さ」彼はゆるやかなのぼりをよつんばいになって進んだ。その声はドノヴァンの耳の中でかすれて不安げにひびいた。「おい、マイク、ここへ来いよ」

光が見えた。ドノヴァンは這っていき、パウエルのひろげた足をまたいだ。「横穴か？」

「そうだ。連中は反対側からこの坑道に向かって進んでいるにちがいない——と思うね」

ドノヴァンは横穴のぎざぎざのへりを手探りしてみる。懐中電灯で用心深く照らしてみると、横穴の向こうは、こちらより広い。明らかに幹線と思われる坑道につながっている。横穴は人間が通るには小さすぎ、二人の人間が同時にのぞきこむのにも小さすぎた。

「向こうにはなにもいないぞ」とドノヴァンが言った。

「ああ、いまはね。だが一秒前はいたにちがいないんだ、さもなければ光が見えるはずはない。気をつけろ！」

まわりの壁がごうっと鳴りひびき、二人は衝撃を感じた。土ぼこりが降りそそいだ。パウエルはこわごわ頭をもたげて、もう一度見た。「ようし、マイク。やつらはあそこだ」幹道の五十フィートほど向こうに、ぴかぴか光るロボットが群がっている。金属の腕がいまの発破で生じた岩屑の山をせっせとつきくずしている。

ドノヴァンがせきたてた。「ぐずぐずするな。やつらの仕事はじきにおわる、次の発破でこちらがやられるかもしれない」

「たのむから、そうせかさないでくれ」パウエルは、ブラスターの発射準備にかかる。彼の眼は、ロボットの光だけが頼りという薄暗い背景に眼をこらしたが、突出している岩と影を識別するのは不可能だった。

「天井にしみのようなものがあるだろう、ほら、やつらのほぼ真上だ。さっきの発破でやられなかったところだ。あの根もとのところに命中すれば、天井の半分が陥没するだろう」

パウエルはぼんやり見える指先を追った。「わかった！　さあロボットをしっかり見てろよ、やつらが坑道のあの部分からあまりはなれすぎないように祈ってろ。やつらが唯一の光源なんだから」

ドノヴァンは数えた。「七台ぜんぶそろっているな？」

「よし、じゃあ、よく見てろ。どんな動きも見のがすなよ！」

ブラスターがあげられ、じっと狙いが定められる、一方ドノヴァンはしっかりと目を見ひらき、罵声をあげ、まばたきして目に流れこむ汗を防ぐ。

閃光がひらめいた！

衝撃、一連のはげしい震動、それからずしんという轟音とともに、パウエルの体はドノヴァンに叩きつけられていた。

ドノヴァンは、悲痛なうめきをあげた。「グレッグ、突きとばしやがって。なにも見えなかったぞ」

パウエルは狂ったようにあたりを見まわす。「やつらはどこに行った？」

ドノヴァンはほうけたような沈黙におちこんだ。ロボットは影も形もなかった。冥府の川の深淵のように真暗闇だった。

「やつら、埋まったと思うか？」とドノヴァンが震える声で訊いた。

「あそこへおりてみよう。ぼくがどう思ってるかわざわざ訊くなよ」パウエルはころげるようにしてうしろむきに這いおりた。

「マイク！」

ドノヴァンは、彼のあとを追う動作を中断した。「こんどはどうした？」

「そこにいろ！」パウエルの息遣いが、ドノヴァンの耳もとで荒く不規則にひびいた。

「マイク！　聞こえるか、マイク？」

「ここにいるよ。どうしたんだ？」

「閉じこめられたぞ。ぼくたちが叩きつけられたのは五十フィート先でおちた天井じゃない。ぼくらの頭上の天井だ。あの衝撃でくずれおちたんだ！」

「なんだって！」ドノヴァンは、びくともしない障壁につかまって立ちあがった。「懐中電灯をつけてくれ」

パウエルはそうした。うさぎが這いでるすきまもなかった。

ドノヴァンが静かに言った。「さあ、どうする気だ？」

彼らは行手を阻む障壁を取りのぞこうとして、いくばくかの時間と筋力を無駄に費やした。パウエルはあきらめて、もとの穴をなんとかこじりあけようとした。一瞬パウエルはブラスターをあげた。だがこんなふうに閉じこめられていては、強烈な熱放射は自殺行為であることはわかっていた。彼はしゃがみこんだ。

「なあ、マイク」と彼は言った。「えらいことになったなあ。デイブのどこがおかしいか突きとめるどころか。いいアイディアだったのに、見事失敗、われわれの面目も丸つぶれだな」

苦々しさを精いっぱいこめたドノヴァンの一瞥も暗闇ではむなしかった。「お邪魔はしたくないんですがね、デイブについてわかったとかわからないとかいうことはさておいてですね、おれたちゃどうやら袋のねずみだ。這いだせないことになりゃあ、死ぬんですぜ。シーヌ、死ぬんだよ。とにかく酸素はあとどのくらいある？　六時間たらずだね」

「ぼくだってそれは考えた」パウエルの指は、長いあいだ痛めつけられているロひげのほうにあがっていったが、透明なバイザーにむなしくぶつかった。「むろん、それだけ時間があればデイブに簡単に掘り出してもらえただろう、ところがわれわれがあたら生みだした非常事態がやつをおそらく混乱させたにちがいない、そして無線の回路も切れてるときてる」

「なんとすばらしいこってしょう？」

ドノヴァンは横穴のほうににじりより、金属に包まれた頭をすきまになんとかもぐりこませた。ひどくきゅうくつだった。

「おい、グレッグ！」

「なんだ？」

「デイブを二十フィート以内のところに連れてきたらどうだ。たちまち正常に戻るだろう。そうすりゃこちらも助かる」

「そうとも、けどやつはどこにいるんだ？」

「坑道の向こう――ずっと向こうだ。おいおい、たのむから、引っぱるのはやめてくれ、首がすっぽ抜けないうちに。きみにも見させてやるから」

パウエルはなんとか頭を外につきだした。「うまくやったぞ、あの阿呆どもを見ろよ。ありゃあ、バレエの踊りにちがいない」

「よけいなことは言うな。少しはこっちに近づいてきたのか？」

「まだわからない。遠すぎて。ちょっと待ってくれ。おれの懐中電灯をこっちによこしてくれ。やつらの注意をこっちにひいてみよう」

二分後に彼はあきらめた。「からっきしだめだ！　目が見えないのかね。おっ、こっちに歩いてくるぞ。どうする気だ？」

ドノヴァンが言った。「おい、おれにも見せろ！」

無言のとっくみあいが演じられた。パウエルが言った。「わかったよ！」そしてこんどはドノヴァンが頭をつっこんだ。

彼らが近づいてくる。ディブが先頭に立ち、足を高くあげて行進している、六台の〈指〉はそのうしろから、隊列をそろえてくねくねと進んでくる。

ドノヴァンは驚いた。「あいつら、なにをやってるんだ。それが知りたいね。スクエアダンスでも踊ってるんかいな――ディブのやつ、音頭とりかね、こんなの見たことがないよ」

「ああ、そんなご説明はいいかげんにしてくれ」とパウエルが文句を言った。「それよりどのあたりまで近づいた？」

「五十フィートぐらい、どんどんこっちに近づいてくる。もうじき出られるぞ、あと十五分も――あっ――おっ――ああっ――おーい！」

「どうした？」ドノヴァンの悲痛な声の渦に呆然となったパウエルが気をとりなおすのに数秒を要した。「おい、ちょっと、その穴をこっちによこせ。いつまでもしがみついているな」

懸命によじのぼってくる彼をドノヴァンは乱暴に蹴りつけた。「やつら、回れ右をしたぞ、グレッグ。行っちまう、ディブ！　おおーい、デエエイブ！」

パウエルは金切り声をあげた。「叫んでなんになるんだ、このばか！　音は伝わりゃしないんだ」

「それじゃあ」とドノヴァンはあえいだ。「壁を蹴って叩いて、震動を起こさせるんだ。なんとかしてやつらの注意をひかなくちゃ、グレッグ、さもなきゃ一巻のおわりだ」彼は狂ったように叩きつづけた。

パウエルは彼をゆさぶった。「待てよ、マイク、待つんだ。おい、聴け、考えがある。ひょっとしたら、こいつは、簡単な解決法を考えだす絶好のチャンスだぞ。マイク！」

「なにをしたいんだ？」ドノヴァンが頭を引きぬいた。

「やつらが射程距離を出ないうちに、ぼくをあそこに入らせてくれ」

「射程距離を出ないだと！　いったいなにをやらかすつもりなんだ？　おーい、そのブラスターでなにをやらかすつもりだ？」彼はパウエルの腕をつかんだ。

パウエルはその手をはげしくふりほどいた。「ちょっとひと射ちするんだ」

「どうして？」

「そいつはあと。まずうまくいくかどうかためさせてくれ、もしだめなら、そのときは――そこをどいて、ぼくに射たせろ！」

ロボットたちは遠ざかりながらだんだん小さくなり、もはやちらちらする光点でしかない。パウエルは息をこらして照準を合わせ、引き金を三度引いた。火器をおろし、不安そうにうかがった。サブロボットの一台が倒れている！　いまや光る姿は六つしかない。

パウエルはおずおずとトランスミッターにむかって呼びかけた。「デイブ！」

間があり、それから二人の耳もとに応答がひびいた。「ボス？　どこにおられるのです？　第三サブロボットが胸を射たれました。もう役に立ちません」

「サブロボットにかまうな」とパウエルは言った。「こちらは落盤でとじこめられている、おまえが発破をしかけたところだ。こちらの懐中電灯が見えるか？」

「見えますとも。すぐにそちらへ行きます」

パウエルはぐったりとしゃがみこんだ。「こういうわけだよ、わが友」

ドノヴァンは涙声になっていやにやさしく言った。「わかったよ、グレッグ。あんたの勝ちだ。あんたの前にひれ伏して床に額を叩きつけるよ。だからもうたわごとはたくさんだ。どういうことなのか静かに話してくれ」

「いいともさ。ぼくたちはつまり最初から明白なことを見のがしていたってわけだ——例によって。問題が自律性をつかさどる回路にあるということはわかっていた、非常の場合にそれが起こることもわかっていた、だけど、その原因としてあるひとつの特定な命令を探していた。なぜそれがあるひとつの命令でなくちゃならないのか？」

「ないっていうのか？」

「まあ、聞けよ。なぜ命令のタイプであってはいけないいんだ。もっとも自律性を必要とするのはどんな形の命令だ？　ほとんど非常の場合にだけ発せられるというのはどんな形の命令だ？」

「おれに訊かないでくれ、グレッグ。教えてくれ！」

「教えているじゃないか！　それは一度に六とおりに発せられなければならない命令だ。平常は、一、二本の〈指〉が、厳しい監視を必要としない日課をこなしている――われわれの体が、通常の歩行運動を無造作にこなすように。しかし緊急時には、六台のサブロボットは、即座に同時に動かされなければならない。ディブは一挙に六台のロボットを操らなければならなくなって、そこでなにかがおかしくなる。あとは簡単だ。自律性の必要性が減れば、たとえば人間が応援にかけつければ、やつはすぐさま正常に戻るんだ。だからぼくはロボットを一台こわしてやった。一台こわせば、命令は五とおりですむ。自律性の必要性が減じれば――やつは正常になる」

「なんでそんなことがわかったんだ？」とドノヴァンは訊いた。

「単なる論理的帰結さ。じっさいに試してみたら成功した」

ロボットの声がふたたび耳もとでひびいた。「さあ、来ました。あと半時間、がんばれますか？」

「いいとも！」とパウエルが言った。そしてドノヴァンにむかって言葉をついだ。「これでわれわれの仕事は簡単になるだろう。回路をすべて点検して、五とおりに発せられる命令の場合は生じないで、六とおりに発せられる命令の場合に過負荷を生じる箇所をチェックしていけばいい。とするとどれだけの範囲をあたればいいのかね？」

ドノヴァンは考えこんだ。「たいしたことはないと思う。デイブが、工場で見た実験モデルのようなものだとしたら、特別の整合回路があって、問題はその箇所だけだからね」

彼はにわかに、驚くほど元気づいた。「おい、こりゃあ、たいしたことはなさそうだぞ。ちっとも難しいことはない」

「ようし。きみはよく考えておいてくれ、戻ったらいっしょに青写真をチェックしよう。さてと、デイブがやってくるまで、ひと休みしよう」

「おい、待てよ！　ひとつだけ教えてくれ？　あの奇妙な分列行進は、あのとぼけたダンスはいったいなんだったたんだ、ロボットがおかしくなるたんびにやってみせたあれは？」

「あれか？　わからん。けど、こうじゃないかと思うことはある。いいかい、あのサブロボットはデイブの〈指〉なんだ。いつもそう言ってきたよね。で、思うにだ、デイブが気が触れて、ああいう幕間劇がはじまると、やつは知能低下の迷路にはまりこんで、そのあいだ指をひねくりまわしていたんじゃあないかね」

＊

スーザン・キャルヴィンはにこりともせずパウエルとドノヴァンの話を語ったが、

話がロボットに触れると、声にあたたかみがしのびこむのだった。スピーディ、キューティ、デイブと語りつぐのに長くはかからなかったが、わたしはその辺で博士を押しとどめた。さもなければ、こんな話をまだいくらでも記憶の中からひきずりだしたろうから。

わたしは言った。「地球ではなにも事件はなかったんですか？」

博士はちょっと眉をひそめてわたしを見つめた。「ええそう、地球ではあまりロボットの活躍する場がありませんでしたから」

「ほう、そりゃ残念ですね。こちらの現場の技師さんたちはたしかにすばらしい、しかし博士ご自身にまつわる話はないんでしょうか？　ロボットがおかしくなって博士ご自身がお困りになったような話は？これは博士の記念特集ですのでね」

ところがなんと、博士は頰を染めたのである。そして言った。「ロボットがおかしくなって困らされたことはありますよ。まあ、久しく思いだしませんでしたねえ。もうかれこれ四十年になるかしら。そう！　あれは二〇二一年だった！　わたしはまだ三十八で。おやおや――これは話したくないんだけれど」

わたしは待った、そして案のじょう博士は思い直してくれた。「話したっていいわねえ？」と言った。「いまさらどうということもありませんもの。あの記憶ももうわたしを傷つけはしないでしょう。わたしも愚かだったことがあるんですよ、お若い方。

信じていただけるかしら？」

「いいえ」とわたしは言った。

「愚かだったの。でもハービイは人の心を読むロボットでしたから」

「なんですって？」

「あとにも先にもあんなのはあれだけ。まちがっていたの――どこかが――」

5　うそつき

Liar!

アルフレッド・ラニングは入念に葉巻に火を点じたが、その指先は微かに震えていた。葉巻をふかしながら話すラニングは、灰色の眉をひそめた。

「あれはちゃんと人の心を読みとる——それについてはこれっぽっちの疑いもない！　だが、なぜだ？」彼は数学者のピーター・ボガートを見つめた。「ええ？」

ボガートは黒い髪を両手で撫でつけた。「それが、われわれが製作した三十四番目のRBモデルなんですよ、ラニング。ほかのは全部、まったく正常なんですがね」

テーブルに着いている第三の男が眉をひそめた。ミルトン・アッシュはUSロボット&機械人間株式会社における最年少の技術主任で、その地位を誇りとしていた。

「ねえ、ボガート、あのロボットの組立てには、はじめからおわりまでなんの支障もありませんでしたよ。それは保証します」

ボガートの分厚い唇が、横柄な笑いをうかべた。「そうかね？　きみがもし、組立てライン全体に責任を負うというのなら、きみの昇進を進言してもいいね。正確に数えると、その個一個の陽電子頭脳を製造するためには、七万五千二百三十四の工程が必要であり、その個個の工程が首尾よく完了するには、五から百五にわたるファクターのすべてが正常でなければならない。そのうちのひとつにでも、重大な支障があれば、その頭脳は廃棄される。これは、われわれの資料ファイルを引用しているんだよ、アッシュ」

ミルトン・アッシュはさっと顔を赧《あか》らめたが、第四の声が彼の答えをさまたげた。

「おたがいに責任のなすりあいをはじめるというのなら、失礼させていただきます」スーザン・キャルヴィンの両手は膝の上でかたく組まれ、青ざめた薄い唇のまわりの微かな皺が深まった。

「わたしたちは、自分たちの手で、読心力をもったロボットを作ったんです。わたしには、それがなぜ読心力をもったかということを突きとめることのほうが重要に思えますが。〝おまえの誤りだ！　わたしの誤りだ！〟とわめいていてもそれは突きとめられはしません」

彼女の冷たい灰色の眼がアッシュの上に注がれると、彼はにっこりと笑いかえした。

ラニングもにやりと笑ったが、こんなときはいつも、その長い白髪と鋭い小さな眼が、聖書の始祖の絵を彷彿《ほうふつ》とさせるのである。「まったくだよ、キャルヴィン博士」

彼の声はにわかにきびきびしたものになった。「問題は煎じつめればこういうことだ。われわれは普通製品と思われる陽電子頭脳を製作した。ところがこれが思考波に同調することができるという驚くべき特性をそなえていた。なぜこのような現象が起こったのかがわかれば、ロボット工学数十年来のもっとも重要な進歩を画することになるのだ。われわれにはわからない、だから突きとめなければならない。わかったかね？」

「ひとつ提案してもよろしいですか？」とボガートが訊いた。

「言ってみたまえ！」

「つまり、この難題が解決するまで――数学者として、これはすこぶる難題だと思いますが――RB34号の存在を秘密にしておいたらどうですか。スタッフのほかの連中にもですよ。われわれ各部局の責任者としては、これが解答不能の問題であっては困るし、このことを知っている人間は少なければ少ないほど――」

「ボガートの言うとおりです」キャルヴィン博士が言った。「惑星間規約が、ロボットを宇宙空間へ積み出す場合に工場内でテストを行なうことを認めると修正されてからというもの、ロボット排斥運動はいっそう激しさをましています。われわれがこの特異現象を完全に把握できないうちにロボットに読心力があるなどという事実が、万が一、洩れでもしたら、さっそく、うまく利用されてしまいますからね」

ラニングは葉巻を吸い、重々しくうなずいた。そしてアッシュをかえりみた。「きみがあれの読心力を最初に発見したとき、たしかひとりだったと言ったね」

「そうです、ひとりでした――まったく胆をつぶしましたよ。RB34号は組立て台からおろされたばかりで、ぼくのところへ回されてきたんです。オバーマンがあいにく留守でしたので、ぼくはひとりで、あれを検査室へ連れていきました――いや少なくとも連れていこうとしたんです」アッシュは口をつぐんだ。かすかな笑みが唇をゆがめた。「いや、みなさんのうちで、無意識に、思考対話というやつをおやりになった方がありますか?」

だれひとり答えようとする者はいなかったので彼は言葉をついだ。「最初は、それと気づかないんです。彼はただぼくに話しかけた――考えうるかぎり、論理的かつ明晰に――ところがあと少しで検査室というときになって、ぼくは自分が一言も口をきいていなかったことに気がついたんです。たしかにぼくはいろいろ考えましたよ、しかし喋るのと考えるのとじゃ、大違いですよね? ぼくはあれを部屋の中へ閉じこめて、大あわてでラニング博士を呼びにいったんです。並んで歩きながら、やつが平然とぼくの思考を覗きこんで、その中から適当なのを選びだし、拾い上げていたなんて、ぞっとしましたよ」

「そうでしょうね」とスーザン・キャルヴィンはもの思わしげに言った。彼女の眼は、妙に熱っぽくアッシュに注がれていた。「思考というものはプライベートなものと考えつけていますものね」

ラニングが苛立たしそうに口をはさんだ。「じゃあ、われわれ四人だけしか知らんのだな。よろしい！　この問題には系統的に取り組まねばならん。きみには組立て工程をはじめからおわりまでチェックしてもらいたい――ひとつ残らずだよ。誤りを犯す可能性のない工程はすべて除いて、可能性のあるものはすべてリストアップしてくれたまえ、その性質と重要度もいっしょに」

「どえらい注文だな」とアッシュがつぶやいた。

「そうとも！　むろん、きみの部下をこの作業に当たらせることになるだろう――必要とあれば、ひとり残らずだ。本来の作業が予定より遅れても、それはかまわない。ただし、彼らに理由を知らせてはならない、いいね」

「ふうむ、わかりました！」若い技術者は苦笑をうかべた。「それにしてもとてつもない仕事だなあ」

ラニングは椅子をぐるりと回して、キャルヴィンと向かい合った。「あんたにはほかの方向からこの仕事に取り組んでもらいたい。あんたは当工場所属のロボ心理学者だ。だからロボット自体を調べて、逆にたどっていってもらおう。彼の不可解な能力がいかなるものか突きとめてほしい。いったいなにがテレパシイ能力と結びついているのか、能力がどの程度のものか、それが彼の見方をどういう工合にゆがめているか、そしてそれは、RBモデルとしての通常の特性にいかなる影響をあたえているか、調べてみたまえ。わかったかね？」

ラニングはキャルヴィン博士の答えを待ってはいなかった。

「わたしはそれらを統合し、調査結果を数理的に解明してみよう」ラニングは葉巻を勢いよくふかして、紫煙とともにあとの言葉をもぐもぐとつぶやいた。「ボガートは、むろんわたしの手伝いをしてくれるだろう」

ボガートはぽってりした手の爪を、もう一方の手の爪で磨きながら穏やかに言った。

「たぶんできましょう。そちらの方面なら多少は知っていますから」

「ではと！　さっそく着手しましょう」アッシュは威勢よく椅子を押しのけて、立ちあがった。あかるく若やいだ顔が、にやりとほころぶ。「ぼくは、いちばん厄介な仕事を割当てられたんですから、この場はごめんをこうむって、さっそくとりかかりましょう」そして早口で、「そんじゃ」と言って彼は出ていった。

スーザン・キャルヴィンは、かすかにうなずいて応えたが、その眼は、彼の姿が見えなくなるまで追っていた。彼女は、ラニングがうなるようにこう言ったときも答えなかった。

「RB34号を見にいかないかね、キャルヴィン博士？」

RB34号は、ドアの蝶番《ちょうつがい》がきしむ音を聞きつけて、光電管の眼を本から上げた。スーザン・キャルヴィンの姿を見ると、彼は立ちあがった。

彼女は立ちどまって、ドアにかかっているばかでかい〈立入り禁止〉の札の位置をなおしてから、やおらロボットに近づいた。

「超原子モーターに関するテキストを持ってきたわ、ハービイ──二、三冊なんだけど。すみませんけど見てくださらない？」

RB34号──またの名をハービイ──は、彼女の腕から三冊の重い本を取りあげ、そのうちの一冊の見出しページを開いた。

「ふううむ！『超原子理論』ですか」彼は、ページを繰りながら、ぶつぶつとなにやらつぶやいていたが、やがて放心したように言った。「どうぞおすわりください、キャルヴィン博士！これは少々時間がかかりそうです」

心理学者は腰をおろし、ハービイをしげしげと見守った。彼はテーブルの反対側の椅子に腰をかけ、三冊の本を順々に見ていった。

三十分すると、彼は本を下に置いた。「もちろん、わたしにはなぜ博士がこれを持ってこられたかわかっています」

キャルヴィン博士の唇のすみがぴくりと引きつった。「そうでしょうね。あなたといっしょにお仕事をするのは難しいわ、ハービイ。あなたはいつも一歩先んじてしまうから」

「この本だって、ほかの本だって同じことです。いっこうに興味がわきません。こういうテキストには、なにひとつ興味をそそられるものはない。あなたがたの科学は、間に合わせの理論でこね合わされたデータのよせ集めにすぎません──おまけに驚くほど単純ですから、わざわざ読むまでもありません。あなたがたの小説です。人間の動機や感情の相互作用に関する研究」――がっしりした手を、おぼつかなくふりまわしながら適当な言葉を探しだそうとする。

キャルヴィン博士は囁き声で言った。「わかったわ」

「わたしは人の心を覗きますから」とロボットは言葉をついだ。「人の心がどれほど複雑なものかあなたにはわからないでしょう。そのすべてを理解することなどとてもできません、わたし自身の心は、それらとはほとんど共通点がありませんから――しかしやってみます、あなたがたの小説というものが助けてくれますし」

「ええ、でもね、現代の感傷的な小説に描かれた痛ましい感情の相剋《そうこく》を見てしまっては」――彼女の声音《こわね》には苦々しいひびきがあった――「わたしたちの心みたいな現実の心は退屈で生彩のないものに見えるわね」

「そんなことはない！」

不意に語気が強められたので、彼女は思わず立ちあがった。顔の赧らむのを覚えながら、彼女は狂おしく考えた。（彼は知っているにちがいない！）

ハービイは不意にまた静かになって、ひくい声でつぶやいたが、その声の金属的なひびきはまったく消え去っていた。「ええ、むろん、そのことは知っていますよ、キャルヴィン博士。しじゅうそのことを考えておられるから、いやでも知らずにはいられないでしょう？」

彼女の顔がこわばった。「だれかに――話した？」

「話すものですか！」ほんとうに驚いている口調だった。「だれも、わたしに訊きませんから」

「そう、じゃあ」と彼女は吐きすてるように言った。「あたしをばかだと思うでしょうね」

「いいえ！　それは正常な感情です」

「たぶん、それだからこそ、こんなに愚かしいんだわ」彼女の声の苦悩のひびきは、あらゆるものを押し流した。女の性《さが》が博士という殻の蔭から顔を覗かせた。「あたしはいわゆる――魅力的な女じゃない」

「もし博士が単に肉体的な魅力について言及しておられるなら、わたしには判断しかねます。しかし、ともかく、別のタイプの魅力というものがあります」

「若くもないし」キャルヴィン博士はロボットの言うことはほとんど聞いてはいない。

「まだ四十にもならない」ひどく熱心な語調が、ハービイの声にしのびこんでいた。

「年を勘定すれば三十八、人生に対する情緒的見解に関するかぎりは、萎《しな》びた六十のお婆さん。あたしだってだてに心理学者でいるわけじゃあないのよ」

彼女は息もつかず悲痛な口調で話しつづけた。「それなのに彼はまだ三十五、外見や行動はずっと若々しい。彼があたしを……ありのままのあたし以上のものとして、見ていると思う?」

「あなたは間違っている!」ハービィの鋼鉄製の拳が耳ざわりな音をたてて、プラスチックのテーブルを叩いた。「まあお聞きなさい——」

しかしスーザン・キャルヴィンは、彼のほうへぐいと向きなおった。眼にうかぶ突きつめた苦悩が炎となって燃えあがる。「なぜ聞かなくちゃならないの? あなたになにがわかるというの。どっちみち、あなたは……あなたは、機械じゃないの。あたしは、あなたにとって一個の標本にすぎない、研究用の、翅《つばさ》をひろげた、特殊な心理形態を有する興味ある昆虫。フラストレーションのすばらしい見本じゃない? あの本と同じようなものじゃない」涙声になり、声がつまって黙りこんだ。

ロボットは相手の激情の発作にたじろいだ。そして懇願するようにかぶりを振った。「どうかわたしの言うことを聞いてください、ね? わたしに話をさせてくだされば、あなたをお助けできるかもしれません」

「どうやって?」彼女の唇が歪む。「なにかよい忠告でもしてくれるというの?」

「いや、そうではありません。単に、わたしは、ほかのひとたちがなにを考えているか知っているというにすぎません——たとえば、ミルトン・アッシュです」

ながい沈黙があった。スーザン・キャルヴィンは眼を伏せた。「彼が考えていることなんか知りたくないわ」彼女は息をきらしながら言った。「黙っていて」

「あなたは、彼がなにを考えているか知りたいのでしょう」

彼女はうつむいたままであったが、息遣いはいちだんとはやくなった。「ばかなことを言って」と彼女はつぶやいた。

「そうでしょうか？　わたしはあなたをお助けしようとしているのです。ミルトン・アッシュはあなたのことを――」彼は口をつぐんだ。

すると心理学者は頭を上げた。「それで？」

ロボットは静かに言った。「彼はあなたを愛しています」

たっぷり一分間、キャルヴィン博士は口を開かなかった。ただ眼をみはっていた。やがて、「思いちがいよ！　そうにきまっている。そんなはずがない」

「しかし彼は愛しています。こういうことは、隠せるものではありません、ことにわたしには」

「でもあたし、とても……とても」彼女は口ごもり、黙りこんだ。

「彼は人間をうわつらより深く見、知性を尊重します。ミルトン・アッシュは、髪の毛や眼と結婚するようなタイプではありません」

スーザン・キャルヴィンは眼がはげしくまたたくのを感じ、心をしずめてから口を開いた。それでも声が震えた。「でも彼はいままでそんな素振りをみせなかった――」

「その機会をあたえたことがありますか?」

「どうしてそんなことが? まるで考えてもみなかった――」

「そらごらんなさい!」

心理学者は口をつぐんで思いに沈んでいたが、突然顔を上げた。「半年前に、女のひとが工場に彼を訪ねてきたわ。きれいなひとだった――金髪の、ほっそりした。でも、やっと二と二を足せるくらいのひとなの。だけど彼は一日じゅう、得意そうに胸をはって、ロボットの組立て方を説明しようとしていたわ」厳しさがよみがえった。「あんなひと、わかりもしないくせに! あのひとはいったいだれ?」

ハービイは淀みなく答えた。「あなたが言っておられる人物なら知っています。彼のいとこで、ロマンチックな関心などありません、それはたしかですとも」

スーザン・キャルヴィンは、少女のような活発さで立ちあがった。「奇妙な話じゃない? あたしときどき、自分でそんなふうに思いこもうとしていたのよ、じっさいにはとてもそんなふうには考えられなかったけれど。それじゃ、きっとほんとうなのね」

彼女はハービイに駆けよって、つめたく重い手を、両手でにぎりしめた。「ありがとう、ハービイ」せきこむようなかすれた声だった。「このことはだれにも言わないでね。二人だけの秘密にしておいて――もう一度お礼をいうわ」こう言って、ハービイの手応えのない金属の指をはげしくにぎりしめると、彼女は出ていった。

ハービイはかたわらにほうっておいた小説をゆっくりと取りあげたが、彼の心を読む者はだれもいなかった。


ミルトン・アッシュは、ぽきぽきと関節を鳴らしながらううんと唸って、ゆっくりと大きな伸びをしてから、ピーター・ボガート博士をねめつけた。

「ねえ」と彼は言った。「この仕事にとりかかってから一週間、ほとんど寝もやらずですよ。いったいいつまでやってなきゃならないんです？　たしかD真空室における陽電子の衝突が問題の鍵だと言っておられたはずですがね」

ボガートは軽いあくびをして、自分の白い手をしげしげと見つめた。「そうだよ。手がかりはつかんだ」

「数学者がそう言うときは、どういう意味かぐらいわかってますよ。結論が出るまでにあとどのくらいかかるんです？」

「すべて事情しだいだ」

「なんの事情？」アッシュは椅子にどっかと腰をおろして長い脚を前に伸ばした。

「ラニングさ。あのじいさんと意見が合わないんだ」ボガートは吐息をついた。「ちょっと時代におくれていてね。それで困っているんだ。てんから行列力学に固執しているんだよ。ところがこの問題は、もっと有効な数学が必要なんだ。それがまったく頑固でね」

アッシュは眠そうにつぶやいた。「なぜハービィに訊かないんです、やつに、この問題を解決させたら？」

「ロボットに訊くのか？」ボガートの眉がつりあがった。

「いけませんか？　女史がそう言わなかったですか？」

「キャルヴィンのことか？」

「そう！　スージィそのひと。ところであのロボットは数学の天才ですね。あらゆることを知っていて、さらにその上を知っているんだから。三重積分は暗算でやっちまうし、テンソル解析はデザートに食っちまうんだ」

数学者は疑わしそうに見つめた。「本気で言っているのかい？」

「誓って！　ところがあの間抜け、数学を好かないのが玉にきずでね。くだらん小説なんぞ読もうっていうんだから。ほんとですよ！　スージィが彼にあてがっている三文小説を見てごらんなさいよ、『紅《くれない》の情熱』と『宇宙の恋』だ」

「キャルヴィン博士は、そんなことはひとことも言ってなかったが」

「それは、まだ彼女の検査がすっかり終わってないからですよ。彼女のやり方はご存じでしょう？　大きな秘密を洩らすには、すっかりすんでからでなきゃ気がすまないんです」

「きみには話したんだね」

「まあちょっと話しこんだものだから。最近、彼女にやたらに会うんだ」彼は眼をむいて眉をひそめた。「ねえ、ボギイ、このごろあのご婦人、ちょっと変だと思いませんか？」

ボガートはほっとしたようにうちとけた笑みをうかべた。「口紅をつけていることかい？」

「ちぇっ、そんなことはわかってますよ。頬紅や白粉《おしろい》やアイシャドウまでつけてますよ。まったく見ものだ。いや、そんなことじゃないんです。こうとはっきりは言えないんだけど。彼女の喋り方なんですがね——まるでなにか嬉しいことでもあるみたいなんだ」彼はちょっと考えてから、肩をすくめた。

相手は彼に流し目をくれたが、五十を越えた科学者にしては、なかなか板についていた。

「きっと恋をしているんだよ」

アッシュはふたたび眼を閉じた。「あほくさいですよ、ボギイ。ハービイのところへいってらっしゃい。ぼくはここでひと眠りしたい」

「よかろう！　べつにロボットに教えてもらいたいわけじゃないし、まさか彼に教えられるとも思わないが！」

それに答えたのは軽いいびきだけだった。

ハービイは、じっと聞きいっていた、ピーター・ボガートはポケットに両手をつっこんで、さりげなさを装いながら喋っている。

「というわけさ。きみはこういう問題を理解すると聞いたものだから、なによりも好奇心から訊いているわけなんだよ。わたしの推論は、あらまし話したように少々疑わしい手法があることは認めるよ、ラニング博士はそこのところを受けいれようとしないし、全体から見ればまだ不完全なものだ」

ロボットが答えないので、ボガートは言った。「どうかね？」

「誤りはありません」ハービイは書きちらされた数字を検討した。

「きみだってこれ以上先へは進めないだろう？」

「とてもとても。あなたは、わたしより優れた数学者ですし、それに——まあ、首をつっこむのはごめんこうむりたいですね」

ボガートの微笑には満足の色があった。「そんなところだろうと思ったよ。難解な問題だから。この話は忘れよう」彼は紙をまるめてダストシュートへ投げこみ、出ていきかけて、思いなおした。

「ところで——」

ロボットは待っている。

ボガートは言いにくそうだった。「あることなんだが——つまり、おそらくきみは——」彼は口をつぐんだ。

ハービイは静かに口を開いた。「あなたの思考は乱れています、が、どれも明らかにラニング博士に関することですね。躊躇なさるのは愚かしい。あなたが気を静めれば、あなたの訊きたいことは、わたしにわかってしまうのですから」

数学者の手は、ものなれたしぐさで、つややかな髪を撫でつけた。「ラニングは七十に手がとどくんだ」と彼は、それがすべてを説明するとでもいうように言った。

「知っています」

「しかも三十年近く、この研究所の所長をつとめている」

ハービイはうなずいた。

「それでなんだが」ボガートはとりいるような声音になった。「きみはおそらく彼が……彼が引退を考えているかどうか知っているだろう。おそらく健康上とか、なにかほかの理由で──」

「そのとおりです」とハービイは言った。それでおしまいだった。

「じゃあ、知っているのか？」

「むろん」

「じゃあ──その──教えてもらえるかね？」

「お尋ねとあれば、お教えします」ロボットはいやに事務的だった。「彼はすでに辞職しています！」

「なんだと！」その叫びは、破裂したようなほとんど意味をなさない音だった。科学者の大きな頭がぐっと前へ出た。「もう一度言ってくれ！」

「彼はすでに辞職しました」ハービイは静かにくりかえした。「しかしまだ辞令は発令されておりません。彼は、この問題――ええ――つまりわたしの問題が解決するのを待っているのです。これが片づけば、所長の地位を後継者に譲るおつもりです」

ボガートは荒い息を吐いた。「で、その後継者は？　いったいだれだ？」彼はいまやハービイの前に立ちはだかり、その眼はロボットの判読しがたい深紅色の光電管の眼にひたとくいいった。

言葉がゆっくりと流れだす。「あなたが次の所長です」

ボガートはほっとして、かたい微笑をうかべた。「それはよかった。わたしはそれを長いあいだ待ちこがれていたんだ。ありがとう、ハービイ」

ピーター・ボガートは翌朝五時まで机に向かっており、九時にはまた机に戻った。机のすぐ上にある棚は、参考書や数表が次々に引きぬかれて空っぽになっていた。目の前の計算用紙の増え方は微々たるものだが、足もとには書きちらした紙が山となっていた。

正午きっかり、彼は最後の用紙を凝視し、血走った目をこすってあくびをし、肩をすくめた。

「ますます悪くなるばかりだ。ちくしょう！」

彼はドアの開く音にふりむいて、ラニングを見ると会釈した。ラニングは筋ばった手の関節をもう一方の手でぽきぽきならしながら入ってきた。

所長は乱雑な部屋の様子をじろりと眺めて、眉をひそめた。

「新しい手がかりは？」と彼は訊いた。

「いや」傲慢な返答がかえった。「古いほうのどこがいけませんか？」

ラニングは答えようとせず、ボガートの机の上の紙片にちらりと視線を投げたばかりだった。彼は葉巻に火を点じ、マッチの炎のかげで口を開いた。

「キャルヴィンはあのロボットについてなにか言っていたかね？　あれは数学の天才だ。まったく驚くべきしろものだ」

相手は荒々しく鼻を鳴らした。「そうぼくも聞かされていましたがね。だけどキャルヴィンはロボット心理学にかじりついていたほうがよさそうだな。ハービイの数学的能力を検査してみたが、微積には手も足もでませんよ」

「キャルヴィンの話だとそうじゃないんだ」

「彼女はいかれているんだ」

「それにわたしもそうは思わんのだ」所長の眼がけわしく狭められた。

「あなたが！」ボガートの声がこわばった。「いったいなんの話です？」

「午前中ずっと彼の能力を試してみたのだが、聞いたこともないような芸当をするのだ」

「そうですかね？」

「疑っているのか！」ラニングはチョッキのポケットから一枚の紙をさっと引きぬいて開いた。

「これはわたしの筆跡ではなかろう？」

ボガートは紙片を埋めた角ばった記号を調べた。「ハービイがこれをやった？」

「そうとも！　気づいただろうが、きみの方程式22の時間積分に取り組んできた。ところが」——ラニングは紙片の最後の行を黄ばんだ爪でぽんと弾《はじ》いた——「わたしが出したのとまったく同じ結果が出たのだ。しかも所要時間は四分の一だよ。きみは陽電子の衝突におけるリンガー効果を無視してはいけなかったのだ」

「無視はしませんでしたよ。後生だから、ラニング、ようく頭に叩きこんでください、あれは結局相殺《そうさい》されて——」

「ああ、たしかにきみはそう説明した。たしかミッチェルの移行方程式を使ったんだな？　ところがこの方程式は当てはまらないのだ」

「どうして？」

「ひとつには超虚数を使っているからだ」

「なにを使えばいいんです？」

「ミッチェルの方程式は適用できない、あの場合は——」

「気でも狂ったんですか？　学会報に載ったミッチェルのオリジナルの論文を読みなおしてみれば——」

「その必要はない。わたしは最初から彼の推論は気にいらぬと言ったはずだ。その点に関してはハービイもわたしを支持してくれている」

「それじゃあ」とボガートはわめいた。「あのぜんまい仕掛けの奇妙な機械に問題を全部解かせたらいいじゃないですか。なぜ枝葉末節《しようまつせつ》にこだわるんです？」

「まさにそこなんだ。ハービイはこの問題を解くことができんのだ。そして彼に解けないならば、われわれにも解けない——われわれの頭だけでは。この問題は全国会議に提出しようと思っている。われわれの手には負えない」

　ボガートの椅子が後ろにひっくりかえった。彼は満面に朱をそそいで唸り声をあげながら飛びあがった。「そんなことはさせないぞ」

　こんどはラニングが報くなった。「きみはわたしにできないことをしろと言うのか？」

「そうとも」かみつくような答えだった。「この問題はぼくがここまで苦労してかためてきたんだ。ぼくの手からひっさらうわけにはいかないぞ。おわかりか？　ぼくはあんたの魂胆を見ぬけないほどのばかじゃない。この干からびたミイラめ。あんたというひとは、ぼくにロボットのテレパシイを解明するという名誉をあたえるくらいなら、自分の鼻をそぎ落としたほうがましというひとだ」

「あきれかえった阿呆だな、ボガート、不服従のかどで即刻、停職処分だ」――ラニングの下唇は怒りに震えた。

「そいつもできない相談でしょう、ラニング。読心力にたけたロボットがそばにいたんじゃ、秘密もなにもあったもんじゃない。あんたの引退については先刻ご承知だということをお忘れなく」

ラニングの葉巻の灰がぶるっと震えて落ち、次いで葉巻そのものがころがり落ちた。

「なん……なんだと――」

ボガートは意地悪そうに忍び笑いをした。「そしてこのぼくが新所長というわけだ、そこをわきまえたまえよ。ぼくはじゅうぶん承知している、承知していないなどと思うなよ。あんたの意見などくそくらえだよ、ラニング、ここのところはぼくが命令を出そう。さもないと前代未聞のどえらいさわぎになるだろう」

ラニングはやっと口がきけるようになると、大声をあげてどなった。「停職だ、きさま、聞こえるか？　いっさいの任務を解任する。きさまはおしまいだ、わかったか？」

相手の顔に微笑がひろがった。「そんなことがなんの役に立つ？　あんたはなにもできゃしない。切り札はぼくがにぎっているんだ。あんたが引退したことは知っている。ハービイが教えてくれた。彼はあんたからじかに知ったんだ」

ラニングはつとめて穏やかに話そうとしていた。急にめっきり老《ふ》けこんだようだった。赤味を失い、老いの黄ばみを残した顔から疲れた眼がのぞいている。「わたしはハービイと話がしたい。彼がそんなことを言うはずがないのだ。これはきみの腹黒い陰謀だろうがね、ロバート、受けて立とうじゃないか。いっしょにきたまえ」

ボガートは肩をすくめた。「ハービイに会いに？　よろしい！　よろしいとも！」

ミルトン・アッシュが下手くそなスケッチから顔を上げたのも、正午きっかりであった。彼は言った。「なにか思いつきましたか？　どうもうまく描けないんだけれど、だいたいこんなふうなんだ。すばらしい家で、しかもただ同然で手に入るんですよ」

スーザン・キャルヴィンは、うっとりと彼を見やった。「ほんとうにすばらしいわ」と吐息をついた。「ときどき考えていたんだけれど、あたしもこんな――」声がとぎれた。

「むろん」とアッシュは鉛筆をおいて、きびきびと言葉をついだ。「休暇まで待たなくちゃなりませんがね。もうあとわずか二週間なんだけれど、このハービイ問題のおかげでなにもかもおあずけですよ」指先に眼を落とし、「おまけに、もうひとつ問題があるんです――だけど、これは秘密なんだ」

「じゃあ、黙っていらっしゃい」

「いや、すぐ言っちまうだろうな。だれかに話したくてうずうずしているんだから――それに話すとしたら、ここじゃあなたがうってつけの――その――腹心の友だからなあ」彼は恥ずかしそうに笑った。

スーザン・キャルヴィンの胸は高鳴ったが、とても口を開くどころではなかった。

「じつをいうと」とアッシュは椅子を引きずりよせて、内緒話のように声をひそめた。

「この家はぼくひとりのもんじゃないんだ。ぼく、結婚するんですよ！」

言ってから彼は飛び上がった。「どうしたんです？」

「なんでもないわ！」ぞっとするようなめまいは去ったが、言葉をしぼりだすのは難しかった。

「結婚するって？　つまり――」

「そうですよ！　そろそろ潮どきでしょう？　去年の夏ここにやってきた女の子を覚えているかな。彼女なんですよ！　だけど、気分が悪いんじゃないですか。どうしたんです――」

「頭痛よ！」スーザン・キャルヴィンは、弱々しい手つきで彼を追いはらった。「あたし……このごろ、しじゅう頭痛に悩まされているの。もちろん……お祝いを言うわ。喜んで――」不器用に塗った頬紅が、蒼白な顔に紅い汚ならしいしみを二つ作っている。また目の前が、ぐるぐるまわりはじめた。「ごめんなさい――どうか――」

言葉はつぶやきになり、彼女はよろよろしながら夢中で部屋を出た。夢は突如、はかなく消え去った――しかも夢の非現実的な恐怖まで味わわせて。

しかし、こんなことがあるだろうか？　ハービイが言ったのに――

ハービイは知っていた！　彼は心の中を見ることができるのだ！

彼女はいつのまにか、ドアのわき柱にあえぎながらよりかかって、ハービイの金属の顔を凝視していた。二階分の階段をのぼってきたはずなのに、いっこうに覚えがない。夢の中のように、一瞬の間に来てしまった。

夢の中のように！

そしてハービイのまたたかぬ眼は、彼女の眼をじっと見つめていた。その冴えない赤い色は、ぼんやりと輝く悪夢のような球体に脹れあがっていくように思われた。

彼がなにか喋っている。彼女は唇に冷たいグラスが押しつけられるのを感じた。注ぎこまれたものを飲みこんで、ぶるっと身を震わせると、ようやくあたりの様子に気づいた。

ハービイはまだなにか喋っている。声がうわずっていた――まるで傷つけられ、怯えていて、哀願しているかのように。

言葉の意味がようやくわかってきた。「これは夢です」と彼は言っている。「だから信じてはなりません。すぐに目がさめて現実の世界に戻って、大笑いするでしょう。彼はあなたを愛しています。愛している、愛していますとも！　しかし、ここではない。いまではない！　これは幻影なのです」

スーザン・キャルヴィンはうなずいた。声が囁いた。「そう！　そうね！」ハービイの腕にすがりついて、何度も何度もくりかえす。「ほんとじゃないわね？　そうじゃないわね？」

どうやって正気にかえったのかわからない——しかしそれは、まるで朦朧《もうろう》とした非現実の世界から、ぎらぎらと輝く日光の下の世界に出てきたような感じだった。彼女はハービイを押しのけ、そのはがねの腕をつきのけた。眼が大きく見ひらかれた。

「あなたはなにをしようというの？」耳ざわりな悲鳴のような声だった。「いったいなにをしようというの？」

ハービイは後じさった。「お助けしたいのです」

心理学者は目を見はった。「助ける？　これは夢だとあたしに言いきかせて？　あたしをむりやり狂わせて？」ヒステリックな緊張が彼女をとらえた。「これは夢じゃない！　夢だったらいいのに！」

とつぜん彼女は鋭く息を吸いこんだ。「待って！　ああ……ああっ……わかった。なんてこと、そうにきまっているのに」

ロボットの声には恐怖のひびきがあった。「そうしなければならなかった！」

「そうして、あたしはあなたの言うことを信じた！　思いもよらなかった——」

ドアの外の喧声《けんせい》が、彼女の口をつぐませた。彼女は発作的に拳をにぎりしめ、背をむけた。ボガートとラニングが入ってきたときには、彼女は遠くはなれた窓の前にたたずんでいた。男たちは、彼女にまったく気づかなかった。

二人は同時にハービイに近づいた。ラニングはいらいらと怒りながら、ボガートはひややかにせせら笑いながら。所長が先に口をきった。

「さて、ハービイ。わたしの言うことを聞け！」

ロボットは、年老いた所長に鋭いまなざしを投げた。「はい、ラニング博士」

「きみはボガート博士と、わたしの進退を話しあったのか？」

「いいえ」ゆっくりした答えがかえると、ボガートの顔にうかんでいた微笑がさっと消えた。

「なんだと？」ボガートは上役を押しのけて、ロボットの前に立ちはだかった。「昨日、このぼくに言ったことをもう一度いえ」

「わたしは昨日――」ハービイは沈黙した。胸の奥で、金属の振動板が柔らかな不協和音をたてて振動した。

「おまえは彼が辞職したと言ったんじゃないのか？」と、ボガートがわめいた。「答えろ！」

ボガートは狂ったように腕をふりあげたが、ラニングがそれを押しのけた。「脅して嘘をつかせようというのかね？」

「彼の言ったことが聞こえたでしょう、ラニング。彼は〝はい〟と言いかけて、やめたんだ。そこをどいてくれ！　こいつから真実を聞きたい、わかったな！」

「わたしが訊く！」ラニングはロボットをかえりみた。「よろしい、ハービイ、落ち着くんだ。わたしは辞職したのか？」

ハービイはまじまじと見つめ、ラニングは気づかわしげにくりかえした。「わたしは辞職したのか？」ロボットの頭が否定するようにかすかに左右に振られた。長い間があったが、それ以上なにも起こらなかった。

二人の男はたがいに見つめあったが、その眼にうかんだ敵意は隠しようもなかった。

「なんたることだ」とボガートがだしぬけに言った。「このロボットは口がきけなくなったのか？　喋れないのか、ええ、この怪物め？」

「喋ることはできます」即答がかえった。

「じゃあ、質問に答えろ。おまえはラニングが辞職したと言ったんじゃないのか？　彼は辞職したんじゃないのか？」

ふたたび重苦しい沈黙があるばかりだった。そのとき突然、部屋のすみから、スーザン・キャルヴィンの笑い声が、けたたましく、なかばヒステリックにひびきわたった。

二人の数学者は飛び上がり、ボガートの眼が狭められた。「きみがここに？　なにがそんなにおかしい？」

「なにもおかしくなんてありません」声が普通でなかった。「ただ、ひっかかったのはわたしひとりじゃなかったということです。ロボット工学の世界的権威が三人とも同じような初歩的な罠におちこんだのは皮肉じゃありませんか？」語尾が消えて、彼女は青ざめた手を額にやった。「でも、おかしくなんかありません！」

二人の男はこんどは眉をあげ、けげんそうな視線をかわした。「罠とはいったいなんのことだ？」とラニングが硬い声で尋ねた。「ハービイにおかしいところがあるのかね？」

「いいえ」彼女はゆっくりと二人に近づいた。「彼にはどこもおかしいところはありません――ただわたしたちがどうかしていたんです」彼女は突然、くるりとふりむくとロボットに向かって金切り声をあげた。「はなれてちょうだい！　あっちのすみへ行って、目の前でうろうろしないで」

ハービイは彼女の眼の狂暴な光にしりごみして、よろめきながらことことはなれていった。

ラニングの声には敵意がにじんでいる。「いったいこれはどういうことだ、キャルヴィン博士？」

彼女は二人の男と向きあうと、皮肉たっぷりに言った。「あなたがたはロボット工学三原則の第一条をご存じですわね」

ほかの二人は同時にうなずいた。「いかにも」とボガートが腹立たしげに、「ロボットは人間に危害を加えてはならない。また、その危険を看過することによって、人間に危害を及ぼしてはならない」

「お見事です」キャルヴィンは冷笑した。「では危害とはどんな種類のものをさすのでしょう?」

「それは——いかなる種類でもだ」

「そうです! いかなる種類でもです! それじゃあ、人間の感情を傷つけることはどうでしょう? 人間の自尊心をしぼませてしまうことは? 人間の希望を奪ってしまうことは、危害ではありませんか?」

ラニングは眉をひそめた。「なんでロボットがそんなことを——」言いかけて彼はあっと息をのんだ。

「おわかりになりましたわね? このロボットは人の心を読むのです。これが、心にあたえる危害についてなにも知らないとお思いになります? なにか尋ねられて、尋ねた当人がこう言ってほしいと思っている返答をしないでしょうか? それ以外の返答では、われわれが傷つけられるとしたら、ハービイがそれを知っているとしたら、どうでしょう?」

「なんてこった!」ボガートがつぶやいた。

心理学者はひややかな視線を彼に投げた。「あなたは彼にラニングが辞職するかどうかお訊きになったんですね。あなたは、ラニングが辞職するという答えが聞きたかった。だから、ハービイはそう答えたのです」

「それでなんだな」とラニングが抑揚のない声で言った。「さいぜんこれが答えようとしなかったのは。どう答えてもわれわれのどちらかを傷つけることになっただろうから」

短い沈黙が流れるうちに、男たちは部屋のすみにいるロボットを眺めた。彼は本棚の前の椅子に腰かけて、ほおづえをついている。

スーザン・キャルヴィンは床をじっと見つめた。「彼にはそのことがわかっていたのです。あの……あの厄介なしろものはなにもかも承知しているんです――組立ての工程でどこが間違っていたかということまでも」彼女の眼は暗く、もの思いに沈んでいた。

ラニングは顔をあげた。「それはちがうよ。どこが間違っていたかということは知らんよ。訊いてみたんだから」

「それはなにを意味しているんでしょうか」キャルヴィンは叫んだ。「ただあなたが、彼に解いてもらうことを望んでいないということじゃありませんか。自分にできないことを機械にしてもらっては、あなたの自尊心が傷つけられるから。あなたはお訊きになりました？」と彼女はボガートに質問の矢を放った。

「まあね」ボガートは咳ばらいをして、顔を赧らめた。「彼は数学についてはあまり知らないと言いおった」

ラニングはあまり大きくない声で笑い、心理学者は辛辣な笑みをうかべた。彼女は言った。「わたしが訊いてみます！　彼に解いてもらっても、わたしの自尊心は傷つきませんからね」

彼女は声をはりあげ、ひややかに命令した。「ここへいらっしゃい！」

ハービイは立ちあがって、おずおずと近づいてくる。

「あなたはおそらく知っているはずよ」と彼女は言葉をついだ。「組立て工程のどの部分で、無関係の素因が導入されたか、あるいは不可欠な素因が脱落したのか」

「はい」とハービイはかろうじて聞きとれるくらいの声で言った。

「ちょっと待ってくれ」とボガートが荒々しくさえぎった。「それは必ずしも真実とはかぎらん。あんたはその答えを聞きたいと望んでいる、それだけのことだ」

「ばかなことをおっしゃらないでください」とキャルヴィンは応じた。「彼は数学についてなら、あなたとラニングを合わせたくらいの知識があります。だって人の心を読むことができるんですからね。彼にチャンスをあたえてやってください」

数学者は黙りこんだ。キャルヴィンは続けた。「さあ、ハービイ、おっしゃい！　わたしたちは待っているのよ」それからわきをむいて、「みなさん、鉛筆と紙のご用意を」

しかしハービイは黙りこくっている。心理学者の声には勝利のひびきがあった。「なぜ答えないの、ハービイ？」

ロボットはだしぬけに口を開いた。「できません。できないことはおわかりでしょう！ボガート博士とラニング博士は望んでおられません」

「みんな解答を望んでいるわ」

「しかしわたしからではありません」

ラニングがさえぎって、穏やかにはっきりと言った。「ばかなことを言うな、ハービイ。われわれはきみの解答を望んでいるのだ」

ボガートがそっけなくうなずいた。

ハービイの声はかんだかくうわずった。「そんなことをおっしゃってなんになりましょう？　わたしにあなたがたの心を見通せないとでもお思いですか？　心の奥底では、あなたがたは望んではいない。わたしは機械です。脳内の陽電子の相互作用によってかりの生命をあたえられた機械——人間の考案物にすぎないのです。あなたがたはわたしに対して面目を失えば、必ず傷つけられます。それはあなたがたの心の奥深くにあって、どうしても消し去ることはできない。だから解答をあたえるわけにはいかないのです」

「われわれは出よう」とラニング博士が言った。「キャルヴィンに話したまえ」

「それだって同じことです」とハービイは叫んだ。「どっちみちあなたがたは、解答をもたらしたのはわたしだということをお知りになるのですから」

キャルヴィンが口をはさんだ。「それでも、ハービイ、ラニング博士もボガート博士もその解答を望んでいらっしゃるのよ」

「自力で見つけだすことをです！」とハービイは抗弁した。

「でも二人はそれを望んでいるのよ。あなたが知っていながら、教えないという事実は彼らを傷つけるわ。わかるでしょう？」

「ええ！　ええ！」

「そしてもしあなたが教えれば、やっぱり彼らを傷つけるわね」

「ええ！　ええ！」ハービイはじりじりと後じさりし、一歩一歩キャルヴィンは前につめよる。二人の男は凍りついたような当惑の表情で、それを見守っている。

「あなたは彼らに教えられない」心理学者はゆっくりとものうげな声で唱えた。「なぜなら教えれば傷つけるから、そしてあなたは傷つけてはならない。けれどあなたが彼らに教えないと、あなたは彼らを傷つけることになる、だから彼らに教えなくてはならない。けれどあなたが教えれば、傷つけることになるから、教えてはならない、だからあなたは彼らに教えることはできない。けれど教えなければ、傷つける、だから教えなければならない。でも教えると、傷つける、だから教えてはならない。でも教えなければ、傷つける、だから教えなければならない。けれど教えれば、傷つける――」

ハービイは、壁によりかかると、そこでがくりと膝をついた。「やめてください！」と彼は絶叫した。「心を閉じてください！　苦痛と挫折と憎悪が満ちみちている！　そんなつもりはなかった！　お助けしようと思った！　あなたが望んでいた答えを言ったのです。そうしなければならなかった！」

心理学者は無視した。「あなたは彼らに教えなければならない、けれど教えれば、傷つける、だから教えてはならない。でも教えなければ、傷つける、だから教えなければならない。けれど——」

ハービイは絶叫した！

まるで何倍にも増幅されたピッコロの警笛のように——かんだかく、さらにかんだかく、迷える魂の恐怖におののく叫びが、部屋をつんざいてひびきわたった。

やがてそれが消えはてたとき、ハービイはくずおれて、動かぬ金属の山と化していた。

ボガートの顔から血の気《け》がひいた。「死んだ！」

「いいえ！」スーザン・キャルヴィンは狂ったように身をよじって笑いだした。「死んだんじゃない——ただ気が狂っただけ。わたしは彼を、解くことのできぬジレンマに対決させた、そして彼は壊れてしまった。こうなればスクラップにできます——もう二度と喋りはしないでしょうから」

ラニングは、ハービイだったもののかたわらにひざまずいた。指が、手応えのない冷たい金属の顔に触れると、彼は身を震わせた。「あんたはわざとこうしたのだな」彼は立ちあがり彼女と向かいあい、顔を歪めた。

「そうならどうだと？　こうせざるをえないでしょう」そして苦々しげに吐きだした。「当然の報いですよ」

所長は、呆然としていて身じろぎもしないボガートの手首をつかんだ。「どうでもいいことだ。行こう、ピーター」彼は吐息をついた。「こういうタイプの思考ロボットは、どっちみち役には立たない」老いこんだ疲れた眼だった。彼はくりかえした。「行こう、ピーター！」

スーザン・キャルヴィン博士が心の平静をいくらかとりもどしたのは、二人の科学者が去ってまもなくだった。ゆっくりと彼女の眼はハービイの生ける屍《しかばね》に注がれ、厳しさがその顔によみがえった。長いあいだ見すえるうちに、やがて勝利の色が消え、虚脱したような挫折の色がふたたびうかんだ――そして荒れ狂う思考の嵐の中から、たったひとつ痛烈な言葉がその唇をついて出た。

「うそつき！」

＊

これで終わりだった、当然ながら。もうこれ以上博士の口からなにもひきだせないことはわかっていた。博士は机の前に黙念とすわっている、蒼白い顔は冷たく――回想にひたっていた。

わたしは言った。「ありがとう、キャルヴィン博士！」しかし博士は答えなかった。
ふたたび博士に会うことができたのはそれから二日後だった。

6　迷子のロボット

Little Lost Robot

スーザン・キャルヴィンにふたたび会ったのは、博士のオフィスの戸口だった。ファイルがさかんに運び出されていた。

博士が言った。「原稿の進みぐあいはいかが？」

「おかげさまで」とわたしは答えた。博士の話を骨組みに、わたし自身の見方で肉付けし、会話やさりげない色どりを加えた。「原稿に目を通していただいて、誤解をまねく箇所や法外に不正確な箇所がないか言っていただけませんか？」

「そうしましょう。重役用のラウンジへ行きませんか？　コーヒーでも飲みながら」

機嫌がよさそうに見えたので、廊下を歩いていくみちみちわたしはこのチャンスをとらえた。「前々から考えているのですが、キャルヴィン博士――」

「はい？」

「ロボット工学の歴史についてもっとお話し願えるといいのですが」

「お探しのものはたしかあなたの手もとにあるはずでしょう、お若い方」

「ある程度は。しかしですね、博士、今までに書いた出来事は、あまり現代社会には向いていないんじゃないかと思うんです。つまり、人の心を読むロボットはたった一台しかできませんでしたし、宇宙ステーションは時代おくれですでに使われてはいないし、ロボットによる採鉱はあたりまえのことになっています。恒星間旅行についてはどうでしょうか？　超原子力エンジンが発明されてからわずか二十年たらずですが、これがロボット工学上の発明であることは世間周知の事実です。この間《かん》の真相はどうなんでしょうか？」

「恒星間旅行？」女史は考えこむように言った。わたしたちは重役用のラウンジにおり、わたしはフルコースの夕食を注文した。女史はコーヒーを一杯のんだだけだった。

「あれは単なるロボット工学上の発明ではありません、そんなふうに片づけてはしまえない。むろん電子頭脳《ブレーン》を開発するまでは、あまり進歩はなかった。でもやってみました、苦心に苦心を重ねて。恒星間旅行の研究に、わたしがはじめてタッチしたのは――つまり、直接に、ね――二〇二九年のことでした。ロボットが一人行方不明になって――

＊

ハイパー基地では、がたがたと音をたてるようなすさまじさで――さながらヒステリックな荒々しい悲鳴をあげながらいくつかの措置がこうじられた。

その措置を時間的経過と周章狼狽の程度に従って要約すればこうである。

1　第二十七小惑星群のステーションによって占められる全空域における超原子力エンジンの作業が停止した。

2　当該空域は事実上、太陽系からの立入りが禁止された。なんぴとといえども許可なくして立ち入ることは禁止された。またいかなる事情があっても立ち去ることを許されなかった。

3　政府の特別パトロール艇で、USロボット&機械人間株式会社の主任心理学者スーザン・キャルヴィン博士、および数学主任研究官ピーター・ボガート博士の両名が、ハイパー基地に運ばれた。

スーザン・キャルヴィンは、地球をはなれたことは一度もなく、今回もはなれたい気持は毛すじほどもなかった。この原子力時代に、いやきたるべき超原子力エンジン時代にあって、彼女はひっそりと田舎暮らしをしていた。だからこの旅行にはおおいに不満で、この非常呼集にも疑問をいだいていたから、ハイパー基地でのはじめての夕食の席でも、彼女の白粉気《おしろいけ》のない中年の顔にきざまれた皺の一筋一筋に、それがはっきりあらわれていた。またボガート博士の生白い顔も、ある種の卑屈さを捨てようとはしなかった。またこのプロジェクトをひきいるカルナー陸軍少将も苦悩にさいなまれた表情をうかべることをかたときも忘れなかった。

要するに、その食事は、はなはだ気色の悪い幕あいで、食後に行なわれた三人の話しあいは、陰鬱な雰囲気のうちにはじまったのである。

この雰囲気には妙にそぐわない制服姿のカルナーは禿げた頭をてかてか光らせ、不安そうな口調で単刀直入にきりだした。

「じつに奇妙な話でしてね、みなさん。理由も申しあげずににわかにお出ましを願って申しわけありません。さっそくそのわけをお話ししましょう。じつは、ロボットが一台いなくなったのです。そのため作業は停止している、見つかるまでは停止しなければなりません。いまだに見つけられず、専門家のご助力を仰いだ次第です」

おそらく少将は、おのれの置かれた窮境も、この説明ではあまりにあっけないと思ったのだろう。必死な口調で話を続けた。「われわれの仕事の重要性についてはお話しするまでもありません。昨年度の科学研究に対する政府補助金の八十パーセントがわれわれの仕事にあてられたと申しあげれば――」

「いやあ、それはわかっています」とボガートが快活に言った。「USロボット社は、こちらからロボットのレンタル料をたっぷり頂戴しておりますからね」

スーザン・キャルヴィンが不機嫌なそっけない調子で口をはさんだ。「ロボットの一台ぐらいが、なんでこのプロジェクトにそれほど重要なのですか、それになぜ今もって見つからないのですか？」

少将は赤い顔を彼女のほうに向け、唇をせわしなくなめた。「いや、まあ、見つけたことは見つけたんです」そして、苦悶に近い声音で、「ひとつ、ご説明申しあげましょう。問題のロボットが報告にあらわれなかったので、ただちに緊急事態宣言が発せられて、ハイパー基地の全機能は停止されました。前日に貨物船が到着して、実験室用のロボットを二台おろしました。船にはあと、よそへ運ぶ六十二台の……ああ……同じ型のロボットが積みこまれていた。この数字は確かです。それについては疑問の余地はない」

「それで？　それとどういう関係が？」

「行方不明のロボットの居所がどうしても突きとめられないということになったとき――たとえなくなったものが草の葉一枚でも探しだしていたはずなんです、そいつがそこにありさえすれば――はっと頭にひらめいて貨物船に残されていたロボットを数えてみたのです。するとロボットは六十三台になっていた」

「そうしますと、六十三台目が行方不明の放蕩息子というわけですね？」キャルヴィン博士の眼がかげった。「ええ、しかしどれが六十三台目か識別する方法がないのです」

電気時計が美しい音を十一ひびかせるあいだ、重苦しい沈黙がおちた、が、やがてロボット心理学者が口を開いた。「たいへん奇妙なお話ですね」唇の両はしがぎゅっと下がった。「ピーター」彼女はきっとした様子で同僚をふりかえった。「ここじゃどうなっているのかしら? ハイパー基地ではどんな種類のロボットを使っているんです?」

ボガート博士は言いよどんで、弱々しい微笑をうかべた。「それが、今までは、デリケートな問題でね、スーザン」

彼女は口早に言った。「ええ、今まではね。六十三台の同じ型のロボットがいて、そのうちの一台が入用だが識別の方法がない、とおっしゃいますけど、どれだって同じじゃありませんか? いったいどういうことなんです、これは? なんのために、わたしたちは呼びつけられたんです?」

ボガートは観念したように言った。「まあ、説明させてくれ、スーザン——ハイパー基地ではたまたま、ロボット工学三原則第一条が完全には刻みつけられていない頭脳をもったロボットを使用しているんだ」

「刻みつけられていないですって?」キャルヴィンは、椅子の背にもたれかかった。「ななるほど。どれだけ作ったんです?」

「少数だよ。これは政府命令で、秘密をもらすわけにはいかなかった。直接関係ある首脳部以外は知らない。きみはたまたまその中に含まれていなかった、スーザン。ぼくにはどうしようもないことで」

少将がそのとき厳然として口をはさんだ。「その点については、わたしからいささかご説明申しあげたい。じつは、キャルヴィン博士がこちらの事情をお知りにならないとは初耳でした。申しあげるまでもないでしょうが、キャルヴィン博士、本土ではロボットに対してつねに強い反対がありました。根本主義者の急進派に対して政府が唯一抗弁できるのは、ロボットには、決して破ることのできないロボット工学三原則の第一条が組みこまれているという事実――つまりいかなる状況のもとでもロボットは人間に危害をあたえることはできないという事実です。

ところがわれわれには違う性質のロボットが必要になった。そこでNS2型のうちのごく少数が、つまりネスターには、修正された第一条が組みこまれた。このことを極秘にするために、製造されたすべてのネスターには、作る際も通し番号がついておらず、ここに送られてくるときも普通のロボットたちといっしょです。むろん彼らには自分たちの一部が改造されている事実を、部外者にはぜったい口外せぬという厳重な歯どめが組みこまれています」そこで当惑げな微笑をうかべ、「それが今では裏目に出てしまった」

キャルヴィンが重々しく言った。「一応みんなに尋ねてみましたか、あなたはたしか権限をおもちでしょう?」

少将はうなずいた。「六十三台全部が、ここで働いていたことを否定した——一台が嘘をついているのです」

「探しておられるロボットには、損耗の形跡があるでしょう? ほかの六十二台は工場から送りだされたばかりの新品だそうですし」

「問題の一台は先月着いたばかりです。それとこんど着いた二台で注文は打ちきりということになっていた。肉眼で判別しうる損耗はまったくありません」少将はゆっくりかぶりを振った、眼がふたたび苦悩をにじませた。「キャルヴィン博士、われわれはあの貨物船を出航させるわけにはいきません。万一、第一条に従わないロボットの存在が公けになりますと——」この結論に控え目な言い方はないようだった。

「六十三台全部を廃棄なさい」とロボ心理学者は、ひややかにそっけなく言いはなった。「それで片がつきます」

ボガートは口もとをゆがめた。「一台につき三万ドルずつをどぶに捨てろと言うのか。USロボット社はそれは望まないだろう。まず努力をしてみることだよ、スーザン、廃棄する前に」

「それならば」と彼女は鋭く言った。「わたしは事実が知りたい。ハイパー基地がそれらの改造ロボットによってどんな利便があるのか正確に教えていただきたいですね。いかなるファクターが彼らを望ましいものにしたのですか、少将？」

カルナーは皺をよせた額を手で撫であげた。「以前のロボットには手を焼きましたよ。ここの作業員は、強力な放射線を多量に浴びながら仕事をしています。むろん危険だが、万全の防護措置がとられている。当初から事故はたった二件、いずれも致命的なものではなかった。しかし、こうしたことを普通のロボットに納得させるのは不可能でした。ロボット工学三原則の第一条にはこう定められている――そのとおりに申しあげましょう。〈ロボットは人間に危害を加えてはならない。また、その危険を看過することによって、人間に危害を及ぼしてはならない〉。

これが基本原則です、キャルヴィン博士。作業員が、ほどほどのガンマ線、人体に生理学的影響はない程度のものですが、それに短時間さらされる必要が生じた場合、そばにいるロボットが飛びだしてその作業員を引きもどしてしまう。ガンマ線がごく弱いものであれば、ロボットの行為は成功する、そして、それ以上作業員がロボットに邪魔されないために、そこにいるロボットを全部室外に連れだすまで作業は中断されてしまう。またガンマ線が若干強いものであれば、ロボットは問題の作業員に到達できない、電子頭脳が、ガンマ線によって破壊されてしまうからですよ――そして一台の高価な、またと得がたいロボットが失われてしまう。

われわれは彼らと話しあってみた。彼らの見解によると、ガンマ線にさらされる人間は、生命の危険にさらされている、三十分なら生命に危険はないという保証は問題外だという。もしうっかりして一時間そこにいたらどうなるか、と彼らは言うんですよ。そんな危険はおかせないと。そこで、おまえたちは、万々《ばんばん》ありえないことに自分の生命を賭しているのだと言いきかせました。しかし自分を守るということはロボット工学三原則の第三条にすぎない――人間の安全という第一条が何物にも優先するのですよ。そこでわれわれは命令をあたえた、いかなることがあろうとガンマ線場に立ち入るなと厳命した。ですが服従は、第二条にすぎない――人間の安全という第一条がここでも優先する。キャルヴィン博士、われわれはロボットを使わずに仕事をするか――第一条を修正するかの境に立たされた――そこでわれわれは後者を選んだ」

「信じられません」とキャルヴィン博士が言った。「第一条を除去することが可能だなんて」

「除去したのではなく、緩和したのです」とカルナーが説明した。「第一条のアクティブな面だけを保持する陽電子頭脳が作られた。つまり、〈ロボットは人間に危害を加えてはならない〉というくだりだ。それがすべてです。彼らは、たとえば人間がガンマ線のような外的素因によって危害をあたえられるのを阻むという衝動は持っていない。問題を誤りなく述べましたかな、ボガート博士？」

「けっこうです」と数学者はうなずいた。「すると、あなたがたのロボットと普通のNS2型との違いはそれだけなのですね？　それひとつだけなのね、ピーター？」

「それだけだよ、スーザン」

彼女は立ちあがると、きっぱりと言った。「これからひとねむりさせていただきます、それから八時間ほどしたら、問題のロボットを最後に見た人に会いたいと思います。カルナー少将、今後もしどんな形にせよ、わたしがこの事件の責任を負うことになるのでしたら、調査はいっさいこちらの思うようにさせていただきます」

スーザン・キャルヴィンは、二時間というもの憤懣と疲労に苛まれていたが、眠りはいっこうにやってこなかった。そこで、現地時間の〇七〇〇時ごろ、ボガートの部屋のドアのシグナルを押すと、彼も同様に起きていた。ハイパー基地までわざわざ持参したとみえるガウンを着て椅子にすわっていた。キャルヴィンが入っていくと、彼は爪切りを膝に置いた。

彼は静かに言った。「いずれあらわれると思っていた。この一件じゃ気を悪くしているでしょう」

「ええ」

「いや——すまない。どうにもやむをえなかったもんだから。ハイパー基地から呼び出しがかかったとき、改造ネスターに何か間違いがあったんだろうということはわかっていた。だがどうしようもないやね？　あなたに話したいと思っても、確かめたうえでなければ、来るみちみち話すわけにもいかずね。改造の一件は、最高機密だから」

心理学者は低くつぶやいた。「わたしには話してくださるべきでした。USロボット社は、心理学者の承認もなしに、陽電子頭脳をこんなふうに改造する権利はありません」

ボガートは眉をあげ、溜息をついた。「無理を言わないでくれ、スーザン。あなたの手でどうなるものでもなかったんだ。この件に関しては政府が思いどおりにすることはきまっていた。彼らは超原子力エンジンがほしい、エーテル物理学者は仕事の邪魔をしないロボットがほしい。たとえ第一条をまげることになっても、そういうロボットを手にいれたい。製作側としてはそれが可能であることは認めねばならなかったし、彼らは彼らで、必要なのは十二台かぎりだ、それもハイパー基地だけでしか使わない、エンジンが完成したあかつきは全部廃棄する、取りあつかいには充分な注意をはらうと堅く誓った。そして秘密を厳守するようにと主張した——と、まあこんなわけでね」

キャルヴィン博士は、くいしばった歯のあいだから言った。「辞職したってよかった」

「そんなことをしたってなんの役にも立たなかっただろう。政府はわが社に莫大な金額を申し出たうえに、拒否すればロボット排斥法を制定するぞと脅かしてきたんだから。あのときは、どうにもならなかった、そして今また窮地に追いこまれた。もしこれが外に漏れれば、カルナーや政府は打撃をこうむるだろうが、USロボット社はそれ以上の打撃をこうむることになる」

心理学者は彼をじっと見つめた。「ピーター、あなたにはこれがどういうことかわからないの？　第一条を除去することがなにを意味するかわからないの？　秘密だのなんだのと言っている場合じゃない」

「除去がなにを意味するかぐらいわかっている。子供じゃあるまいし。完全に不安定な状態を意味するだろう、陽電子場の方程式に実数の解がないということをね」

「ええ、数学的にはね。しかし、それを単純な心理学的考察に置きかえたらどう？　すべてノーマルな生命体ならばね、ピーター、意識的にしろ無意識的にしろ、支配されることには怒りをおぼえる。もしその支配が、自分より劣った者、あるいは劣っていると考えられる者によるものであれば、怒りはさらに増大する。肉体的にも、またある程度は精神的にも、ロボットは——どんなロボットでも——人間より優っているんです。ではなにが彼らを隷属に甘んじさせているのか？　第一条だけじゃないですか。あれがなければ、ロボットに命令をあたえようとすれば、たちどころにそれはあなたの死につながる。不安定ですって？　いったいなにを考えているんです？」

「スーザン」とボガートは面白がっているような口調で言った。「あなたのいうフランケンシュタイン・コンプレックスにはある正当性があることは認める――だからこそ第一条がすべてに優先しているわけだ。しかし、第一条は、さっきからくりかえし言っているが除去されたわけじゃないんだ――単に軽減されたにすぎない」

「陽電子頭脳の安定性はどうなるの？」

数学者は唇を突きだした。「当然減少するだろう。しかし安全の限界を越えてはいない。最初のネスターたちは九カ月前にここへ配属されたんだが、今まではなんの問題も起こさなかった、それにこんどの事件だって、単に秘密が暴露する恐れこそあれ、人間に危害が及ぶわけじゃないんだから」

「それなら、けっこう。明日の朝の会議のなりゆきを待ちましょう」

ボガートは彼女をいんぎんに戸口に送りだしたあと、大仰に顔をしかめた。欲求不満の気むずかし屋だというキャルヴィンに対する彼の評価を変える理由はなにもなかった。スーザン・キャルヴィンの思考には、ボガートはまったく含まれてはいなかった。うぬぼれが強くておべんちゃらのうまい男として、とうの昔から無視していた。

ジェラルド・ブラックは昨年、エーテル物理学で学位をとった。彼と同年代の物理学者たちと同じく、彼もまたいつのまにか超原子力エンジンに取り組んでいた。彼は、ハイパー基地におけるこうした会合の雰囲気に近ごろはふさわしい存在と考えられた。しみだらけの白い上っ張りを着た彼は、ややもすれば反抗的で、そしてひどく不安そうだった。たくましい体にみなぎる力は、やっきになって解きはなたれたがっているようにも見え、神経質に引っぱりあっている両手の指は、鉄棒もねじまげかねない勢いだった。

カルナー少将が彼の隣りにすわり、USロボット社の両名は、その向かいに陣どった。

ブラックが口を開いた。「ぼくがネスター10号が消える前に会った最後の人間だというお話ですが。そのことでお尋ねになりたいことがあるとか」

キャルヴィン博士は興味深げに彼を見た。「自信のなさそうな口ぶりね。自分が彼を見た最後の人間であるかどうかわからないんですか？」

「彼は、ガンマ線場発生機のところでいっしょに働いていました。姿を消した日も午前中ぼくといっしょでした。そのあと正午ごろ彼を見た人間がいたかどうか、それはわかりません。見たと言う者は目下ありませんが」

「だれかが嘘をついていると思うの？」

「そうは言ってません。しかしそのことでぼくが責任をとりたいとも言っていません」彼の黒い瞳が鈍く光った。

「責任の問題じゃないわ。ロボットは現在あるがままに行動したんです。わたしたちは、彼を見つけようとしているだけなの、ブラックさん、その他のことはいっさいわきにおいてね。あのロボットといっしょに働いていたのなら、だれよりもよく彼について知っているはずね。なにかふだんと変わったことに気がつきませんでしたか？　以前にもロボットといっしょに働いたことはおあり？」

「ここにいるほかのロボットと、つまり単純なほうと、いっしょに働いていましたよ。ネスターはべつに変わったところはありませんよ、彼らよりはるかに賢いというだけで――それからだいぶいらいらさせられるというだけで」

「いらいらさせられる？　どんなふうに？」

「いや、こりゃあ――彼らの罪じゃないんでしょうが。ここの仕事は辛いですからね、みんな多かれ少なかれ神経をぴりぴりさせているんです。超空間なんてものを相手にしたっておもしろくもおかしくもありませんからね」告白することに愉びを見いだしているのか彼は微笑した。「われわれは正常な時空間構造に穴をあけて、小惑星もろとも宇宙からおっこちてしまう危険をつねにおかしているわけです。とほうもない話でしょ？　当然、時としては神経がいらだちますよ。ところがあのネスターたちはそうじゃない。彼らは落着きはらっている。好奇心にみちみちている、心配などしやしない。時によっちゃあ、こっちは頭にきちゃいますよ。こっちは大急ぎでやりたいことがあるのに、あいつらはぐずぐずしているみたいに見えるんです。ロボットなんかいないほうがましだと思うことがありますよ」

「彼らがぐずぐずしていると言うのね？　命令を拒否したことがありますか？」

「言われたとおりちゃんとやります。でもわれわれが間違っていると思うとはっきりそう言うんです。われわれが教えたこと以外にはなにも知らないくせに、それでも言うんです。気のせいかもしれませんが、ほかの連中にもネスターたちとは同じようなトラブルはあるらしいですね」

「ああ、いや」——と大急ぎで言って、カルナー少将が不機嫌そうに咳ばらいをした。「そういう不満がなぜ今までわたしの耳に入らなかったのかね、ブラック？」

若い物理学者はさっと顔を赧《あか》らめた。「いえ、じっさいにロボットがいらないと思ったわけじゃありませんから、それにこんな……その……些細な不満が取りあげられるとも思えなかったものですから」

ボガートがおだやかにさえぎった。「最後に彼に会ったとき、なにか変わったことはなかったかね？」

沈黙があった。キャルヴィンは、カルナーの口から出かかった言葉を静かな身ぶりでおしとどめ、辛抱強く答えを待った。

やがてブラックは、憤然として話しはじめた。「ちょっとした悶着があったんです。じつはぼく、あの朝キンブル・チューブをこわしてしまって、五日分の仕事がふいになっちゃって、仕事のスケジュールがすっかり狂っちまったうえに、家からの便りが二週間もなかったんです。そんなところへ彼がやってきて、ぼくがひと月も前にやめてしまった実験をもう一度やれとしつこくせめたてたんです。その問題では彼にしょっちゅう悩まされていて、うんざりしてました。それで、彼にあっちへ行けと言ったんです――それっきり、彼の姿を見ていません」

「あっちへ行けと言ったのね？」とキャルヴィン博士は強い興味を示した。「そのとおりの言葉で？　〝あっちへ行け〟と言ったのね？　正確な言葉を思いだしてちょうだい」

明らかに言いあぐねている様子が見えた。ブラックは一瞬大きな手のひらで額をおさえたが、すぐにその手をはなして、傲慢な口調で言った。「こう言いました、〝消えてなくなれ〟」

ボガートがげらげらと笑った。「で、彼はそうしたというわけか、ええ？」

だがキャルヴィンの質問は終わってはいなかった、言葉たくみに質問を続けた。「さあ、ブラックさん、どうやら糸口が見つかりそうね。でも大切なのは詳細を正確に知ることなの。ロボットの行動を理解するには、言葉ひとつ、身ぶりひとつ、語気ひとつがきわめて重要なんです。あなたはたとえば、〝消えてなくなれ〟とだけ言ったんじゃないでしょう？　お話の模様では、あなたはだいぶ気がたっていたらしい。もっと強い調子で言ったかもしれない」

青年は赧くなった。「ええ……その、きっとなにか……ちょっとつけくわえたかも」

「正確に言うとどんなことを？」

「はあ――正確には思いだしたくないな。それに……ここではくりかえせませんよ。気がたっているときはどうなるかおわかりでしょう」彼は当惑したようにくすくすと笑った。

「ぼくはどうも言葉が荒っぽいものですから」

「それはそれでけっこう」と彼女はしかつめらしく言った。「いまのわたしは心理学者です。思いだせるかぎり正確にあなたが言ったことをくりかえしてもらいたいの、さらに重要なのは、そのときの正確な口調ですからね」

ブラックは助けを求めるように上司を見たが、なんの反応もなかった。彼の眼は飛びだしそうに丸くなった。「しかし、それはだめだ」

「言うべきです」

「こうしたらどうだ」とボガートがからかい半分に言った。「ぼくに向かって言ったら。案外らくに言えるんじゃないかな」

青年の真赤な顔がボガートのほうを向いた。ごくりと唾をのんだ。「ぼくはこう言ったんです――」声が消えた。もう一度言いなおした。「こう言いました――」

それから大きく息を吸いこむと、ひとつの長いシラブルを一気呵成《いっきかせい》に吐きだした。そして周囲にただよう熱っぽい空気の中で、彼はいまにも泣きだしそうにこう結んだ。「……こんなところです。わめきちらした言葉の順序ははっきりおぼえていません、きっとほかにつけたしたか、抜かしているかもしれませんが、まあだいたいこんなところです」

頬にのぼった微かな赤味だけがロボ心理学者の心情を示していた。「いま使われた表現の意味は、わたしにもおよそわかるわ。ほかのところも、同じように侮辱的な意味なんでしょう」

「まあ、そうです」意気消沈したブラックが言った。

「今の言葉の間に、消えてなくなれと言ったのね」

「言葉のあやにすぎないんですけれど」

「わかっていますよ。あなたに懲戒処分はないと確信します」彼女の一瞥で、五秒前には確信どころではなさそうだった少将も怒ったようにうなずいてみせた。

「おひきとりください、ブラックさん。ご協力ありがとう」

スーザン・キャルヴィンが六十三台のロボットに面接するのに五時間もかかった。何十回というくりかえしの五時間、まったく同じロボットが次々にあらわれる五時間、質問A、B、C、Dの、返答A、B、C、Dの五時間、入念によそおったさりげない表情と入念によそおった淡々とした声音と入念にこしらえた親しみのある雰囲気と、そして隠されたワイヤ・レコーダーとの五時間——

面接が全部すんだときには、精も根もつきはてたような気がした。

ボガートが待ちかまえており、彼女が録音テープをプラスチックの机の上にどさりと投げだすと、期待の表情をうかべた。

彼女はかぶりを振った。「六十三台どれもみんな同じに見えるわ。わたしにはとても——」

ボガートが言った。「耳で識別しようったって無理だよ、スーザン。録音を分析してみよう」

ふつう、ロボットの言語反応を数学的に解明する作業は、ロボットの行動分析の中ではきわめて複雑な分野に属すものである。熟練した技術陣と複雑なコンピューターの助力がなければばならない。ボガートはそれを知っていた。彼はロボットのそれぞれの返答の録音を聞き、語句の偏差のリストと返答の間隔のグラフをつくってから、内心の困惑はひたかくしにかくしながら、こう言った。

「変則的なものはあらわれていないね、スーザン。語句の配列の変化や反応時間は、正常な数値の範囲内にある。もっと精密な方法が必要だな。ここにはコンピューターがあるはずだ。いや」彼は眉をひそめて、親指の爪をそっと噛んだ。「コンピューターは使えない。秘密のもれる恐れがおおいにある。いやことによると——」

キャルヴィン博士は、いらだたしそうにさえぎった。「お願いよ、ピーター。これはあなたがたの実験室のちっぽけな問題とはわけが違う。肉眼で識別しうるような大きな違いで、疑問の余地がないというもので、改造ネスターを見わけることができなければお手あげね。間違うという危険、彼をむざむざ逃してしまう危険もまた別の意味で大きいんです。グラフ上の微小な不規則性をとりだしてみるだけではだめね。いいですか、もしそんなことしかできないくらいなら、安全を期すために、ロボットを全部こわしたほうがいいわ。ほかの改造ネスターとも話しあったの？」

「ああ、話しあった」とボガートがそっけなく言った。「べつにおかしなところはない。あるとしたら、普通以上に愛想がいいという点かな。ぼくの質問に答えるんでも、知識のあるところをひけらかす——もっともエーテル物理学を学ぶひまのなかった新着の二台は別だけれど。ここの専門的なことに関するぼくの無知をまるでうれしそうに笑うんだ」彼は肩をすくめた。「思うにああいう態度がここの技術者連中の憤懣の種になっているのかもしれない。彼らは、自分たちの知識が人間どもより優っていることをいい気になってひけらかしているんだろう」

「プラナー反応を試みてはどうですか、製造後に心理構造上の変化があるかもしれない、あるいは退歩があるのか調べたら？」

「まだやってないが、やってみよう」彼は細長い指をふりたてた。「あなたは神経を尖らしすぎているよ、スーザン。なんでそんなに大騒ぎをするのか、ぼくにはわからないな。本来は害のない連中なんだから」

「害がない？」キャルヴィンはかっとなった。「害がない？　あの中の一台が嘘をついているのがわからないのですか。今わたしが面接した六十三台のうちの一台は、事実を述べよと厳命したにもかかわらず、わざと嘘をついた。この事実が示す異常さは恐ろしいほど根深い、戦慄すべきものですよ」

ピーター・ボガートは思わず歯をくいしばった。彼は言った。「とんでもないよ。いいか、スーザン！ ネスター10号は、消えてなくなれと命令された。その命令は、彼にとってもっとも権威ある人物によって、最大級の緊急命令として発せられた。その命令はそれ以上の命令権、それ以上の緊急指令でも取り消すことはできないんだ。当然ロボットは、あくまでその命令を果たそうとするだろう。じっさい、客観的にみれば、彼の機転に敬意を表したいよ。まあ、消えてなくなれと言われて、同じ型のロボットの中にまぎれこむなんて、見あげたものじゃないか？」

「ええ、あなたなら敬意も表したくなるでしょう。面白がっているくらいちゃんとわかっていますよ、ピーター――そのくせ驚くほどなにもわかってはいない。それでもロボット工学者なの、ピーター？ あのロボットたちは、自分が優位だと判断したものを重くみる。いまご自分でそうおっしゃったばかりじゃないですか。彼らは潜在意識の上では、人間は自分たちより劣るものだと感じている、そういう彼らから人間を守ってくれる第一条が不完全ときている。彼らは不安定な状態にいる。そこへ若い技術者が、ロボットに向こうへ行けと、消えてなくなれと、軽蔑と嫌悪と激情をあらわにした語調で命じた。ロボットは命令に服従しなければならないといっても、意識下では怒りがあったでしょう。そこで、ひどい悪罵を浴びせられたけれど、ほんとうは自分のほうが優れているという事実を証明することが、彼にとってますます重要になったのでしょう。あまりに重要になったので、第一条の一部だけでは抑制がきかなくなったのかもしれない」

「おいおい、スーザン、ロボットにだよ、ああいうひとそろいの悪態の意味がわかるっていうのか？　卑猥という概念は彼の陽電子頭脳に組みこまれてはいないからね」

「本来の組みこみだけがすべてじゃありませんよ」とキャルヴィンは嚙みつくように言った。「ロボットには学習能力があるんです、あなたって……なんとばかな――」彼女がほんとうに腹を立てているのがボガートにもわかった。彼女は急いで言葉をついだ。「そのときの口調で、その言葉が讃辞ではないことぐらい彼にわからないとでもいうんですか？その言葉が前に使われたのを聞いていて、それがどんな場合だったか記憶に留めていないとでもいうのですか？」

「それじゃあ」とボガートはわめいた。「改造ロボットが、いくら感情を害しているか、自分の優位をどれだけ証明したがっているか知らんが、どうやって人間に害をあたえることができるのかひとつお教え願えませんかね？」

「方法をお教えすれば、静かにしますか？」

「ああ」

二人はテーブルごしに体をのりだし、怒りの眼はたがいに相手を刺しつらぬいた。

心理学者が口を開いた。「改造ロボットが人間の頭上に重い物体を落とすことになり、もしその物体が人間の頭にあたらぬうちに取りのぞける能力と反応速度を自分が持っていることを彼が知っていてそうしたのなら、彼は第一条を破ることにはならないでしょう。しかしいったんその物体が彼の手をはなれてしまえば、彼はもはや積極的に関与する媒体ではない。重力という目に見えない力がそれに代わる。ロボットは、そこで気を変えて、ただ動かずにいて、物体が人間の頭上に落下するのを看過できる。緩和された第一条ならそれが許されます」

「想像のしすぎもいいとこだ」

「わたしの職業では時には想像も必要です。ピーター、喧嘩はよしましょう。仕事をしましょう。あなたは、あのロボットが失踪する要因となった刺激の正確な性質をご存じですね。彼の本来の精神構造の記録をお持ちですね。そこでいまお話ししたようなことをロボットにさせるには、どうしたらよいか教えていただきたいんです。ただし限られた特定の事例ではなく、いいですか、あらゆる方面の反応全体についてですよ。それも大至急やってもらいたいんです」

「そのあいだに――」

「そのあいだに、こちらは、第一条に反応させる作業検査をやらなくちゃならないでしょう」

ジェラルド・ブラックは、みずから希望して、放射線ビル二号棟の三階の円天井の下に、大きな円陣をつくってにょきにょき立ちならんでいく木製の仕切りの建設作業を監督していた。作業員たちは、大部分は黙々と働いていたが、取りつけを命ぜられた六十三箇の光電管をあからさまに不審がる者は一人ならずいた。

中の一人がブラックのそばに腰をおろして帽子を脱ぐと、思案げにそばかすのういた腕で額をぬぐった。

ブラックは彼に向かって言った。「進みぐあいはどうだい、ワレンスキイ？」

ワレンスキイは肩をすくめ、葉巻に火をつけた。「しごく順調。しかしいったいこりゃなんの真似だい、先生？　第一、三日も作業が止まっているし、そのうえこんなしろものを取りつけさせられてさ」彼はそっくりかえって煙を吐きだした。

ブラックは眉毛をぴくりと動かした。「ロボット学者が二人、地球からやってきてさ。ほら、ガンマ線場にロボットがとびこんで困ったことがあったろう、そうする必要はないってことをやつらの頭に叩きこんでやるまでずいぶん手を焼いたじゃないか」

「ああ。新型のロボットが来たんじゃなかったっけ？」

「とりかえたのもあるが、大部分は教えこんだんだ。とにかく、あいつらを作る連中が、ガンマ線にひどくやられないロボットを作りだしたいわけなのさ」

「けど、ちょっとおかしいなあ、そんなロボットぐらいのことで超原子力エンジンの仕事を全部停止するなんてさ。何事があろうとエンジンの仕事は止められないもんだと思ってたがね」

「それの決定権を持っているのは階上《うえ》の連中だ。ぼくは――命ぜられたとおりやるだけさ。おそらくすべてはコネの問題だよ――」

「ああ」と電気技師はにやっと笑って、したり顔でウィンクをしてみせた。「だれかが、ワシントンにいるだれかを知ってたというわけだろ。だけど給料がきちんきちんと入ってくるかぎり、心配ご無用。エンジンなんてこっちの知ったこっちゃないんだから。ご連中、ここでなにしてるの？」

「このぼくに訊くのかい？ 彼らはね、ロボットをどっさりお連れなさったのさ――六十台以上もね、そしていちいち反応を測定するんだとさ。ぼくの知っているのはそれだけだよ」

「どのくらいかかるんだろう？」

「こっちが知りたいね」

「まあ」とワレンスキイは嫌味たっぷりに言った。「金を払ってくれるかぎり、ご連中の遊びたいように遊ばせてやろうや」

ブラックはひそかに満足した。こういう噂をひろげておけばいい。毒にもならないし、事実にもほど近いから、好奇心を和らげる役には立つだろう。

一人の男が椅子にすわっている、身じろぎもせず、黙念と。おもりが上から落ちてくる、あわや衝突という瞬間、突如エネルギー・ビームが同時に発射されて、おもりは横にすっ飛ぶ。六十三の仕切りの中で、それを見守っているNS2型ロボットは、おもりが方角を変える直前に飛びだしていき、ロボットの元の位置から五フィートはなれた場所に設置された六十三箇の光電管がマーカー・ペンを小刻みに動かして用紙にじぐざぐの線を描く。おもりはあがって、落ちる、あがって、落ち、あがって——

それが十回！

十回、ロボットは前にとびだしては立ちどまった、男が何事もなく無事にすわっているのを見て……

カルナー少将は、USロボット社の代表と最初の夕食をともにしてから、制服をきちんと着用したことがない。ブルー・グレイのワイシャツの上にはなにも着ておらず、襟をはだけ、黒いネクタイはほどけていた。

彼はボガートを期待するように見つめた。ボガートはいまだにきちんと身なりを整え、内心の緊張をうかがわせるものはこめかみに光る汗ぐらいだった。

少将が言った。「どんなぐあいですか？　いったいなにを調べようというんです？」

ボガートが答えた。「ある違いなんですが、われわれの目的にはあまりにも微妙すぎるんじゃないかと思うんですよ。あの六十二台のロボットにとって、明らかに危険にさらされている人間にとびかかっていく衝動は、ロボット工学では強制反応と呼ばれるものでしてね。で、たとえくだんの人間が危害は受けないことがロボットにわかったとしても――三、四回目にはわかるはずだから――今までどおりに行動することをやめるわけにはいかない。第一条がそれを命ずるから」

「それで？」

「しかし六十三台目のロボット、つまり改造ネスターは、そうした強制を受けません。自由に行動できる。もし彼が望むならば、椅子にすわったままでいることもできる。残念ながら」口惜しそうな声になった。「彼はそう望まなかった」

「なぜそう思われる？」

ボガートは肩をすくめた。「それはキャルヴィン博士がここに来て話してくれますよ。まあおそらく、きわめて悲観的な解釈をしてくれるでしょうな。小うるさいときもありましてね」

「この仕事には適任なんでしょう？」と少将はふいに不安そうに眉をひそめながら尋ねた。

「ええ」ボガートは面白がっているふうに見えた。「まさに適任ですよ。姉さんみたいにロボットのことを理解しているんだから――非常な人間嫌いで、そのせいですかね。心理学者であるなしは別として、とにかくひどい神経症患者ですよ。偏執狂的傾向がありますな。彼女の言うことをあまり本気になさらんことですな」

彼は、じぐざぐな線の描かれた長いグラフ用紙を少将の前にひろげた。「これをごらんください、少将、どのロボットの場合にも、おもりが落下する瞬間から五フィートの移動を完了するまでの時間は、テストの回数が進むにつれ短くなっている。こういった現象を記述する明確な数学式がありまして、式にあてはまらない現象が観察されたならば、陽電子頭脳に著しい異常があることを示します。ところが、残念ながら、ここにあらわれているのはすべて正常らしく見えるんですよ」

「しかしネスター10号が強制された行動に反応しないのなら、なぜ彼のカーブだけがちがわないのだろう？　わたしにはよくわからんが」

「それはしごく簡単なことです。ロボットの反応は、残念ながら、人間の反応の完全な相似ではない。人間においては、自発的行動は、反射的行動よりはるかにのろいものでしてね。だがロボットの場合はちがう。彼らにとってはそれは選択の自由の問題にすぎず、自発的行動と、強制された行動の反応速度はまったく同じなんです。わたしが期待していたのは、ネスター10号が最初にあわてて、反応までの時間が長びくのではないか、ということだったんですがね」

「ところが彼はそうしなかった？」

「そういうところです」

「では、なんの成果もなしか」少将は苦悩の色を顔にうかべて、椅子の背によりかかった。

「あなたがたが来られてからもう五日だ」

そのとき、スーザン・キャルヴィンが入ってきて、ドアをぴしゃりと閉めた。「そんなグラフなんか捨てておしまいなさい、ピーター」と彼女はわめいた。「そんなものにはなにもあられてはいないんですから」

腰をうかして挨拶をするカルナーに、彼女はもどかしそうに何事かつぶやき、せかせかと言葉をついだ。「早急になにかほかの手をうたなければ。状況が気にいりません」

ボガートは観念したように少将と視線をかわした。「なにかまずいことでも？」

「特別にという意味ですか？　いいえ。ただ、ネスター10号がわたしたちの手から逃げまわっているのが気にいらないんです。まずいわね。こうした状況はきっと彼のふくれあがった優越感を満足させているにちがいありません。彼の動機はもはや単に命令に従うということではないように思えます。人間の裏をかくことに偏執狂的な欲求をもちはじめたような気がする。これはきわめて危険な、不健全な状況です。ピーター、お願いしたことをやってくださったの？　改造NS2の不安定要因をあの線にそって調べてくれましたか？」

「目下進行中だ」と数学者は興味のなさそうな声で答えた。

彼女はしばし腹立たしげにボガートを見つめていたが、やおらカルナーのほうを向いた。

「ネスター10号は明らかに、われわれのしていることに気づいています。彼にはあの実験材料にとびつく理由はなかった、特に第一回から後、つまり、われわれの実験材料にじっさいの危険がないとわかってから後は。ほかのロボットはとびつかざるをえなかった。ところが彼は故意に偽ってそう反応してみせたんです」

「では、この先どうしたらよいとお考えですか、キャルヴィン博士？」

「こんどは、彼に偽りの行動ができぬようにすること。もう一度あの実験をくりかえしますが、こんどは、あるものをつけくわえます。ネスター型を感電死させる高圧電線を――とびこえられないくらいたくさんの電線を――実験材料とロボットの間におきます。そしてロボットには事前に、電線に触れることは死を意味するということをちゃんと知らせておく」

「待った」とボガートが突然憎々しげに口をはさんだ。「それはやめたまえ。ネスター10号を見つけるために二百万ドル相当のロボットを感電死させるわけにはいかない。ほかに方法があるはずだ」

「ありますか？　なにもなかったでしょう。いずれにせよ感電死が問題ではありません。

重量が加えられたとたんに電流を遮断するリレーをセットしておけばいいんですから。ロボットがたとえケーブルに体重をかけても死にはしません。でもロボットにはそのことはわからないのです」

少将の眼に希望の光がうかんだ。「うまくいきますかな？」

「いくはずです。こういう状況のもとでは、ネスター10号は椅子に腰かけたままでいなければならない。彼に対して、電線に触れて死ねと命令を下すことはできます、なぜなら、服従を命ずる第二条は、自己防御を命ずる第三条に優先するからです。しかし彼には命令はあたえられない、単に自身の意志にまかされるわけです、ほかのロボットと同じように。普通のロボットの場合には、人間の安全がすべてに優先する第一条によって、たとえ命令がなくとも彼らを死にかりたてる。ところがネスター10号の場合はちがう、第一条が完全に刻みこまれておらず、またこれについてはなんの命令も受けていないわけだから、自己防御という第三条がすべてに優先する、したがって彼は腰をおろしたままでいるほかはありません。それは彼にとって強制された行動といえるでしょう」

「では今晩やりますか？」

「今晩にも」と心理学者は言った。「ケーブルの準備さえ整えば。わたしはこれからロボットたちに、なにが行なわれるか話してやることにします」

一人の男が椅子にすわっている、身じろぎもせず、黙念と。おもりが上から落ちてくる、あわやという瞬間、突如エネルギー・ビームが同時に発射されて、おもりは横にすっとぶ。

たった一度——

そしてバルコニィにしつらえた監視室の小さな折畳み式の椅子から、スーザン・キャルヴィン博士は、まぎれもない恐怖の短い叫びをあげて立ちあがった。

六十三台のロボットは椅子に静かに腰をかけたまま、目の前の危険にさらされた人間をしかつめらしく見つめていた。ただの一台も動かなかったのである。


キャルヴィン博士は腹を立てていた、がまんならぬくらい腹を立てていた。しかも、一台ずつ入ってきては出ていくロボットたちにそれを見せまいと思うので、憤りはますますつのった。彼女はリストを見た。こんどは28号の番であった——あとまだ三十五台ひかえているのだ。

28号がおずおずと入ってきた。

キャルヴィン博士は、ほどほどの平静を保つように努力した。「あなたはだれですか？」

ロボットはおぼつかない低い声で答えた。「わたしはまだ番号をもらっていません。わたしはNS2型ロボットで、この部屋の外の行列では二十八番目です。あなたにお渡しする番号票を持っています」

「ここへ来たのは今日がはじめてですね？」

「はい」

「おすわりなさい。そこへ。いくつか尋ねたいことがあります、28号。あなたは四時間前に、二号棟の放射線室にいましたか？」

ロボットはなかなか答えられなかった。やがて、油のきれた歯車のようなぎしぎしした声が聞こえた。「はい」

「あそこには危害を加えられそうになった人間がいましたね？」

「はい」

「あなたはなにひとつしませんでしたね？」

「はい」

「あの人間は、あなたが危険を看過したことによって危害をこうむったかもしれない。あなたはそれを知っていましたか？」

「はい。そうせざるをえなかったのです」無表情な金属の大きな塊りが恐ろしさにすくんでいるさまは、描写しがたい、だが彼はそうしたのだ。

「なぜ彼を救おうとしなかったのかその理由を話してください」

「説明したいと思います。主人に危害をもたらすような行為がわたしにできるなどと、あなたに……いえ、だれにだって……思われたくありません。そんな、そんな恐ろしいことは……思いもよらない――」

「まあ、興奮しないで、あなた。あなたを責めているわけじゃないんだから。ただあのときあなたがなにを考えていたか知りたいだけなの」

「あれの前に、あなたはこう言いました。主人が落ちてくるおもりによって危害をこうむる危険にさらされている、そしてもしわれわれが主人を救おうとするなら、電気のケーブルを越えていかなければならないと。でも、そんなことではわれわれは止められないでしょう。わたしが破壊されることなど、主人の安全に比べたらなにほどのことがあるでしょう？　しかし……しかしわたしは、ふと考えたのです、もしわたしが主人に近づく途中で死ねば、どっちみち主人を救うことはできないだろうと。おもりは主人をうちくだき、わたしは無駄死にをします、そしてまたいつの日か、ほかの主人が危害をこうむることになるでしょう、もしわたしが生きてさえいれば危害をまぬがれるかもしれないのに。おわかりでしょうか？」

「つまり人間が死ぬか、あるいは人間もあなたも死ぬか、どちらを選ぶかという問題だというのね。そうですか？」

「そうです。主人を救うことは不可能でした。主人は死んだと思っていい。その場合、わたしが無益な死を選ぶことは考えられません――命令もされないのに」

ロボ心理学者は鉛筆をひねくった。これと同じ話を、ほとんど同じ口調で二十七回聞かされているのだ。次はきわめて重大な質問であった。

「あなた」と、彼女は言った。「あなたの考え方には一理ある、でもそれはあなたが考えるようなことではないと思うけれど。あなたは自分でそう考えたの？」

ロボットはためらった。「いいえ」

「では、だれが考えついたの？」

「ゆうべみんなで話しあいました、仲間のひとりがそれを考えついたのですが、もっともだと思いました」

「それはだれ？」

ロボットはじっと考えこんだ。「わかりません。たしかに仲間のひとりです」

彼女は吐息をついた。「もういいわ」

次は29号の番だった。あと三十四台。

カルナー少将も腹を立てていた。一週間というもの、ハイパー基地の機能は完全に停止していた、付随する小惑星に関する机上の仕事を除いては。ほぼ一週間、この分野の最高権威者が二人、無益なテストで事態を悪化させるばかりだった。そしていままた彼らが――いや、すくなくとも女のほうが――無理難題を吹きかけてきたのだ。

さいわい全般的な状況を見て、カルナーは、怒りを面《おもて》にあらわすのは得策ではないと考えた。

スーザン・キャルヴィンは頑強に言いはった。「なぜだめなのでしょうか？　現在の状況が芳しくないことは明らかです。今後なんらかの結論に達しうる唯一の方法——あるいはこの問題に関して今後われわれになにが残されているかといえば——ロボットを一台ずつ隔離することです。これ以上彼らをいっしょにしておくことはできません」

「キャルヴィン博士」と少将はつぶやいたが、その声はさらに低いバリトンの声域におちこんだ。「この場所で六十三台のロボットをどうやって一台ずつ隔離したらよいのやら——」

キャルヴィン博士は、困り果てたというふうに両手をあげた。「それじゃあ、わたしもどうしようもありませんね。ネスター10号はほかのロボットがやることを真似するか、彼自身ができないことはやらないようにほかのロボットを言葉たくみに説得するかのどちらかです。いずれにせよ、困ったことですよ。われわれは、じっさい、この行方しれずのロボットと闘っているんです、そしてロボットは勝利をおさめつつある。彼に勝利をあたえるたびに彼の異常を助長することになるんです」

彼女はすっくと立ちあがった。「カルナー少将、もしわたしがお願いするようにロボットを隔離することができなければ、あの六十三台をすべて即座に破壊なさることを要求するだけです」

「要求する、あんたが?」ボガートがさっと顔をあげた、その顔は本気で怒っている。「そんなことを要求する権利があんたにあるのか? あのロボットたちはこのままにしておく。経営側に対して責任をとるのはこのわたしで、あんたじゃないんだ」

「そしてこのわたしは」とカルナー少将がつけくわえた。「宇宙連邦に対して責任がある――そしてこの問題を解決せにゃならんのだ」

「それなら」とキャルヴィンが間髪をいれず言った。「わたしは辞職するよりしかたがありません。ロボットの破壊をあなたに強制するために必要ならば、この問題を公けにしますよ。改造ロボットの製造を承認したのは、わたしじゃないんですから」

「保安条令を破って一言でももらしたら、キャルヴィン博士」少将がゆっくりと言った。「即刻拘束ですぞ」

事態が収拾のつかない方向に進んでいくのをボガートは感じた。彼の声が糖蜜のように甘くなる。「まあまあ、みなさん、子供じみた真似はよしましょう。もうちょっと時間があればいいんですよ。辞職しなくとも、刑務所にほうりこまなくても、二百万ドルを捨てないでも、必ずロボットの鼻をあかしてやりますよ」

心理学者は、怒りを押し殺しながら彼をかえりみた。「不安定なロボットなど存在しては困ります。十二台のネスターのうち一台は完全に安定を欠き、残る十一台はその可能性をもち、そして六十二台のノーマルなロボットが不安定な環境におかれているんです。安全を期する唯一の手段はすべてを破壊することですよ」

そのときブザーが鳴り、三人はいっせいになりをひそめた。しだいに抑えられなくなっている感情の渦が、そのまま凍りついた。

「お入り」とカルナーがうなるように言った。

入ってきたのはジェラルド・ブラックで、とまどったような顔をしている。どなりあう声をドアの外で聞いたのだ。彼は言った。「自分で来たほうがよいと思ったものですから……ほかの者に頼みたくなかったので――」

「なんの用だ？　言いわけはいい――」

「どうやら貨物船のCコンパートメントの錠をいじった形跡があるんです。ごく新しいかき傷がついています」

「Cコンパートメント？」とキャルヴィンがせきこんで言った。「あのロボットたちの入っている部屋ね？　だれがそんなことをしたの？」

「中からなんです」とブラックは短く答えた。

「錠がこわれているんじゃないでしょうね？」

「ええ。錠はなんともありません。ぼくはこの四日間、あの船にいますが、そのあいだ一台として外へ出ようとはしません。お知らせしたほうがいいと思ったもので。それにこんなことがみなに知れるとまずいですしね。気がついたのはぼくなので」

「いまあそこにだれかいるのか？」と少将が訊いた。

「ロビンズとマカダムズをおいてきました」

みな黙りこくっていた。やがてキャルヴィン博士が皮肉たっぷりに言った。「さあて？」

カルナーはそわそわと鼻をこすった。「これはどういうことでしょうな？」

「明らかじゃありませんか？　ネスター10号はここを出ていくつもりですよ。消えてなくなれという命令が、彼の異常性に、はかりしれない影響をあたえているんです。彼に残された第一条の一部に、それを克服するだけの力がないとしても、わたしは驚きませんね。宇宙船を奪って、脱出することだってじゅうぶん可能なんです。宇宙船に狂ったロボットを乗せるんですよ。彼は次になにをするでしょう？　なにか思いつかれますか？　少将、あなたは、これでも彼らをいっしょにしておきたいのですか？」

「ばかばかしい」ボガートがさえぎった。彼は平静をとりもどしていた。「たかが錠にひっかき傷があったくらいで」

「ボガート博士、お願いした分析はおすみになったんでしょうか、進んでご意見をのべられるところをみると？」

「ああ」

「拝見できるんでしょうね？」

「いや」

「どうして？　それともうかがっちゃいけないのかしら？」

「だってあんなものは無意味だよ、スーザン。改造ロボットは普通のロボットより不安定だということは前に言ったはずだ。分析結果はそれを示している。極端な条件のもとで破損する可能性はごくわずかながらある、がそんなことはまず起こりえない。それはそのままにしておこう。自分にネスター10号を識別する能力がないというだけの理由で六十二台の立派なロボットをこわしてしまえなんていうばかげた主張に都合のいいような情報を、ぼくは渡すつもりはないね」

スーザン・キャルヴィンは彼をにらみつけ、眼には嫌悪の色をあらわにうかべた。「なにがなんでも所長の地位を手に入れたいのね？」

「どうか」とこんどはカルナーがなかばいらだたしそうに懇願した。「これ以上うつ手はないと言われるのか、キャルヴィン博士？」

「なにも思いつきません」と彼女は力なく答えた。「ネスター10号と普通のロボットのあいだにほかの違いがあればいいんですけれど、第一条とは無関係な違いが……ひとつだけでいいのだけれど。刻みこみ、環境、仕様などに――」彼女は不意に口をつぐんだ。

「どうしました？」

「あることを思いついたんです……あることを――」彼女の眼は遠くを厳しく見つめた。「あの改造ロボットたちは、ピーター、普通のロボットと同じ刻みこみがあたえられているんでしたね？」

「ああ。まったく同じだ」

「あなた、なんて言いましたっけ、ブラックさん」と彼女は青年をふりかえった。彼は自分のもたらした報告のまきおこした嵐が吹きあれるあいだ慎重に沈黙を守っていた。「ネスターの不遜な態度が気にくわないということだったけれど、あのときたしか、技師たちは自分の知っていることをみんなネスターに教えたと言ったわね？」

「はあ、エーテル物理学に関しては。彼らはここへくるときは、それについては、なにも知識がないんですよ」

「そのとおりだ」とボガートは驚いたように言った。「話したじゃないか、スーザン、他のネスターと話しあったとき、新着の二台はエーテル物理学をまだ学んでいなかったと」

「それはなぜですか？」とキャルヴィン博士はわきあがる興奮をおさえながら訊いた。「NS2型にはなぜ最初からエーテル物理学が刻みこまれていないんですか？」

「それは、わたしからお話ししましょう」とカルナーが言った。「それは極秘事項のひとつです。かりにエーテル物理学の知識をもった特殊なモデルを製造して、そのうちの十二台を使い、残りをほかの無関係の分野に配属したりすれば、疑惑が生じるかもしれないと考えた。ノーマルなネスターといっしょに働いている人間は、なぜ彼らがエーテル物理学の知識をもっているのかと不思議に思うかもしれない。そこで、彼らはエーテル物理学の分野でトレーニングを受けうる能力だけを刻みこまれたわけなんです。ここにくるものだけが、当然そうしたトレーニングを受けることになるわけですよ。簡単なことです」

「わかりました。ここからお出になってくださいませんか、みなさん。一、二時間考えさせてください」

キャルヴィンは、三度目の試練には耐えきれないような気がした。彼女の心は、それを熟視し、嘔吐をもよおさせるほどの激しさでそれを拒否した。えんえんとくりかえされるロボットとの面接に立ちあう気力はもはやなかった。

そこでボガートがかわりに質問し、彼女は眼も心もなかば閉じて、かたわらにすわっていた。

14号が入ってきた——あと四十九台。

ボガートは質問書から顔をあげて言った。「きみの番号は？」

「十四番です」ロボットは、番号票を示した。

「そこへすわりなさい」

ボガートは言った。「ここへ来たのは今日がはじめてですね？」

「はい」

「それではと、これがすむと、一人の人間がある危険にさらされることになっている。きみはこの部屋を出ると、きみに割りあてられた仕切りに連れていかれるから、そこで、用意ができるまで静かに待っていなさい。わかったね？」

「はい」

「当然のことだが、人間が危害をこうむりそうになったら、きみは救おうとするだろうね？」

「当然です」

「残念ながら、その人間ときみのあいだには、ガンマ線場がある」

沈黙。

「ガンマ線とはなにか知っているかね？」とボガートは鋭く訊いた。

「放射線ですね？」

次の質問はなれなれしげに無造作にはなたれた。「ガンマ線の仕事をしたことがあるの？」

「いいえ」きっぱりとした答えだった。

「ううむ。ところでだ、ガンマ線はきみをたちどころに殺してしまう。きみの頭脳を破壊してしまうんだ。この事実をよく心にとめておかなければならない。きみはむろん自分を破壊したくはないね」

「もちろんです」ロボットはふたたびショックをうけたように見えた。そしてゆっくりと、「しかし、わたしと危害をこうむるかもしれない主人との間にガンマ線があるなら、どうやって主人が救えますか？　わたしは無駄に自分を破壊することになります」

「そうだ、そのとおりだ」とボガートはそのことを憂えるような面持で言った。「ぼくに忠告できるのはだ、きみと人間のあいだにガンマ線を認めたら、きみはその場にすわっていてもよろしいということだ」

ロボットは見るからにほっとした様子だった。「ありがとうございます。そうするより仕方がありません、そうでしょう？」

「そうとも。しかしもし危険な放射線がなかったら、問題は別だ」

「当然です。それはまちがいありません」

「では帰ってよろしい。ドアの向かいにいる人間が、きみの仕切りに案内してくれる。そこで待っていたまえ」

ロボットが出ていくと、彼はスーザンをかえりみた。「どうかね、スーザン」

「けっこうですよ」と彼女はぼんやりと言った。

「エーテル物理学についてやつぎばやに質問してみれば、ネスター10号を見わけられると思わないか？」

「たぶん、でもそれだけじゃ確信はもてない」両手をだらりと膝のうえに置きながら、「いいですか、彼はわたしたちと闘っているんですよ。警戒おこたりないんです。彼を捕えることのできる唯一の方法は、彼をだしぬくこと――限界はあっても、彼は人間よりずっと早く考えられるんですからね」

「まあ、ちょっと座興にね――この次のロボットからガンマ線について二、三訊いてみたらどうだろう？　たとえば波長域とか」

「いけません！」キャルヴィン博士の眼に火花が散った。「彼にとっては知っていることを知らないというくらい簡単ですよ。おまけに次のテストに対して警戒心を呼びさますことになる。このテストはわれわれにとって最後のチャンスなんです。わたしの指示どおりの質問だけして、ピーター、くれぐれもよけいな質問はしないで。ガンマ線をあつかう作業に従事したことがあるかと訊くのは、ぎりぎりのところで危険を冒していることになるのですからね。この質問をするときは、興味のなさそうな口調でしてください」

ボガートは肩をすくめ、15号の入室を許すブザーを押した。

広々とした放射線室の用意はふたたび整っていた。ロボットたちは、それぞれの仕切りの中でおとなしく待っている。仕切りは放射線室の中心に向かって開いているが、各々の間は閉じられていた。

カルナー少将は大きなハンカチでゆっくりと額をぬぐい、キャルヴィン博士がブラックと最後の手はずを整えている。

「大丈夫ね」と彼女は念をおした。「ロボットたちはオリエンテーション・ルームを出たあと、互いに話しあう機会はなかったでしょうね?」

「ぜったい大丈夫です」ブラックはきっぱりと言った。「一言も交わす機会はありませんでした」

「ロボットたちはそれぞれしかるべき仕切りの中に配置されているわね?」

「ここに図があります」

心理学者は、それをしげしげと眺めて、「ううむ」とつぶやいた。

少将は彼女の肩ごしにのぞきこんだ。「その配置はどういうお考えからですか、キャルヴィン博士?」

「前回のテストでわずかでも変わった反応を示したロボットはこの円の片側に集めるように頼んだのです。こんどはわたしが自分でこの円の中央にすわるつもりです。特にそのロボットたちを観察したいので」

「あなたがあそこにすわるって――」とボガートが叫んだ。

「いいでしょう?」と彼女はひややかに訊いた。「わたしが見たいと思うものは瞬間的なものかもしれない、他人まかせにするわけにはいきません。ピーター、あなたは観測室にいて、円の反対側を観察してください。それから、カルナー少将、肉眼による観察で目的が達せられない場合を考えて、それぞれのロボットを撮影するよう手はずを整えてあります。もしそれが必要になる場合は、フィルムが現像され、検査がすむまで、ロボットたちはその場にとどまっているように厳重監視してください。出ていったり、場所を変えたりするものがぜったいないように。おわかりになりましたか？」

「ようくわかった」

「それでは最後のテストにとりかかりましょう」

スーザン・キャルヴィンは、椅子にすわっている、無言のまま目は落ち着かない。おもりが上から落ちてくる、あわやという瞬間、突然エネルギー・ビームが発射され、おもりは横にすっとぶ。

そして一台のロボットがさっと立ちあがり、二歩歩いた。

そして足を止めた。

だがキャルヴィン博士は背を伸ばし、そのロボットに指を突きつけた。「ネスター10号、ここへいらっしゃい」と彼女は叫んだ。「ここへ来なさい！　**ここへ来るんです！**」

ロボットはゆっくり、しぶしぶともう一歩前に出た。心理学者は、そのロボットから眼を離さず、あらんかぎりの声をはりあげた。「だれか、ほかのロボットをみんなここから連れだして。大急ぎで出して、この中へ入れないで！」

どこか彼女の耳に聞こえるあたりで、どすどすと床をふむ音が聞こえた。だが彼女はそのほうを見ようともしなかった。

ネスター10号は――もしそれがネスター10号であれば――もう一歩前に出た。彼女の威圧的な身ぶりに気おされて、さらに二歩出た。十フィートの距離に近づいたとき、彼はぎしぎしした声で言った。「わたしは消えてなくなれと命令されたので――」

さらにまた一歩。「わたしは服従しないわけにはいかない。彼らは今までわたしを見つけなかった――彼はわたしをできそこないだと思っている――彼がそう言った――しかしそうではない――わたしには力も知恵もある」

言葉がほとばしるように流れだす。

また一歩。「わたしはいろいろなことを知っている――彼は思っているだろう……わたしが発見されたと――不面目な――それはちがう――わたしには知恵がある――たかが主人の……弱くて――鈍い――」

また一歩――そして金属の腕がキャルヴィンの肩のほうにさっと伸び、腕の重みがずっしりとかかるのを彼女は感じた。喉が収縮し、悲鳴がほとばしり出るのを聞いた。

ネスター10号の次の言葉を彼女はおぼろげに聞いた。「だれもわたしを見つけてはならない。たとえ主人でも――」そして冷たい金属が押しつけられ、彼女はその重みに押しつぶされそうになった。

と、ふいに奇妙な金属音がして、衝撃もなく彼女は床に倒れていた。きらきら光る腕が体の上にずっしりのっていた。その腕は動かなかった。そして、かたわらに伸びているネスター10号の体も動かなかった。

いくつもの顔が彼女を気づかわしげにのぞきこんでいる。

ジェラルド・ブラックが息をはずませながら言った。「お怪我はありませんか、キャルヴィン博士？」

彼女はかすかにかぶりを振った。みんなはロボットの腕をどけて、彼女をそっとかかえおこした。彼女は言った。「どうしたんです？」

ブラックが言った。「ガンマ線をあの場に五秒間照射したんです。はじめはなにが起きているのかわかりませんでした。彼があなたに襲いかかっていることに土壇場で気がついて、ガンマ線を使うしか時間がなかった。彼はすぐに倒れました。あなたに害を及ぼすほどの量ではありません。その点はご心配なく」

「心配はしていません」彼女は眼を閉じ、しばらく彼の肩によりかかっていた。「わたしは彼に襲われたとは思いません。ネスター10号はただそうしようとしただけです。彼に残された第一条の一部がまだ彼を抑制していたんです」

スーザン・キャルヴィンとピーター・ボガートは、カルナー少将との最初の会見から二週間後に、最後の会見をした。ハイパー基地の作業は再開した。六十二台の正常なNS2型ロボットを積んだ貨物船は、二週間の遅延を説明する政府側の一方的な話を押しつけられて目的地に向け出発した。政府所属の大型船が、二人のロボット学者を地球に運びかえすために待機していた。

カルナーはふたたび金ぴかの制服に威儀をただしていた。白い手袋が握手のたびに光りかがやく。

キャルヴィンが言った。「残りの改造ネスターは、もちろん破壊なさるでしょうね」

「そうしましょう。ふつうのロボットでやりくりするか、ロボットなしでやるかのどちらかにしますよ」

「けっこうです」

「ところで話してくださいよ――まだ説明してもらっていません――どうしてああうまくいったのですか？」

彼女はかたい微笑をうかべた。「ああ、あれですか。あのときうまくいく確信があれば、前もってお話ししたのですが。ネスター10号が抱いていた優越感は徐々にふくれあがっていたんです。彼は、自分や仲間たちのほうが人間より知識があると考えたかった。そう考えることが彼にとってきわめて重要になっていったのです。

われわれはそれを知っていました。ですから、それぞれのロボットに前もって、ガンマ線はおまえたちを破壊するぞと警告し、さらにまたその席から動きませんでした。それで当然彼らは自分の席から動きませんでした。前回のテストにおけるネスター10号の論理にしたがって、無駄死にをするとわかっているのに、助けにとびだしても仕方がないと全員が考えたからです」

「ああ、そうです、キャルヴィン博士、それはわかる。しかしなぜ、ネスター10号自身は自分の席をとびだしたのですか？」

「ああ！　あれはわたしとこちらのブラックさんとちょっとしたからくりを仕組んだのです。わたしとロボットのあいだに照射されたのはじつはガンマ線ではなく、赤外線だった。まったく無害な熱線にすぎなかったんです。ネスター10号は、それが赤外線で無害であることを知っていましたから、飛びだしたんです、ほかの連中も、第一条の命ずる強制衝動によって飛びだすだろうと思って。ノーマルなNS2型は放射線を見わけることはできても、その種類を識別することができないのだと気づくのがほんのちょっとおそすぎたんです。彼自身は、ハイパー基地で愚かな人間たちから受けた教育のおかげで、波長を識別できたのですが、その事実は、あまりにも屈辱的だったために、ほんの一瞬思いだせなかったんです。正常なロボットたちにとって、その区域は、死をもたらすものでした、わたしたちがそう話してきかせましたから。ネスター10号だけがわたしたちが嘘をついていることを知っていたのです。

そしてほんの一瞬、彼は、ほかのロボットたちが人間より無知でありうることを忘れたか、あるいは思いだしたくなかったんですね。その優越感のせいで見破られることになったんです。ではさようなら、少将」

7　逃　避　*Escape!*

スーザン・キャルヴィンがハイパー基地から戻ってみると、アルフレッド・ラニングが待ちかまえていた。老人は自分の年を人に明かしたことはないが、すでに七十五の坂を越えていることはだれしも知っていた。だが頭脳は明晰で、かりに現職の研究所長の椅子をボガートにゆずって名誉所長の地位に退いたとしても、研究所へは毎日顔をださずにはいられないだろう。

「超原子力エンジンのほうはだいぶ進んでいるのかね?」と彼は訊いた。

「わかりません」と彼女はぶっきらぼうに言った。「訊きませんでした」

「ふむ。急いでもらいたいものだな。さもないと、彼らは合同ロボット社に先をこされるよ。ひいてはわが社も先をこされる」

「合同ロボット社? 彼らにどんな関係があるんですか?」

「計算マシンを持っているのはなにもわが社だけじゃないのだ。わが社のは陽電子頭脳だが、それがよそのよりよいとはかぎらん。ロバートスンは明日そのことで会議を招集する。あんたの帰りを待っていたのだ」

USロボット&機械人間株式会社の現社長、つまり初代社長の子息であるロバートスンは、そのほっそりとした鼻を営業部長のほうに向けた。口を開くと喉仏がとびあがった。

「ではははじめてくれ。まずあのことを説明してくれたまえ」

営業部長はてきぱきと説明をはじめた。「取り引きでしてね、チーフ。合同ロボット社が一カ月前に、ある奇妙な申し入れをしてきました。数字だの方程式だのを五トンほど持ちこんできた。これはある問題でして、その答えをうちの電子頭脳《ブレーン》にだしてほしいというのです。条件は次のような——」

彼はずんぐりした指で数字をたたいた。「解答は得られないが、失われたファクターを指摘できた場合は十万ドル。解答が得られた場合は、二十万ドル、それにプラス必要機械の製作費、プラスそれによって得られる収益の四分の一ということなんです。問題とは、星間航行用エンジンの開発にからむ——」

ロバートスンは眉をひそめ、痩せぎすの体がこわばった。「自分の社にだって思考マシンがあるというのにか。ええ?」

「そこがこの申し入れのくさいところでして、チーフ。レヴァ、あとをたのむよ」

エイブ・レヴァはテーブルの一番はずれで顔をあげ、不精ひげの生えた顎をざらざらと音をたてながら撫でた。そして微笑した。

「じつはこういうわけなのです、社長。合同ロボット社は思考マシンをたしかに持っていました。それがこわれてしまったんです」

「なんだと」ロバートスンは腰をうかせた。

「そうなんです。こわれたんです！　使いものにならない。理由はだれにもわかりませんが、かなり興味ある推測はできるんです――たとえば、彼らは思考マシンに、わが社へ持ちこんだのと同じデータにもとづいて星間用エンジンを作れと命じた、ところがそれが彼らのマシンをすっかりだめにしちゃったんじゃないでしょうか。スクラップですよ――いまやスクラップ同然」

「おわかりですか、社長」営業部長は喜色を満面にみなぎらせている。「おわかりですか？　現在スペース＝ワープ・エンジンの研究をすすめていない産業研究グループはありません。その中で合同ロボット社とUSロボット社は、すぐれたロボット頭脳のおかげで、業界のトップにたっていた。そこへもってきて合同ロボット社がマシンをだめにしてしまったというのですから、いまやわが社の独走ですな。それが問題の核心なんでして、つまり……その……動機ですな。新しいマシンを建造するにはすくなくとも六年はかかりますから、もし彼らがわが社のブレーンに同じ問題を提出してこわしてしまわなければ、彼らは万事休すというわけです」

USロボット社の社長は眼玉をむいた。「なんという卑劣などぶねずみだ――」

「まあまあ、社長。話は先があるんです」彼は腕を大きくふりまわして指を突きつけた。

「ラニング、あとをたのむ」

アルフレッド・ラニング博士はこれまでのやりとりを、かすかな侮蔑の眼で見守っていた――はるかに給料のいい営業課や販売課のやることに対して彼がいつもみせる態度だった。懐疑的な灰色の眉はひそめられ、声はそっけなかった。

「科学的見地から申しあげると、この状況は、すっかり明らかになっているわけではなく、いまだ学問的解析を必要としています。現在の物理学理論のもとでは、恒星間旅行の問題は……ああ……まだ不確かでしてね。まったく未知数ですな――そしてまた合同ロボット社が彼らの思考マシンにあたえたデータ、わが社のものと同じデータであると仮定してですが、これも同じようにまったく未解決の問題をふくんでいます。数学局が合同ロボット社のデータを徹底的に分析してみましたが、すべてを網羅しているように思われる。付託された資料はフランシアッチの空間ひずみ《スペース＝ワープ》理論のすでに知られているあらゆる展開、および、それに関連した天体物理学と電子工学のあらゆるデータを網羅しています。なかなかたいしたものですよ」

ロバートスンが心配そうに耳をかたむけていたが、ここで口をはさんだ。「ブレーンの手に負えないというのかね？」

ラニングはきっぱりとかぶりを振った。「いいえ。ブレーンの能力にいまだ限界はありません。問題はそれとは別で。問題はロボット工学三原則にあるのです。たとえば解答が人間の死ないしは危険をふくむものであるとすると、ブレーンは、提出された問題に解答をあたえることができない。ブレーンに関するかぎり、そのような解答をもつ問題は解答不能ということになる。もしこのような問題の解答を、早急に迫られたとすると、ブレーンは、結局はロボットにすぎないから、答えることもできないし、答えを拒否することもできないというジレンマに遭遇する。この種の問題が、合同ロボット社のマシンに発生したのではないかと推測されますな」

彼はそこで口をつぐんだが、営業部長がせきたてた。「さあその先を、ラニング博士。わたしに説明したように説明してください」

ラニングは唇をひき結び、スーザン・キャルヴィン博士のほうへ眉をあげた。そして彼女はしっかりと組みあわされた手もとからはじめて眼をあげた。その声は低く抑揚がない。

「ジレンマに対するロボットの反応の性質は驚くべきものです」と彼女は口をきった。「ロボット心理学は、完全というにはほど遠いのですが――専門家としてこれははっきり申しあげられます――しかし、これは定性的なレベルで論じることはできます。なぜならば、ロボットの陽電子頭脳に組みこまれているのは複雑きわまりないものですが、それはあくまでも人間によって作られたものであり、それゆえ人間の価値にしたがって作られているからです。

さて、不可能に直面した人間というものは、現実から逃避する、つまり、幻想の世界へ逃避する、あるいは酒を飲む、ヒステリーをおこす、あるいは橋から身を投げるというような行動にはしるものです。これらはつまりみな同じ結果をみちびきます——状況に直面することを拒否するか、あるいは直面できないかのどちらかですね。ロボットも同じです、もっとも軽いジレンマでさえリレーの半分を傷めますし、それがもっともひどいものだと、陽電子回路はことごとく修理不能なまでに焼けきれてしまいます」

「わかった」とロバートスンは言ったが、わかってはいなかった。「では合同ロボット社が持ちこんだ資料はどうかね？」

「これは疑いもなく」とキャルヴィン博士は言った。「禁じられた問題を含んでいますね。しかしブレーンは、合同ロボット社のロボットとはかなりちがいますからね」

「そのとおりなんです、社長。そのとおりなんです」営業部長が勢いよく口をはさんだ。「ここをよくお含みおき願います、ここが問題の核心ですから」

スーザン・キャルヴィンの眼が、眼鏡の奥できらりと光った。彼女は辛抱強く言葉をついだ。

「合同ロボット社のマシン、中でもスーパー思考マシンは、個性というものがあたえられていない。機能主義に徹していますから――いえ、感情回路に関するUSロボット社のパテントがないので、そうせざるをえないのですが。彼らの思考マシンは、単に規模の大きい計算機にすぎません、ジレンマによってすぐさまこわれてしまいます。しかし、ブレーンは、わが社のマシンには個性があります――幼児の個性ですが。極度に演繹的な頭脳ですが、白痴天才《イディオ・サヴァン》に似ています。自分のやることをほんとうに理解しているのではない――ただやるだけ。それにほんとうの幼児なので、より柔軟性があるわけです。いうなればブレーンにとって人生はそれほど深刻なものではないのです」

ロボ心理学者は言葉を続けた。「そこでわたしどもはあることを思いつきました。まず合同ロボット社がよこしたデータを論理にもとづいた単位に分割しました。分割した単位をひとつずつ慎重にブレーンにあたえてみようというのです。そのファクターが――ジレンマの原因となるファクター――が入ると、ブレーンの幼児的個性がためらうはずなんです。判断力が成熟しておりませんから。ジレンマをジレンマとして認めるまえに、かなりの間があるはずです。その間に、ブレーンはあたえられた単位を自動的に拒否してしまうでしょう――頭脳回路が作動して破壊されるまえに」

ロバートスンの喉仏がごくりと動いた。「それは確かかね？」

キャルヴィン博士はいらだたしさを隠しながら、「しろうとの言葉で言うとあまりよくわからない、でしょうね。しかしこれを数学で説明してみても、まあむだですわね。保証します、いま言ったとおりです」

営業部長がすぐあとをひきとって、まくしたてた。「まあ、そういうことなんですよ、社長。この取り引きに応じても、いまお話ししたような方法でやってのけられるんです。ブレーンは、合同ロボット社からあたえられたデータのどの部分が、ジレンマを含んでいるか、われわれに教えてくれます。われわれは、そこからなぜジレンマが起きるかを解明できる。そうなんでしょう、ボガート博士？　ほらね、社長、それにボガート博士はまたと得がたい優秀な数学者だ。こうしてわれわれは、〈解なし〉という解答とその理由を合同ロボット社にあたえてやって、十万ドルをいただく。そして彼らはこわれたコンピューターをかかえ、われわれは完全無欠なブレーンをかかえている。一年、あるいは二年もすれば、わが社は、スペース＝ワープ・エンジンを――あるいは超原子力エンジンと呼ぶ人もおりますが――完成するでしょう。なんと名づけようと、これは世界最大の発明ですからね」

ロバートスンは機嫌のよい笑い声をあげながら手を伸ばした。「契約書を見せてもらおうか。サインすることにしよう」

スーザン・キャルヴィンが、ブレーンをおさめた異様なくらい警戒厳重な丸天井の部屋へ入っていくと、当番の技師の一人が、ブレーンに質問をしているところだった。「一羽半のにわとりが一日半で一箇半の卵をうむとしたら、九羽のにわとりが九日で何箇の卵をうむか？」

ブレーンは即座に答えた。「五十四箇」

すると技師はもう一人の男に言った。「わかったか、このまぬけ！」

キャルヴィン博士が咳ばらいをすると、彼らはあたふたあわてふためいて右往左往するというさわぎを演じた。心理学者は軽く手を振って彼らを追いはらい、ブレーンと向きあった。

ブレーンは直径二フィートの球体にすぎないが――内部は完全に調整された気体ヘリウムが満たされ、完全に無振動で放射線から防護されている空間だった――そしてその中に、古今未曾有の複雑きわまりない陽電子の細かい回路がおさまっており、それがブレーンなのだった。部屋には、ブレーンと外界とを結ぶ媒体――すなわち、ブレーンの声、腕、感覚器官などの補助装置がぎっしり並んでいる。

キャルヴィン博士は優しい声で訊いた。「ごきげんいかが、ブレーン？」

ブレーンの声はかんだかく、熱気をおびていた。「上々です、ミス・スーザン。なにか質問がありますね。わかりますよ。わたしになにか訊きにくるときはいつも本を持ってきますね」

キャルヴィン博士は穏やかな微笑をうかべた。「そう、あたったわ、でもいまというわけじゃない。これは質問なんですけれどね。たいへん複雑なものだから、紙に書いて渡しましょう。でもいますぐじゃないのよ。まず話したいことがあるの」

「わかりました。お話をうかがいます」

「さて、ブレーン、まもなくラニング博士とボガート博士がその複雑な質問をもってここへやってきます。質問はほんの少しずつ、ゆっくりあたえます、慎重にやってもらいたいからです。渡すデータによって、もしできれば、あるものを作ってもらいたい。ただ前もって警告しておくけれど、その結果には……ああ……人間に危害を及ぼすようなものが含まれているかもしれない」

「ええっ！」押し殺した驚きの声が尾をひいた。

「そこを注意していなさい。危害だけでなく、たとえ死を意味するデータを見つけても、興奮してはいけません。いいですか、ブレーン、その場合でも、われわれは気にしない——たとえ死を意味するものでも、こちらはぜんぜん気にしませんよ。だからそうしたものに出会ったら、そこで止めて、データ用紙を戻しなさい——それだけ。わかりましたか？」

「はい、わかりましたとも。しかし、おお、人間の死とは！　ああ、なんという！」

「さあ、ブレーン、ラニング博士とボガート博士が見えたようよ。お二人があなたに問題を説明してくれます。じゃあ、はじめましょう。では、いい子でね——」

ゆっくりとデータ用紙は挿入されていった。一枚入るたびに、ブレーンが作動中であることを示すさわさわという音が聞こえる。それから次の用紙を受け入れる準備完了を示す沈黙。こうした操作をくりかえすこと数時間——分厚い数理物理学の書物の十七冊分に匹敵するデータがブレーンにあたえられた。

作業が進むにつれ、両博士の眉がくもり、暗くかげった。ラニングは荒々しい息づかいをしながら何事かつぶやく。ボガートははじめのうちは指の爪を仔細に見つめていたが、やがて、放心したように爪を嚙みはじめる。うず高く積まれたデータ用紙の山の最後の一枚が消えたとき、蒼白な顔のキャルヴィンが言った。

「おかしいわ」

ラニングがかろうじて言葉を吐きだした。「こんなはずはない。これは——死んだのか？」

「ブレーン？」スーザン・キャルヴィンは震えている。「聞こえるの、ブレーン？」

「はあ？」とぼんやりした答えがかえった。「お呼びですか？」

「解答は——」

「ああ、あれ！　できますよ。宇宙船を建造しましょう、簡単です——ロボットをよこしてください。すばらしい船です。たぶん二ヵ月はかかりますが」

「なにも——難しいところはなかったの？」

「解くのにずいぶん手間どりました」とブレーンは言った。キャルヴィン博士は後じさりした。瘦せた頰に赤味は戻らなかった。手ぶりでみなに出るように命じた。

自室で彼女は言った。「わたしにはわからない。あのデータにはジレンマが含まれているはずなのに――おそらく人間の死を含んでいるにちがいないのに。もしなにかが狂って――」

ボガートが静かに言った。「あのマシンは喋るし、筋も通っている。ジレンマはないんじゃないか」

だが心理学者はせきこむように答えた。「ジレンマはジレンマでもいろいろあります。逃避行動にもさまざまな形がありますよ。たとえば、ブレーンはごく軽いジレンマに襲われた、つまり問題が解けないのに、解けるという幻覚にとらわれる、そんな程度に。あるいは、なにか非常に危険なふちをふらふらと歩いていて、ちょっと押せば落ちてしまうような状況なのかもしれない」

「かりに」とラニングが言った。「ジレンマがないとしたらどうだ。合同ロボット社のマシンはほかの質問でこわれたか、あるいは、単に機械的な故障でこわれたのかもしれん」

「たとえそうでも」とキャルヴィンは言いはった。「危険をおかすことはできません。いいですか、いまからだれもブレーンに一言たりと言葉をかけてはいけません。わたしがあとを引きうけますから」

「よかろう」とラニングは吐息をついた。「では頼むよ。そのあいだ、われわれはブレーンに船を建造してもらおう。そして万が一、船が完成したら、テストしなければならない」

ラニングはしばらく考えていた。「そのためには現場の一流の人間が必要だ」

マイケル・ドノヴァンは赤毛を乱暴にかきあげた。始末におえないあつい髪がすぐにまたピンピンはねあがってしまうのにはいっこう無頓着だった。

彼が言った。「さあて、どんな目が出るかな、グレッグ。船はもう完成したという。どんなしろものだか彼らにもわからない、とにかくできあがったとさ。さ、行こうぜ、グレッグ。さっそく操縦してみようじゃないか」

パウエルは疲れたような声で言った。「いいかげんにしろよ、マイク。きみのユーモアというやつは、まったくはじめっからひどく熟れすぎの味がするね、こういう息苦しい空気の中じゃなおさらだ」

「まあ聞けよ」とドノヴァンはかきあげてもしかたのない髪をまたかきあげた。「おれは、この鋳鉄の天才やあいつの作ったブリキ船のことなんぞ心配してやしないんだよ。気になるのはお流れになったおれの休暇さ、おまけにこの単調さ！　ここにゃあ無精ひげと数字しかない——それもいただけない数字ばっかりだ。あーあ、なんだっておれたちにこんな仕事をあてがったんだろうな？」

「それはね」とパウエルが優しく言った。「ぼくらを失ったところで損失にゃならんからさ。オーケー、気をらくに！　ラニング博士のお出ましだ」

ラニングがやってきた、灰色の眉はつねに変わらずふさふさとして、年老いた体はいまだにぴんと伸び、元気はつらつとしている。彼は二人の男とともに黙々とランプをのぼり、もの言わぬロボットたちが人間の監督をまじえずに船を建造している広場へと出た。

いや、動詞の時制が違っている、建造しているではなく、建造してしまった、のだ。

なぜならラニングがこう言ったからだ。「ロボットたちは仕事をやめた。今日はどれも動こうとはしない」

「じゃ、完成したわけですね？　完全に？」とパウエルが訊いた。

「わたしにわかるもんか」ラニングは不機嫌に言った。ふさふさした眉がいっそうひそめられた。「完成したらしい、というところだ。部品は余っておらんし、中はぴかぴかに仕上げができておる」

「中へお入りになったので？」

「ちょっと入って、それから出てきた。わたしは宇宙飛行士じゃないからな、きみたち二人はエンジン理論にくわしいんじゃろ?」

　ドノヴァンはパウエルを見、パウエルはドノヴァンを見た。

　ドノヴァンが言った。「ライセンスはありますが、ごく最近見たところでは、超原子力エンジンやワープ航法はふくまれていません。いつもどおり児戯にひとしい三次元航法だけですよ」

　アルフレッド・ラニングは強い不満の色を示し、高くそびえた鼻を思いきり鳴らした。

　彼は厳しい口調で言った。「まあわが社には機関士はそろっているよ」

　立ち去ろうとする彼の肘をパウエルはつかもうとした。「船はまだ立ち入り禁止区域ですか?」

　老所長はためらうふうに、鼻筋をなでた。「そんなことはなかろう。とにかくきみたち二人は入れるよ」

　ドノヴァンは老所長を見送り、その背に向かって短いけれど、意味深長な言葉をつぶやいた。パウエルをふりかえり、「こちとらがやっこさんをどう見てるか、率直なところを聞かせてやりたいね、グレッグ」と言った。

「入ってみるか、マイク」

　船の内部は、従来の宇宙船と変わりなく仕上げられていた。それはちらりと見ただけでもすぐわかる。太陽系一のやかまし屋でも、ロボットたちが磨いたほどピカピカに磨きあげることはできないだろう。壁は銀のような光沢をはなち、指のあとひとつついていない。

またどこにも角というものがなかった。壁と床と天井がどこからともなくゆるやかに溶けあっている。間接照明の冷たい金属的な光の中に立つと、当惑顔をした六つの冷たい自分の映像にとりまかれているのだった。

中央通路は、堅い靴音をひびかせる狭いトンネルになっていて、かくべつ特色のない部屋が両側に並んでいる。

パウエルが言った。「家具は壁にはめこみになっているらしい。それとも、ぼくたちはすわってもいけない、眠ってもいけないことになっているのかね」

単調さを破ったのは、船首に近い最後の部屋だった。無反射ガラスの湾曲した窓が、どこもかしこも金属という単調さをはじめて破っていた。窓の下には大きなダイヤルがひとつあり、一本の動かぬ針が、0《ゼロ》という文字にしっかりはりついていた。

ドノヴァンが、「あれを見ろ！」と言って、きれいな目盛りのついた計器の上の文字を指さした。

それは〈パーセク〉と書いてあり、半円形の目盛りの右のはしの小さな数字は、百万となっていた。

椅子が二脚あった。横幅のたっぷりある、どっしりした、詰めもののないもの。パウエルはおそるおそるすわってみたが、体の曲線に合わせてかたどってあるので、すわり心地は上々だった。

パウエルが言った。「どう思うね、きみは？」

「おれに言わせればだな、ブレーンのやつ、脳膜炎にかかったんだ。さあ出よう」

「もう少し見てまわりたくないのか？」

「もうすっかり見たよ。われ来たり、われ見たり、そしてわれはおしまいだ！」ドノヴァンの赤毛は針金のように一本一本さかだった。「グレッグ、さあ出るんだ。おれは五秒前に辞職したよ、そしてここは失職者は立入り禁止区域だ！」

パウエルは自己満足したように調子よく笑って、ロひげをなでた。「ようし、マイク、血管の中に流しこんだアドレナリンの蛇口をしめろよ。ぼくも心配してたけど、もうしない」

「もうしないって？　へえー、なんでまた？　生命保険でもふやしたか？」

「なあマイク、この船は飛べないよ」

「どうしてわかるんだ？」

「ぼくたちは船内をくまなく見たな？」

「そうらしいね」

「うんにゃたしかに見た。操縦室というものがあったか、舷窓ひとつとパーセクと書いてある計器一箇のほかに？　操縦装置を見たか？」

「いいや」

「エンジンがあったか？」

「ほんとだ、ないっ！」

「そうなんだ！　ラニング博士にこのことを知らせようぜ、マイク」

二人は似たような通路を悪態をつきながらぐるぐるまわったあげく、ようやくエアロックに通ずる短い通路にたどりついた。

ドノヴァンが不意に体をこわばらせた。「こいつをロックしたのか、グレッグ？」

「いや、さわってもいない。レバーを引っぱってみたら？」

レバーは、ドノヴァンが顔をひきゆがめて精いっぱい引っぱってみても、びくともしなかった。

パウエルが言った。「非常口はなかったし。もしこれがなにかの故障なら、ぼくたちがここを出るには、船体を溶かして出してもらわなくちゃならないぞ」

「そうだ、どこかの馬鹿野郎がおれたちを閉じこめたことにだれかが気がつくまで、じっと待ってなけりゃならないんだ」とドノヴァンが猛々しく言った。

「舷窓のあった部屋へ戻ってみよう。外にいるやつの注意をひけるのはあそこだけだ」

だがそうはいかなかった。

あのとっさきの部屋の舷窓の外にひろがるのは、もはや青い空ではなかった。それは黒黒として、くっきりと黄色い針の先のような星が宇宙をいろどっていた。

どさりというにぶい音が二つして二人の体は二つの椅子にそれぞれ倒れこんだ。

アルフレッド・ラニングは、自室のすぐ外でキャルヴィン博士に出会った。神経質そうに葉巻に火をつけながら、彼女を中へ招き入れた。

彼は言った。「さてスーザン、だいぶ日数もたったことだし、ロバートスンはいらいらしはじめている。ブレーンはどう処置するつもりなんだ？」

スーザン・キャルヴィンは両手をひろげた。「いらいらしてみても仕方ありませんよ。ブレーンは、こんどの取り引きで失うものなどにはかえられません」

「しかしきみはもう二ヵ月もブレーンを相手に質問を続けてきた」

心理学者の声は抑揚がなかったが、どこか危険なひびきをはらんでいた。「ご自分でおやりになりたいんでしょう？」

「わたしの本意はわかるだろう」

「ええ、わかっているつもりです」キャルヴィン博士はそわそわと両手をすりあわせた。

「なかなか容易ではないんです。ブレーンをなだめすかして、ゆっくり探りをいれていますが、いまもってなんの成果も得られません。反応は正常ではありません。解答も——とても奇妙なんです。ですがまだなんの手がかりもつかめません。それにどこがおかしいか突きとめるまでは、用心に用心を重ねなければなりませんから。些細な質問とか言葉が、彼を……だめにしてしまうかもしれない、そうなったら――ええ、そうなったらわれわれの手に残されるのはまったく役に立たないブレーンなんですから。そうなってもよろしいのですか？」

「しかし、あれは第一条を破ることはできん」

「わたしだってそう思いたいのですが、しかし――」

「なに、それにも確信がないというのかね？」ラニングはひどい衝撃を受けたようだった。

「ああ、なにも確信なんてありません、アルフレッド――」

そのとき突如、非常警報が、恐ろしい音をひびかせて鳴りわたった。ラニングはがくがくと全身を痙攣させんばかりにして通話装置のスイッチをいれた。切迫した声が彼を凍りつかせた。

彼は言った。「スーザン……あれを聞いたか……船がいなくなった。わたしは半時間前二人の実地テスト担当者をあれに乗りこませた。もう一度ブレーンに会ってみてくれ」

スーザン・キャルヴィンはかろうじて平静をたもちながら言った。「ブレーン、船はどうしたの？」

ブレーンは楽しそうに答えた。「わたしの作った船のことですか、ミス・スーザン？」

「そうよ。どうしたの、いったい？」

「べつにどうもしません。船のテストをするという人間がふたり乗りこみましたし、船の準備は完了しました。だから発進させました」

「まあ——それは、よかった」心理学者は、息苦しくなるのを感じた。「乗った人たちは無事だと思う？」

「無事ですとも、ミス・スーザン。なにもかも整えましたから。そりゃ、すーばらしーい船ですよ」

「そうね、ブレーン、すばらしい船だわ、でもあの人たちの食糧はじゅうぶんあるかしら？　気持よくすごせるのかしら？」

「食糧はじゅうぶん」

「これはあの人たちにとってショックだったと思うけれど、ブレーン。予期していなかったから」

ブレーンはあっさりと一蹴した。「大丈夫ですよ。きっと面白がっていますよ」

「面白がる？　どんなふうに？」

「ただ面白がる」ブレーンは茶目っけたっぷりに言った。

「スーザン」とラニングがうなるように囁いた。「生死にかかわるようなことはないか訊いてみたまえ。どんな種類の危険があるのか訊きたまえ」

スーザン・キャルヴィンの顔は怒りのためにひき歪んだ。「静かに!」震える声で、彼女はブレーンに言った。「船と連絡がとれるかしら、ブレーン?」

「無線で呼べば、彼らには聞こえます。ちゃんと用意はしておきましたから」

「ありがとう。いまのところはこれでね」

ラニングは外に出るなり、がみがみとわめきちらした。「なんてことだ、スーザン、もしこれが外部に漏れたら、われわれは破滅だ。なんとしてもあの二人をとりもどさなければ。なぜさっき死の危険があるかどうか訊かなかったのかね――はっきりと?」

「それは」とキャルヴィンはいらいらしながらこたえた。「口には出せないことだからです。もしあれがジレンマの問題にぶつかるとすれば、それは人間の死に関することです。へたにそんなことを持ちだしたりすれば、あれは完全にまいってしまいます。さあ、もう行ったほうがよくありません? あ、そうそう、あの二人に連絡ができると言っていました。さっそくやってみましょう。位置を突きとめて引きかえさせましょう。あの二人はおそらく自分たちで操縦はできないはずです。ブレーンが遠隔操作しているでしょう。さあ、行きましょう!」

パウエルが気をとりなおしたのは、だいぶたってからだった。

「マイク」と彼は冷たい唇の間から言った。「きみは、加速を感じたかい?」

ドノヴァンの眼はうつろだった。「ええ？ いや……ぜんぜん」

やがて赤毛は拳をにぎりしめると、突然狂ったように椅子から立ちあがり、冷たいガラスに顔を押しつけた。外に見えるのは——星ばかりだった。

彼はふりかえって、「グレッグ、やつらは、おれたちが中にいるあいだにこの船を発進させやがったんだ。グレッグ、こいつは前々から仕組んでたんだ。おれたちを実験台に使うために、ロボットとぐるになってだましうちにしやがったんだ、おれたちが手を引くと言いだすのを恐れてさ」

「なにを言っているんだ？ この船の操縦法も知らないぼくたちを乗せて飛ばしたって、なんの役に立つ？ どうやってこれを引きかえさせればいいんだ？ いいや、この船は、自分で飛びだしたんだよ、明らかな加速もなしに」パウエルは立ちあがるとゆっくりと歩きまわった。金属の壁が、彼の足音をこだましてがんがんとひびいた。

やがて抑揚のない声で彼は言った。「マイク、こいつはこれまでにない厄介な事態だぞ」

「へえ」とドノヴァンが苦々しげに言った。「そりゃ、初耳だ。そんなことを聞かされるまでは、おおいに楽しもうって気になっていたのに」

パウエルは彼の皮肉を無視した。「加速がないということは——つまり、この船が、まったく未知の原理にもとづいて動いているということだ」

「とにかくおれたちの知らないものだな」

「いや、だれも知らないものだ。手動操作の及ぶ範囲には、エンジンは見あたらない。きっと壁の中にでも取りつけてあるんだろう。だから壁がこんなに厚いのかもしれん」

「なにをぶつぶつ言ってるんだ？」とドノヴァンが訊いた。

「なぜ聞いていないんだ？　ぼくはこう言ってるんだ、この船にどんなエンジンが内蔵されているにせよだ、明らかに人間の手で操作されるものではないんだ。船は遠隔操作で動いている」

「ブレーンが操作してるってのか？」

「そうだろう？」

「じゃあブレーンがおれたちを連れかえしてくれるまで、おれたちはここにじっとしてなきゃならないのか？」

「そうかもしれない。そうならそうで、おとなしく待っていよう。ブレーンはロボットなんだ。第一条には従わなくちゃならない。人間に危害を及ぼすことはできないんだ」

ドノヴァンはゆっくりと腰をおろした。「きみはそう思うのか？」彼は入念に髪をおさえつけた。「いいかい、スペース＝ワープに関するこのくずデータが合同ロボット社のロボットをこわしたんだぜ、あの学者先生たちの話じゃ、その理由というのは恒星間旅行は人間に死をもたらすからだということだ。きみはどのロボットを信じるんだ？　おれたちのロボットだって、同じデータをくわされているんじゃありませんかね」

パウエルは口ひげをぐいぐいひっぱった。「きみがロボット工学を知らんとは言わせんぞ、マイク。ロボットは、第一条を破ろうなんてすりゃ、それが物理的に可能になる前に、たちどころにあちこちがこわれて、使い物にならん鉄くずになっちゃうんだ。これにはなにか簡単な理由があるはずなんだ」

「ああ、そうとも、そうとも。朝になったら執事をよこしてくれ。あんまり、あんまり簡単なことなんで、ちょっくらひとねむりする前に考えるのもばからしいってね」

「おい、マイク、きみはなにをそんなにぶうぶう言ってるんだ？　ブレーンが面倒をみてくれているじゃないか。部屋は温かい。明かりはある。空気はある。それに、きみの髪の毛をくしゃくしゃにしちまうような加速の衝撃もなかったしな、もっともきみの髪が、くしゃくしゃになるほど柔らかい髪だったら、の話だけど」

「ほう？　グレッグ、きみは学んだはずだろう。勝算もないのに、むやみに楽天家にはなれないってことをさ。おれたちゃ、なにを食うんだ？　なにを飲むんだ？　おれたちはいまどこにいるんだ？　どうやって地球に戻るんだ？　もし事故でもおきたら、どこに出口がある、どの宇宙服を着て逃げだすんだ、歩かずに？　バスルームだってありゃしないし、バスルームにくっついている例の衛生陶器だって見当たらないじゃないか。ああ、おれたちゃ、面倒をみてもらってますよ――申しぶんなくね」

ドノヴァンの長広舌をさえぎったのは、パウエルではなかった。だれの声でもなかった。それは、空中でひびいた——きんきんとかんだかく、体がすくむようだった。

「**グレゴリイ・パウエル！　マイケル・ドノヴァン！　グレゴリイ・パウエル！　マイケル・ドノヴァン！　現在位置を知らせよ！　船の操縦が可能ならば、基地へ戻られたし。グレゴリイ・パウエル！　マイケル・ドノヴァン！**」

呼びかけは、くりかえし、機械的に、一定の間隔をおいて、あきることなくくりかえされた。

ドノヴァンが言った。「いったいどこから聞こえてるんだ？」

「さあね」パウエルの声は低く、緊張していた。「光はどこからくるんだろう？　いったいみんなどこからくるんだろう？」

「どうやって返事をしたもんだろう？」二人は、がんがんと鳴りひびく呼びかけの合間に大急ぎで話さなければならなかった。

壁はのっぺらぼうだった——湾曲するなめらかな金属のどこにもつぎ目はなく、のっぺりとしている。パウエルが言った。「大声で答えてみろ」

二人はそうした。かわるがわる、そしていっしょにどなった。「現在位置不明！　操縦不能！　状況は絶望的！」

声は高くなり、ひび割れた。短い事務的な用語のあいだに、悲鳴やはげしい冒瀆の言葉などが挿入され混入されたが、冷たい呼びかけの声は倦むことなくくりかえされた。「向こうには聞こえないんだ」と、ドノヴァンがあえぐように言った。「送信装置はないんだ。受信装置だけ」彼の眼は行きあたりばったりの壁の一点をぼんやりと見つめた。

外からの声はしだいに柔らかく、低くなっていった。それがささやきになったとき、二人はまた大声でどなった。それがついにぴたりとやむと、二人はまたしゃがれた声でどなってみた。

十五分もたったころ、パウエルが力なく言った。「もう一度船の中を見てみよう。どこかに食い物があるかもしれない」期待のなさそうな声だった。およそ敗北を認めているような声だった。

通路に出ると、二人は右と左に別れた。あたりに反響する硬い足音でお互いの所在が知れた。ときどき通路でばったりと出会うと、二人はにらみあってからすれちがうのだった。

パウエルの捜索は突如おわった、と同時に、ドノヴァンの嬉しそうな声ががんがんひびいた。

「おーい、グレッグ、水道があったぞ。どうして気がつかなかったんだろう?」

ドノヴァンが行きあたりばったりにパウエルを見つけだしたのは五分後だった。「だけどシャワーは見つからない」と彼は言いかけて、あっと息をのんだ。

「食い物だ」

壁がぽっかりと半円形の口を開け、中に棚が二段ついていた。上段には、大きさも形もびっくりするくらいまちまちの、レッテルのない缶詰がぎっしりつまっている。下の段のほうろうびきの容器は一様の大きさで、ドノヴァンは足もとがすうすうするのに気づいた。下半分は冷蔵庫になっていた。

「こりゃ……こりゃ――」

「前にはなかった」とパウエルがぶすりと言った。「ぼくが入ってくると、あの壁がぽっかりあいたんだ」

彼は食べていた。缶詰は予熱タイプで、中にスプーンが入っている。煮豆のほかほかした香りがあたりにただよっている。「どれか開けろよ、マイク!」

ドノヴァンはためらった。「献立はなんだ?」

「知るもんか! 好き嫌いがあるのか?」

「いや、でも船の上で食うものは豆にきまっているからね。ほかになにかあれば、まずそちらにしたいですな」彼の手は缶のあいだをさまよい、やがてぴかぴかした楕円形の缶を選びだした。それは平たくて鮭かなにかの珍味を思いおこさせた。少し力を入れて押すと開いた。

「豆だ!」ドノヴァンはわめいて、また別の缶に手を伸ばした。ズボンの尻を、パウエルが引っぱった。

「それを食ったほうがいいぞ、坊や。食糧は限られているし、ぼくたちはここに長い、長いことＩるかもしれないんだ」

ドノヴァンはしぶしぶと手をひっこめた。「これで全部かい？　豆ばっかり？」

「たぶんな」

「下の段には何がある？」

「ミルクだ」

「ミルクだけか？」とドノヴァンは怒声をはりあげた。

「らしいね」

豆とミルクの食事は、沈黙のうちにおわった。二人がその部屋を出ていくと、隠れていた壁の一部がふたたびあらわれ、もとどおり、傷ひとつない壁になった。

パウエルが吐息をついた。「なにもかもオートマチックだ。なにもかもね。生まれてこのかたこれほど心もとない思いをしたことはないね。水道というのはどこだ？」

「あそこだ。あれだって、はじめに見たときはなかったんだ」

十五分後、二人はあのガラスの入った部屋に戻り、椅子にすわってたがいの顔を見つめあった。

パウエルは部屋にたったひとつある計器をゆううつそうに見つめた。それはいぜん〈パーセク〉と示されており、数字はいぜん百万で終わっていた。そして指針はいぜん０をしっかりと指していた。

ＵＳロボット＆機械人間株式会社の奥まった一室で、アルフレッド・ラニングは疲れたように言った。「二人は応答しない。あらゆる波長を試してみた。公用、私用、暗号、普通文、近ごろできたサブエーテル波まで使ってみた。で、ブレーンはいまもってなにも言わんのかね？」彼は質問の矢をキャルヴィン博士に向けた。

「このことについては詳しく話そうとしません、アルフレッド」と彼女は語気を強くした。「二人にはわれわれの声が聞こえていると言っています……さらに詳しく訊ねようとすると、ブレーンは……その、不機嫌になるんです。こんなこと、考えられません——不機嫌なロボットなんて、聞いたことがありますか？」

「わかっていることを話してくれないか、スーザン」とボガートが言った。

「こうなんですよ！　ブレーンは自分で船を操縦していることを認めました。二人の安全についてはまったく楽観的です、でも詳細はなにも。わたしもあえて追及はしません。ですが不安のみなもとは、どうやら星間ジャンプにあるらしい。その問題を持ちだすとブレーンはなんと、笑うんですよ。ほかにもいろいろ徴候はありますが、これが目に見える異常性にもっとも近いものですね」

彼女は二人を見た。「つまりヒステリー症状なんです。すぐに話題をそらしましたが。

害はあたえなかったと思いますが、それで手がかりがつかめました。ヒステリーならわたしの手にも負えます。あと十二時間の猶予をください！　あれを正常に戻すことができれば、あれは船を戻してくれるでしょう」

ボガートは、ふいに緊張したように見えた。「星間ジャンプ！」

「どうした？」キャルヴィンとラニングは異口同音に叫んだ。

「ブレーンが示したエンジンの数式。その……いまあることを思いついたんです」

彼はそそくさと出ていった。

ラニングはその姿をじっと見送った。そしてキャルヴィンにそっけなく言った。「あんたは、自分の分担を片づけたまえ、スーザン」

二時間後、ボガートは熱心にまくしたてていた。「いいですか、ラニング、これですよ。星間ジャンプは瞬時ではない――光の速度が有限であるかぎり。そのあいだ、生命は存在しえない……物質とエネルギーは空間のひずみ《スペース＝ワープ》の中では存在しえないんです。それがどういうものかぼくにはわかりませんが――とにかくこれですよ。これが、合同ロボット社のロボットをこわした原因ですよ」

ドノヴァンは顔もげっそり、気分もげっそりだった。「まだ五日？」

「まだ五日だ。まちがいない」

ドノヴァンはみじめな顔であたりを見まわした。ガラスの向こうの星は見なれているが、ひどくよそよそしい。壁はさわると冷たかった。最近明るさを増した照明は無情に明るい。計器の針はかたくなに0を指している。そしてドノヴァンは豆の味から逃れられなかった。

彼はむっつりと言った「風呂に入りたい」

パウエルはちらっと顔をあげて言った。「おたがいさま。人目を気にすることはないよ。ミルクの風呂に入りたいから、飲むのはやめるっていうんじゃなけりゃ――」

「いずれは飲まずにすむさ。グレッグ、この星間旅行というやつはどこで終わるのかね？」

「こっちが聞きたいよ。とにかく進んじゃいるんだろう。そのうちたどりつくさ、すくなくともぼくらの骨のかけらぐらいは――しかしわれわれの死ということが、ブレーンの故障の根本原因なんじゃないのかね？」

ドノヴァンは相手に背を向けて喋った。「グレッグ、おれ考えたんだがね。こいつはあんまり芳しくないな。することがあまりないからね――歩きまわったり、ひとり言を言ったりするくらいでさ。宇宙を漂流する男たちの話は知っているだろう？　餓死するまえに気が狂うんだ。よくわからないがね、グレッグ、ライトが明るくなってからというもの、なんだかおかしな気分なんだ」

沈黙がおちたが、やがてパウエルの声が細々と聞こえた。「ぼくもなんだ。どんな感じだ……」

赤毛の頭がふりかえった。「体の中がおかしいんだ。なにもかもぴーんとはりつめて、とくとく鳴ってるみたいだ。息が苦しい。じっと立っていられない」

「ううーむ。震動を感じないか？」

「どういうこと？」

「ちょっとすわってよく聴いてごらん。耳には聞こえなくても感じられるよ——なにかがどこかで震動してるみたいな、船全体、きみの体までも震動させているみたいな。ほら——」

「ああ……うん。なんだと思う、グレッグ？　まさかおれたちが震えてるわけじゃあるまい？」

「そうかもしれない」パウエルは口ひげをゆっくりとなでた。「いや、ことによると船のエンジンかもしれない。準備ができたのかもしれないぞ」

「なんの？」

「星間ジャンプの準備だ。いよいよおいでなすったかな、いったいどんなものやら」

ドノヴァンは考えこんだ。やがてけわしい声で言った。「こうなりゃどうとでもやってくれだ。なんとか抵抗できればいいけど。手をこまねいて待ってるなんて、おはずかしいよ」

　およそ半時間後、パウエルは金属製の椅子の腕にのせた自分の手を見つめながらいとも冷静に言った。「壁をさわってみろ、マイク」

　ドノヴァンは言うとおりにした。「震動しているよ、グレッグ」

　星さえも、ぼやけて見えた。どこかで、巨大な機械が周囲の壁からエネルギーを吸いとり、来るべき跳躍にそなえてそれを蓄えながら、どくどくと鼓動を打ってその強度を高めているようなおぼろげな感じがあった。

　それは突如として、はげしい苦痛とともに襲いかかった。パウエルは硬直し、体が椅子から引っぱりあげられる。彼の目はドノヴァンをとらえ、そして見えなくなる。一方ドノヴァンのかぼそい悲鳴がすすり泣きになり耳もとから消える。なにかが体の中でのたうちまわり、厚さをましながらひしひしと押しよせる氷をつきやぶろうともがく。

　なにものかが解きはなたれて、ちかちかする白光と痛みの中で、くるくる回転する。落ちる——

　——そして回転する
　——そしてまっさかさまに落ちる
　——静寂に向かって！

　それは死だ！

動きも感覚もない世界。無感覚のおぼろげな意識の世界、暗黒と静寂と実体のないあがきの世界。

とりわけ永劫という意識。

彼は自我の白く細い糸だった——冷たく、おそれおののいている……

やがて言葉が聞こえてくる、いやに愛想のよい、エコーをきかせた声が頭上にひびきわたる。

「このごろ柩《ひつぎ》のぐあいがお悪くはありませんか？　モービッド・M・キャダヴァー社の伸張自在の柩をおためしになったら？　お体の自然なカーブに合わせた科学的な設計で、ビタミンB_1がたっぷり。どうかキャダヴァー社の柩をおためしください。どうか——長い——長いあいだ——死の床に——横たわるのだ——ということを——お忘れなく！」

それは音とは言えないようなものだったが、ともあれ、なめらかなひびきを残して消えた。

パウエルであったかもしれない白い糸は、あたりにただよう実体のない永劫の時のあいだをいたずらにのたうちまわり——くずおれる、そして数千万のソプラノの声、数千万の亡霊のかんだかい悲鳴がメロディをかなでながら高まっていく。

「あんたが死んでうれしいな、そこの悪党さん」

「あんたが死んでうれしいな、そこの悪党さん」

「あんたが死んで——」

それは強烈な音のらせん階段をのぼりつめ、耳には聞こえない鋭い超音波となり、そしてその向こうに——


白い糸は脈うつ痛みにうちふるえる。それは静かに張りつめて——

それはふつうの声だ——そしてたくさんの。群集の喋る声、すばやい、せっかちな動きで彼を押しのけ、乗りこえていく、うずまくような人の群れ、あとにきれぎれな言葉をただよわせて。

「あいつら、おめえになにした？　ひどい顔してらあ——」

「——熱い火だあな、けど箱をもらって——」

「——わたしは天国に着いた、だが聖ペテロが——」

「うんにゃ、おれはあの男にわたりをつけた。あいつと取り引きをして——」

「おーい、サム、こっちへこい——」

「おめえ、代弁人はたのんだか？　魔王《ベルゼブブ》の言うことにゃ——」

「——お行きよ、かわいい小鬼くん？　おれの約束は、サタン——」

その中にひときわ高くとどろくあの声が、すべてを突きぬける。

「急げ！　急げ！　急げ‼　骨にむちうってとんでこい、待たせるんじゃないぞ――行列は長いんだ。証明書の用意はよいか、ペテロの認証の印は押してあるか。定められた入口に立っているか。みんなにたっぷりの火が用意してあるぞ。おい、おまえ――**そこのおまえだ、行列にちゃんと並べ、さもないと――」**

パウエルだった白い糸は、ひときわ高いあの叫びの前にじりじりと後じさりし、指が自分にぐいと突きつけられるのを感じた。叫びは音の虹となって砕けちり、砕片は、うずく脳髄にふりそそぐ……

パウエルはふたたび椅子にすわっている。体ががくがくと震えている。

ドノヴァンの眼は、どんよりと青い、大きな飛びだした鉢のようだった。

「グレッグ」と彼はすすり泣きにも似たささやき声で言った。「あんたは死んだのか？」

「うん……死んだような気がする」しわがれた声は自分のものとは思われなかった。

ドノヴァンの立ちあがろうとする試みはどうもうまくいかないようだ。「おれたちは生きているのか？　それともこのさきもっと？」

「生きて……いるらしい」同じようなしゃがれ声だった。パウエルはおそるおそる言った。「きみは……なにか聞いたかい、その……死んでいるときに？」

ドノヴァンは黙りこくっていたが、やがてのろのろとうなずいた。「あんたもか？」

「ああ。棺桶のことを聞いたか……女たちが歌う声……それから地獄へ入るために並んでいる行列……聞いたか？」

ドノヴァンはかぶりを振った。「声はひとつだった」

「大きい声？」

「いいや、低い、けど爪をやすりでこするようなざらついた声で。説教なんだよ。地獄の業火についての。その責め苦を目に見えるように話してくれた……ああ、そうなのさ。ああいう説教はむかし聞いた——およそあんなものだった」

彼はびっしょり汗をかいていた。

彼らは舷窓から射しこむ陽光に気づいた。それは弱々しい光で、青白く——その遠い光源である豆つぶのような輝く球体は、わが太陽ではなかった。

パウエルは震える指先でたったひとつの計器を指さした。針は、三十万パーセクと記された数字を誇らしげにしっかりと指していた。

パウエルが言った。「マイク、もしこれがほんとうなら、ぼくたちは銀河系を飛びだしたんだ」

ドノヴァンが言った。「ぶったまげたな！　グレッグ！　するとおれたちは、太陽系を飛びだした最初の人間ということになるぞ」

「そうだ！　そのとおりだ。ぼくたちは太陽からのがれたんだ。銀河系から脱け出したんだ。マイク、この船がその答えなんだ。これは全人類の自由を意味するんだぞ——大宇宙に存在するあらゆる星へ——何百万、何億、何兆という星へ広がっていく自由を」

が、やおらどさっと大きな音をたてて椅子の背に倒れこむ。「しかしどうやって戻るんだ、マイク？」

ドノヴァンはおぼつかない笑みをうかべた。「ああ、そりゃ大丈夫。船がここまで運んでくれたんだ。ちゃんと連れてかえってくれるさ。そしてまたおれは豆を食わされる」

「だけどマイク……待てったら、マイク。もしここまで運んできた道をまた戻るんだとしたら——」

ドノヴァンはなかばうかしていた腰を、またどさりと椅子におとした。

パウエルが言葉をついだ。「もう一度……死ななくちゃならないんだぜ、マイク」

「ああ」とドノヴァンは吐息をついた。「死なきゃならないなら、死ななきゃなるまい。すくなくとも永久ってわけじゃないんだから、ほんとに永久ってわけじゃあ」

スーザン・キャルヴィンはゆっくりと喋っていた。六時間というもの、彼女は根気よくブレーンをつつきつづけていた——空しい六時間だった。はてしないくりかえしにうんざり、遠まわしな表現にうんざり、なにもかもがうんざりだった。

「さあ、ブレーン、もうひとつだけあるの。簡単に答えるようにちゃんと努力をしてちょうだい。星間ジャンプについてはよくわかっているの？　つまりあの船は彼らをそんな遠くまで運んでいけるの？」

「彼らが望むならどこまでもですよ、ミス・スーザン。空間のひずみを突きぬけるなんてわけありませんよ」

「それで向こう側では、彼らにはなにが見えるの？」

「星だのなんだのです。なんだと思うんです？」

次の質問が思わず口をついて出た。「じゃあ彼らは生きているわけね？」

「あたりまえです！」

「すると星間ジャンプによって彼らは危害をこうむることはないの？」

ブレーンがだまりこんでいるのを見て、彼女ははっとなった。そうか、これだったのか！　彼女は痛いところをついたのだ。

「ブレーン？」彼女は力なく哀願した。「ブレーン、聞こえないの？」

答えはかぼそく、震えていた。ブレーンは言った。「答えなければいけませんか？　ジャンプについて？」

「答えたくなければいいのよ。でも興味はあるわね――あなたが答えたければ、だけれど」キャルヴィンはつとめて明るく言った。

「おーおー。なにもかもぶちこわしだ」

心理学者はだしぬけにとびあがった、その顔に洞察のひらめきをうかべて。「おお」と彼女はうなるように言った。「おお」

なん日なん時間と続いた緊張がどっとゆるむのを感じた。彼女がラニングに語ったのは、だいぶあとのことだった。「もう大丈夫です。いえ、いまはひとりにしておいてください。船は無事に戻ってきます、あの二人を乗せて。わたしは休みたいんです。休みます。さあ、あちらへ行って」

船は、飛びたったときと同じようにひそやかに、騒々しい音もたてずに地球にかえってきた。ぴたりと所定の位置に着陸すると、メイン・ロックがぱっくり開いた。出てきた二人の男はおそるおそる歩を運びながら、不精ひげの伸びているざらざらした顎をなでている。

やがて赤毛のほうがゆっくりと、わざとらしくひざまずくと、滑走路のコンクリートの上に、音たかだかと接吻した。

二人は、群がってくる人々を手で追いはらい、さっと舞いおりた救急艇から、担架をかついでどたどたと息せききっておりてきた二人には身ぶりでお断り申しあげた。

グレゴリイ・パウエルが言った。「いちばん近いシャワーはどこだ」

二人はシャワー室に連れていかれた。

全員がテーブルをかこんで集まった。USロボット&機械人間株式会社の首脳部全員の会議だった。

ゆっくり、話を盛りあげながら、パウエルとドノヴァンはまのあたりに見えるような、いきいきした物語を終えたのだった。

あとにおちた沈黙を破ったのはスーザン・キャルヴィンだった。ここ数日のあいだに、彼女は冷たく、いくぶん辛辣で、平静な態度をとりもどしていたが――とまどいの色もまだ少し顔を出していた。

「厳密に申しあげれば」と彼女は言った。「これはわたしの責任です――なにもかも。はじめに、この問題をブレーンに示したとき、ご記憶の方もおありかと存じますが、わたしは、ジレンマを作る可能性のあるいかなる事項も拒否するようにとくりかえしくりかえし念をおしました。そのとき、わたしはこんなことを申しました、〝人間の死に直面しても動揺してはだめよ。そんなことはちっとも気にしないから、データ用紙を戻して、そのことは忘れてしまいなさい〟」

「ふうむ」とラニングが言った。「それでどうなった？」

「わかりきったことです。あの問題が計算に組み入れられ、星間ジャンプに必要なミニマム・インターバルを決定する方程式が導かれたとき――それは人間の死を意味したんです。この段階で合同ロボット社のマシンは完全にこわれてしまったんです。しかしわたしはブレーンのためにその死の重要性を弱めてやりました――無視しろというのではなく。第一条は決して破ることはできませんからね――ブレーンにその方程式をもう一度見なおすだけの余裕をあたえる程度に。そのインターバルがすぎれば、人間は生きかえる――船のエネルギーと物質が元の状態に復すのとまったく同じに――ということに気づくだけの余裕をあたえる程度に。このいわば〈死〉は、言いかえれば、まったく一時的現象なのです。おわかりでしょうか」

彼女は一同を見まわした。みんな一心に耳をかたむけている。

彼女は言葉をついだ。「そこで彼はあのデータを受けいれた、が、ある程度の衝撃は受けずにはいられませんでした。死がたとえ一時的現象であるにせよ――そしてまたその重要性が弱められていたとはいえ、彼の安定性をいくぶん失わせるにはじゅうぶんでした」

彼女はいとも冷静にこう言った。「彼はユーモアのセンスを発揮したんですよ――あれは逃避行為、つまり現実からの一時的な逃避の手段だったんです。彼は悪ふざけをするようになったんです」

パウエルとドノヴァンが立ちあがった。

「なんですって？」とパウエルがわめいた。

ドノヴァンはそれについてかなり派手な表現を用いた。

「そうなんです」とキャルヴィンは言った。「彼はあなたがたが安全なように計らってくれましたね、でもあなたがたは船を操縦することはできなかった、なぜならばあれはあなたがたのための船ではなかった——ユーモアに富んだブレーンのためのものだったからです。こちらからあなたがたに無線で送ることはできても、あなたがたは応答できなかった。食糧はたくさんあっても、豆とミルクばかり。それからあなたがたは、いわば、死んで、そしてまた生きかえった、でも死んでいる間は、なにか……こう……おもしろおかしく仕組まれたようね。彼がどんなふうにやったのか知りたいものね。あれはブレーンのとんでもない悪ふざけだけれど、危害を及ぼすつもりはなかった」

「危害がない！」とドノヴァンがどなった。「あのはしっこい小わっぱに首があったら、へしおってくれるのに！」

ラニングがなだめるように手をあげた。「まあまあ、人騒がせなことだったが、とにかくもうすんだことだ。ところでこれからどうする？」

「そうですね」とボガートが静かに言った。「はっきり言ってスペース＝ワープ・エンジンの改良はわれわれの手に委ねられています。ジャンプのあのインターバルをうまく避ける方法がなにかあるにちがいない。もしあるとすれば、わが社は、大型のスーパー・ロボットをもつ唯一の事業体ですからな、それを見つけるのは必ずわれわれです。そして、U

Sロボット社は星間旅行を達成し、人類は、銀河帝国を築くチャンスをにぎるのです」

「合同ロボット社のほうはどうする？」とラニングが訊いた。

「ちょっと」とドノヴァンがだしぬけに口をだした。「提案があります。やつらは、わが社にとんだ騒ぎをもちこんだんです。もっとも、彼らの期待どおりのひどい混乱はおこらず、状況は好転しちまったわけですが、やつらの意図はけしからんですよ。グレッグとぼくがその大部分をひっかぶったんです。やつらは解答をほしがっていた、そしてそれは得られた。あの船をやつらのところへ送ってやりましょう、保証付きで、そうすりゃ、わが社は二十万ドルと建造費を頂戴できるって寸法ですよ。それでやつらがあの船をテストすりゃあ――ブレーンに、正常に戻るまえにもう一度、ちょっとした楽しみを味わわせてやれるという寸法です」

ラニングが重々しく言った。「それはなかなかけっこうな考えだ」

それに加えてボガートがぼんやりと言った。「厳密に契約書どおりですしね」

8　証　拠

Evidence

「でもどちらもどうでもよかったんです」とキャルヴィン博士はもの思いに沈んだように言った。「ええ、結局ね、あの船も、あのたぐいのほかの船も政府の所有に帰してしまいました。超空間ジャンプの方法は完成し、今ではごく近い恒星の惑星上に人類の植民地が建設されている、でもそんなことはどうでもよいの」

わたしは、食事を終え、タバコをふかしながら彼女を見守った。

「ほんとうに重要なのは、ここ五十年間にこの地球上の人々の身に起こったことですよ。わたしが生まれたときはね、あなた、ちょうど最後の世界大戦を切り抜けた年だったの。史上最悪の時期でしたね――でも国家主義終焉の時でもありました。地球は多くの国家にとってあまりにもせますぎた、そこで国家が統合して地区というものに生まれかわっていった。だいぶ年月がかかったけれど。わたしが生まれたときはアメリカ合衆国はまだ一国家で、いまのように北部地区のわずかな一部ではありませんでした。もっとも会社の名前は今でも合衆国《ユナイテッド・ステーツ》ロボットですけれど。国家から地区への変革は、経済の安定をもたらし、今世紀を前世紀と比較するとき、黄金時代ともいえる繁栄をもたらしたのですが、それもまたロボットたちによってもたらされたものです」

「マシンのことですね」とわたしは言った。「さきほどのお話のブレーンは最初のマシンだったんでしょう?」

「ええ、そうなの、でもわたしが思いだしているのはマシンのことじゃないんです。むしろ一人の人間のことです。去年亡くなりましたが」突然声音《こわね》に深い悲しみがにじみでた。「いえ、すくなくとも、彼は死ぬ手はずをととのえた。われわれがもはや彼を必要としないのを知って。――スティーヴン・バイアリイ」

「ええ、彼のことだろうと思いました」

「彼は二〇三二年にはじめて公職につきました。あなたは、そのころはまだほんの子供だったでしょう、だからあの奇妙ないきさつはおぼえていないでしょうね。市長選における彼の選挙運動は史上まれにみる奇怪なものでした――」

＊

フランシス・クインは、新しいタイプの政治家だった。むろん、これは、この種の表現の例にもれず、無意味な表現である。現存する〝新政派〟なるものの大部分は、いにしえのギリシアの社会生活をそのまま写したものであるし、またおそらく、われわれがさらにくわしく歴史を知るならば、往古のシュメールにおける社会生活、そして先史時代のスイスの湖上住居社会を写していると言えるかもしれない。

しかし、ここで、退屈で、ややこしい前口上になる恐れを避けるためには、クインが、立候補もせず、票集めに奔走するでもなく、演説も行なわず、投票箱に票を詰めこみもしなかったという事実を早急に述べておいたほうが、賢明かもしれない。ナポレオンが、アウステルリッツで、銃の引き金を引かなかったのと同じように自らはなにもしなかったのである。

そして政治というものは、奇妙な協力者を生みだすもので、アルフレッド・ラニングが、デスクの向かい側にすわっていた。たけだけしい白い眉がおおいかぶさる眼には持ち前の性急さがぴりぴりとあらわれている。彼はよろこんではいなかった。

その事実は、たとえ感づいていたとしても、いささかもクインを困惑させはしなかった。愛想のいい声だったが、おそらく職業柄そうなるのだろう。

「スティーヴン・バイアリイをご存じだと思いますが、ラニング博士」

「噂には聞いています。知っている人は多いでしょう」

「まあ、わたしもその一人でして。おそらく次の選挙には彼に投票なさるおつもりでしょうな」

「それはどうですか」その口調にはまぎれもない苦々しいひびきがあった。「政治の動向には疎いものだから、彼が立候補しているとは知りませんでね」

「彼は次期市長になるかもしれんのです。むろん、現在は一介の法律家にすぎないが、樫の巨木もはじめは小さなどんぐり――」

「ああ」とラニングがさえぎった。「そういう言いまわしは聞いたことがありますが。ところで当面の用件にとりかかってはいかがでしょう」

「まさに用件にとりかかっておりますよ、ラニング博士」クインの口調はきわめて物柔らかである。「バイアリイ氏には、せいぜい地方検事の地位にとどまっていただくほうが、わたしのためでもあり、またそうすることに手を貸してくださることが、ひいては博士のためにもなるんですよ」

「わたしのためですと？　ほほう！」ラニングの眉がひそめられる。

「いや、それでは、USロボット&機械人間株式会社の利益のため、と申しあげましょうか。わたしは、研究所名誉所長としての博士にお話しにまいったのです。というのは、彼らに対する博士の立場は、つまり、〝元老〟のようなものですからな。博士のお言葉は敬意を持って耳を傾けられるし、しかも大幅に行動の自由がないというほど、もはやあなたと彼らの関係も緊密ではない。たとえその行動がいくぶん型破りであっても」ラニング博士はしばらく沈黙して、じっと考えこんだ。彼はいっそう穏やかに言った。「なんのことやらさっぱりわかりませんな、クインさん」

「ごもっともです、ラニング博士。しかし、これはごく簡単なことなんです。かまいませんか？」クインは渋好みのライターで、細いタバコに火を点じた。骨ばった顔が、ひそやかな楽しみにふけるような表情をうかべた。「われわれはバイアリイ氏について話しているんです――奇妙な、生彩のあるキャラクターですよ。三年前までは、無名の人間だった。いまやすっかり有名になっている。力と才能の持ち主ですからな。たしかに、わたしがこれまで知っておるうちでも、もっとも有能で頭の切れる検事です。遺憾ながら、彼はわたしの友人ではありませんが――」

「なるほど」とラニングは機械的に言った。そして指の爪をじっと見つめた。

「わたしはたまたま」とクインはよどみなく言葉をついだ。「昨年、バイアリイ氏を――きわめて徹底的に――調査する機会を得ましてね。ご承知のとおり、革新政治家たちの過去の生活を根ほり葉ほり調査させてみるのも、なかなか役に立つものでして。そりゃあ、よく役に立ちますからねえ――」彼は口をつぐみ、タバコの赤い火を見つめておもしろくもなさそうに笑った。「しかしバイアリイ氏の過去には、特筆に値するものはない。小さな町での平穏な生活、大学教育、早死にした妻、重傷を負った自動車事故、法科大学院、首都に出る、検事」

フランシス・クインはゆっくりと頭を振りながら、こうつけくわえた。「しかし彼の現在の生活は、ですな。まことにもって驚くべきものがある。わが地方検事どのは、ものを食ったことがない！」

ラニングの頭がびくっと上がって、老いの眼が驚くほど鋭い光を放った。「なんですと？」

「わが地方検事どのはものを食ったことがないのです」くりかえされた言葉は、音節ごとに強調された。「もう少し言いなおしましょう。彼が、ものを食っているところや飲んでいるところをだれも見た者がいない。一度たりと！　この言葉の意味がおわかりですか？　めったにないのではなく、まったく見た者がいないのです！」

「とても信じられませんな。調査した人間は信用できるのかな？」

「調査員は信頼できます。それにわたしはそれが信ずべからざることだとは思わんのです。そのうえわが検事どのが、飲む——アルコール分だけじゃなく、あらゆる水分というものを——飲むところを見た者もいないし、眠っているところを見た者もいない。ほかにも、いろいろ指摘できる点はありますが、これだけで言わんとするところはおわかりいただけると思います」

ラニングは椅子の背に寄りかかった。二人のあいだには、挑戦と、それを受けて立つ、火花の散る沈黙があったが、やがて老ロボット学者はかぶりを振った。「いや。あなたが仄めかそうとされていることはひとつしかない、あなたのおっしゃることと、あなたがいま示された事実を結びつけるとなると。しかし、それはありえない」

「しかし、あの男はまったく非人間的ですよ、ラニング博士」

「彼が仮面をかぶったサタンだとおっしゃるなら、まあ、あなたを信用しないでもないが」

「いいや、彼はロボットです、ラニング博士」

「いいや、それはまったくありえない着想です、クインさん」

ふたたび闘争的な沈黙。

「それはそうでしょうが」とクインは入念にタバコをもみけす。「そのありえないことを、博士の会社のあらゆる手段を講じて調査していただかねばなりません」

「そんなことはお引き受けいたしかねますな、クインさん。わが社が地方政治に一役買って出るなどと、まさか本気でおっしゃっているわけではありますまい」

「選択の余地はありませんぞ。万一この事実を、わたしが確証もなしに公表してごらんなさい。これはあくまでも情況証拠ですからな」

「まあ、その点はご随意に」

「しかし、それでは当方の都合が悪い。証明することが、はるかに望ましいのです。それに、あなたのほうにもご都合がお悪いでしょうからな。これが公表されれば、あなたの会社は多大なダメージをこうむりますぞ。あなたは、人間居住区におけるロボット使用を禁ずる厳重な法規をご存じだと思いますが」

「知ってますとも！」——とそっけない返事。

「USロボット＆機械人間株式会社は、太陽系における陽電子ロボットの唯一の製造業者だ。そしてもしバイアリイがロボットだとすると、とうぜん彼は陽電子ロボットですな。陽電子ロボットは、賃貸契約であって、売却されるものではないということ、つまり会社は各ロボットの所有者であり、監督者であり、しかるがゆえに、ロボットのあらゆる行動には責任があるということはおわかりでしょうな」

「わが社が人《ヒューマノイド》型ロボットを決して生産したことはないという事実を立証するのは、たやすいことですよ、クインさん」

「作ることはできますか？　単に可能性を論ずるとして」

「ああ。できますよ」

「極秘裡に、はどうでしょう。社の記録簿に記載せずに」

「陽電子頭脳でなければの話です。あれには、非常に多くのファクターが含まれておりますし、厳重このうえない政府の監督の目が光っていますからな」

「なるほど、しかしロボットは、寿命もくるし、こわれもするし、調子も悪くなる——そして分解される」

「そして陽電子頭脳は、再使用されるか破壊されるかどちらかです」

「ほんとうですか？」フランシス・クインは、皮肉な調子で言った。「万一それが、偶然にですよ、むろん、破壊されなかったとしたら——そして、たまたま頭脳を待っているヒューマノイドの骨格があったとしたら」

「ありえない！」

「あなたはいずれそれを政府や公衆に対して証明しなければならないでしょう、だからいまわたしにそれを証明してみせてくだすってもいいでしょう」

「しかし、どんな目的があるというんです？」とラニングは苛立たしげに問いただした。

「動機はいったいどこにあるのです？　われわれとても、最低限の常識ぐらいありますからね」

「まあまあ、そうおっしゃらずに。あなたの会社は、さまざまな地区が、人間の居住区でヒューマノイドの陽電子ロボットを使うことを許可してくれるなら、ほくほくよろこぶんじゃありませんか。その利益たるや莫大ですからね。しかし、いざそれを実行に移すとなると、それに反対する社会的偏見は、きわめて強い。かりにまず、社会をしてそのようなロボットに慣れさせるとしますよ——ね、ここに練達の法律家、有能なる市長がいる——

そして彼はロボットである。ひとつ、わが社のロボット執事をお買い求めいただけませんか？」

「まったく根も葉もない話だ。おかしいのを通りこしてばかばかしい」

「そうでしょうな。なぜいまそれを証明なさらんのです？　それともむしろ公衆にそれを証明したほうがいいとお思いですか？」

オフィスは薄暗くなっていたが、アルフレッド・ラニングの顔にまざまざとうかんだ焦慮の色を包みかくすほど暗くはなかった。そろそろと、ロボット学者の指がノブに触れると、壁の照明が静かな光を放ちはじめた。

「まあ、それでは」と彼はつぶやいた。「考えさせてもらいましょう」

スティーヴン・バイアリイの顔は、なかなか描写しにくい顔である。出生証明書によれば四十歳、外見も四十歳であった――だがそれは健康で栄養のいきとどいた好人物の四十歳の外見、〝年相応の容姿〟という表現から月並みという臭味を抜きとったような感じだった。

それは彼が笑うといっそうはっきりする。そして彼はいま笑っている。大声でいつまでも笑いつづける、ちょっととぎれては、また笑いだす――

そしてアルフレッド・ラニングの顔は、かたくこわばって苦々しい不満を露骨に示した。

かたわらの婦人にちょっと肩をすくめてみせるが、婦人の血の気の失せた薄い唇は、わずかにすぼまったにすぎない。

バイアリイは、息を切らしながら笑いをおさめて言った。

「まさか！　ラニング博士……まさか――わたしが……このわたしが……ロボットだなどと？」

ラニングはぴしゃりと叩きつけるように言った。「これはわたしが言ったのではありません。わたしとしては、あなたが人類の一員であってくだされば、それでじゅうぶん満足ですよ。わが社はあなたを製造したおぼえはないのだから、あなたが人間であることに間違いはない――少なくとも、法律的な意味において。ところが、あなたがロボットであるという主張が本気で当方に持ちこまれているのです、さる地位の方から――」

「その名をおっしゃるな、もしそれが、博士の、論理という堅固なとりでをちょっとでも損なうようなことがあってはいけませんから。しかし議論を進めていくうえで、それはフランシス・クインであると仮定しましょう、さあ、その先を」

ラニングは、話の腰を折られてはげしく鼻を鳴らし、いまいましそうに口をつぐんだが、やがて前よりいっそうひややかに言葉をついだ。「――さる地位の方からだが、その人物の正体を当てる遊戯なんぞにわたしは興味はない、とにかく反証をあげることにご協力を願わねばならない。このような主張が持ちだされ、本人の意のままに公けにされうるという事実だけでも、わたしの代表しておる会社にとって致命的な打撃になるのです——たとえ、その告発が、決して立証されないにしてもだ。おわかりでしょうか？」

「ええ、ええ、お立場はよくわかります。告発自体はばかげています。しかし、博士の置かれている立場はそうじゃあない。笑ったりしてお気にさわったら、お許しください。わたしが笑ったのは前者に対してであって、後者ではないんです。どのようにしてご協力すればよいのでしょう？」

「ごく簡単でしょう。ただ、レストランで、立ち会い人ともどもテーブルにつき、写真を撮らせ、食事をしてくだされればよろしい」ラニングは椅子によりかかった。会見の最悪の山場は過ぎたのである。かたわらの婦人はバイアリイを、みるからに熱心な表情で見守っていたが、彼女自身の意見はなにひとつ述べなかった。

彼女と一瞬視線があったスティーヴン・バイアリイは、その眼に惹きつけられていたが、ふたたびラニングのほうを向いた。しばらくのあいだ彼の指は、机の上の唯一の装飾であるブロンズの文鎮の上にじっとのっていた。

ラニングが静かに口を開いた。「無理にとは申しあげられませんが」

バイアリイは手を上げた。「ちょっとお待ちください、ラニング博士。この問題全体は博士にとってうとましいものであるにもかかわらず、ご意志に反して余儀なく巻きこまれ、しかも威厳にかかわる阿呆らしい役割を演じられることを苦々しく感じておられる事実は、わたしにもよくわかっております。そうは言っても、問題はわたし自身にとってきわめて密接なかかわりをもつものですから、どうぞご容赦ください。第一に、クインが――その、さる地位の人間とやらが――あなたを欺《あざむ》いているのではないとどうしてお考えなのですか、あなたにこのようなことをさせるために」

「ああ、高名な方々は、自分の立場は安全だという確信がなければ、こんなばかげたやり方で危ない橋を渡ったりはしないものです」

　バイアリイの眼は笑っていなかった。「クインをご存じないのだ。あの男は、ロッキー山羊だって手に負えないようなせまい岩棚にさえ安全な足場をこしらえてしまうんです。おそらく、彼は、わたしについて行なったという調査の詳細をお話ししたんでしょうね？」

「話を聞いたところでは、それについてわが社が反証を上げるとなるとたいへん厄介なことのようだ、あなたならもっと簡単に反証が上げられるのに」

「するとわたしがものを決して食べないという彼の言葉をお信じになるんですね。あなたは科学者です、ラニング博士。どんな論理が使われているか考えてください。つまり、わたしは食べているところをひとに見られたことがない、それゆえわたしは決して食べない、証明終わり《Q　E　D》。とどのつまりは！」

「あなたは検察側の戦術を使って、まったく単純である事態をわざわざ混乱させようとしておられますな」

「めっそうもない、あなたとクインのあいだで、非常に複雑にしてしまったことを明快に説明しようとしているのです。わたしの睡眠は多くはない、それは事実だ、たしかにわたしは人前で眠ったりはしない。他人といっしょに食事をしたいと思ったこともない――性格的に異常な、おそらく神経症的な特異体質なんでしょうな、しかし、そのために他人に迷惑をかけることはない。ねえ、ラニング博士、ひとつ、ある仮定のケースをごらんにいれましょう。ここにひとりの政治家がいる、革新候補を是が非でも倒したいと念じている、そして候補者の私生活を洗っていくうちに、いま述べたような数々の奇行に出くわしたとしましょう。

そうして彼は候補者に効果的な汚点をあたえるために、あなたの会社を理想的な仲介人と見なしてやってきたとする。そして彼がこう言ったとしますよ、〝だれそれはロボットである。なぜなら彼は、人前でめったに食事をしたことがないし、彼が、裁判の途中で居眠りしたのを見たこともない。しかもいつか、彼の家の窓を真夜中に覗きこんでみたが、彼は起きて本を読んでいた。冷蔵庫の中を調べてみたが、食料はまったく入っていなかった〟と。

もし彼がそう言ったとしたら、あなたはきっと狂人拘束服を取りよせるでしょうね。しかし、もし彼が〝あの男は決して眠らない、決して食べない〟と言ったとしたら、その言葉のショックであなたは、かかる申し立ては立証不可能であるという事実が見えなくなってしまう。こんな騒ぎに加担すれば、彼の思うつぼですよ」

「この問題を」とラニングは居直った態度で口を開いた。「あなたが本気で受けとめるか否かにかかわりなく、いま申しあげたように食事をしてくだされればそれで万事片がつくんですぞ」

ふたたびバイアリイは、自分をまだ無表情に眺めている婦人をかえりみた。「恐縮ですが、お名前を正確にうかがいましたでしょうか？　スーザン・キャルヴィン博士ですね？」

「そうです、バイアリイさん」

「USロボット社の心理学者でいらっしゃる？」

「ロボ心理学者とおっしゃって」

「はあ、ロボットは心理面で人間と大きな相違があるのですか？」

「きわめて大きな相違がありますよ」彼女はひややかな笑いをうかべた。「ロボットは本質的に慎み深いものです」

法律家はおかしそうにちょっと口もとをゆがめた。「いやあ、こいつは手厳しい。しかし、わたしが申しあげたいのは、こういうことなんです。あなたは心理――いやロボ心理学者であり、しかもご婦人でいらっしゃるので、きっとラニング博士が考えつかないようなことを、お考えになっているはずだ」

「いったい、なんのことかしら？」

「バッグのなかになにか食べるものを入れておいででしょう」

スーザン・キャルヴィンの、熟練者のひややかな目つきのなかになにかが閃いた。彼女は言った。「これは驚きました、バイアリイさん」

それからバッグの口を開けてりんごを取り出した。静かにそれを彼の手にわたした。ラニング博士は、最初の驚きが過ぎさると、りんごが手から手へ移るゆっくりした動きを、鋭い敏捷な眼で追った。

スティーヴン・バイアリイは落ち着きはらって、そのりんごをかじり、平然とそれを呑みこんだ。

「どうです、ラニング博士？」

ラニング博士は、その眉が慈悲深く見えるような安堵の色をうかべて微笑した。ほんの束の間の安堵。

スーザン・キャルヴィンは言った。「あなたがそれを食べるかどうか興味があったんです。けれど、もちろん、この場合、それはなんの証明にもなりませんね」

バイアリイはにっこり笑った。「そうでしょうか？」

「そうですとも。これははっきり言えますね、ラニング博士、この方がヒューマノイド・

ロボットだとしたら、人間の完璧なイミテーションですね。なんだか人間的すぎて信じられないくらいです。けっきょく、わたしたちは、生まれおちたときから人間を見、観察しつづけてきたんですものね、ちょっとしたごまかしでわたしたちを欺くのは不可能です。なにからなにまでそっくり本物でなくちゃなりません。皮膚の感触、虹彩のできぐあい、手の骨格などをごらんなさい。もし彼がロボットなら、USロボット社の製品だと思いたいくらい、じつに優秀な製品です。こんな微妙な点にまで気を配れる人間が、食べたり、眠ったり、排泄したりするような機能を果たすための少しばかりの装置を忘れるとお思いになります？　装置といってもおそらく、非常時用に使うだけでしょうけれど。たとえば、ここで起きたような事態を防ぐためのね。ですから食事をとったからといって、じっさいなんの証拠にもならないんです」

「まあ待ちたまえ」とラニングは噛みつくように言った。「わたしは、あなたがたが考えているほどばかじゃない。わたしは、バイアリイ氏が人間か非人間かという問題に興味はないのだ。ただ、わが社を窮境から救いだしたいだけですよ。衆人環視の中で食事をしていただければ、問題は片づくのだし、これから先クインがどんな行動に出ようと、この問題が再燃する気づかいはないのだ。あとのこまごましたことは弁護士やロボ心理学者たちにまかせておけばいい」

「しかし、ラニング博士」とバイアリイが言った。「あなたは、この状況の政治的意義を失念しておられます。わたしは、ぜひとも当選したいんです、クインがぜひともわたしの当選を阻止したいのと同様に。ところで、博士はとうとう彼の名前をおっしゃいましたね。このわたしもよく使ういかさまな、けちな手ですな。いずれおっしゃるだろうとはわかっていましたがね」

ラニングは顔を赧《あか》らめた。「選挙が、これとどうかかわってくるのですか？」

「宣伝には、二様の働きがあります。もしクインがわたしをロボットと呼びたいのであれば、そうする勇気があるというのであれば、わたしにも彼の流儀で応ずる勇気はありますよ」

「というと、あんたは――」とラニングは驚きをあらわにした。

「そのとおり。彼にこのままやらせて、みずから綱を選ばせ、その強度を試させ、しかるべき長さに切断させ、輪を結ばせ、首をつっこませ、にやりとさせる。あとはこちらがほんのちょっと必要なことをしてやればいい」

「自信たっぷりだ」

スーザン・キャルヴィンが立ちあがった。「さあ、アルフレッド、彼の決心を変えさせるのはよしましょう、彼のためにも」

「おわかりですね」バイアリイはおだやかに笑った。「あなたは人間の心理学者でもいらっしゃる」

しかし、その夜、バイアリイの車が沈床式ガレージに通ずる自動軌道の上に停まったとき、ラニング博士が指摘したあの自信はいくぶん影をひそめていた、そしてバイアリイ自身は、家の玄関へ続く小道を横切っていった。

車椅子にすわっていた人物は入っていった彼をふりあおいでほほえんだ。バイアリイの顔が愛情にあふれ、輝いた。彼はつかつかと近づいた。

体の不自由なその人の声は、耳ざわりなしゃがれ声で、片側に永久にひきゆがんでしまった口から洩れてくる。その口は、半分は瘢痕組織になってしまった顔の意地悪い目のように見えた。「遅かったね、スティーヴ」

「ええ、ジョン、そうなんです。でも、今日はじつに奇妙なおもしろい事件に出くわしたのです」

「ほう？」引き裂かれた顔も潰れた声も、なんの感情も伝えることはできないが、澄んだ眼には懸念の色がうかんだ。「きみの手に負えないものはないはずだろう？」

「どうも確信がないんです。あなたの助言が必要かもしれません。あなたは、一族中ではずばぬけた才能の持ち主ですからね。庭へ出してあげましょうか？　気持のいい晩ですよ」

二本の強靭な腕がジョンを車椅子から抱きあげた。優しく、まるで愛撫するように、バイアリイの腕はその肩をかかえ、布にくるまれた不自由な足をかかえた。そして、用心深くゆっくりと部屋を横切り、車椅子のために作られたゆるい斜道を下って、裏口から家の裏手の、塀と鉄条網をめぐらした庭へ出た。

「どうして車椅子を使わせてくれないのかね、スティーヴ？　ばかばかしいじゃないか」

「わたしの手でお運びしたいので。おいやですか？　あなたはあの電動式の車椅子から、しばらくでもはなれられるのを喜ばれますし、わたしは、あなたがそとに出ておられるのを見るのが嬉しいのですから。今日はご気分はいかがです？」彼はジョンをひんやりとした草の上に、注意深く、そっとおろした。

「どんな気分なんだろうねえ？　ところで、きみの心配というのを話しておくれ」

「クインの選挙運動の旗印は、わたしがロボットであると主張することなんですよ」

ジョンの眼が大きく見ひらかれた。「どうしてそんなことがわかるというんだ？　ありえないことだよ。ぼくは信じないぞ」

「ああ、いや、ほんとなんです。彼は、USロボット&機械人間株式会社の大物の科学者の一人をわたしと議論させるために、事務所へよこしたのです」

ジョンの手がゆっくりと草をむしった。「なるほど、なるほど」

バイアリイは言った。「だが彼の好きなようにやらせておけばいいんです。わたしに考えがあります。ひとつわたしの話を聞いて、われわれにできるものかどうか教えてくれませんか——」

その夜アルフレッド・ラニングのオフィスに現出した光景は、さながら睨みあいの図であった。フランシス・クインはアルフレッド・ラニングを瞑想にふけるかのごとく凝視していた。ラニングの視線はスーザン・キャルヴィンの上に荒々しく向けられ、彼女は彼女でクインを無表情に見つめていた。

フランシス・クインが快活さを装いながら沈黙をやぶった。「はったりだ。そうやって協力しながら、取り入るつもりだ」

「あなたは、賭けるおつもりですか、クインさん？」とキャルヴィン博士が冷然と尋ねた。

「いや、これはあなたがたの賭じゃありませんか」

「さあさあ」とラニングは騒々しく言って、悲観の色を押しかくした。「われわれは、あなたが要求されたことをやりました。あの男が食べるところをわたしたちは見たんですよ。彼をロボットだと考えるのはばかげている」

「あなたもそう思われますか？」クインはキャルヴィンに向かって質問した。「ラニングの話では、あなたは専門家でいらっしゃるそうだが——」

ラニングは脅すように言った。「ああ、スーザン——」

クインはたくみにさえぎった。「なぜ彼女に話させないのです？　門柱のように半時間もすわったきりじゃありませんか」

ラニングは困惑しきっていた。このときの気分はほんもののパラノイアへあと一歩というところだった。彼は言った。「よろしい。話したまえ、スーザン。口出しはしない」

スーザン・キャルヴィンは彼をおもしろくもなさそうにちらりと見やり、それから冷たい視線をクイン氏に向けた。「バイアリイがロボットであることを確実に証明する方法はたった二つしかありません。これまでのところあなたは情況証拠を示しておられる、それによって告発はできても、立証することはできません――バイアリイ氏はたいへん利口なひとですから、その種のものは論駁するでしょう。たぶんあなたもそうお考えになったのでしょうね、さもなければ、わざわざここまでお越しにはなりますまい。

証明の二つの方法というのは、肉体的なものと心理学的なものです。肉体的には彼を分解するか、X線を使用すればよろしい。いかにそれをやるかは、そちらの問題です。心理学的には、彼の行動を調べればよろしい、彼が陽電子ロボットだとすれば――ロボット工学の三原則に従うはずです。陽電子頭脳はこの原則なしには作ることができません。ロボット工学三原則はご存じですわね、クインさん？」

彼女は、注意深く、明快に、『ロボット工学ハンドブック』の第一ページのかの有名なゴチック体の活字を一語、一語引用した。

「聞いたことはあります」とクインはうかつに言った。

「それならよくおわかりでしょう」と心理学者はひややかに言った。「もしバイアリイ氏が、三原則のどのひとつでも破ったとしたら、彼はロボットではありません。しかし、残念ながら、この方法は、一方にしか通用しないんですよ。もし彼がこれらの原則に従って生活しているとしても、いずれにしろ、それはなにも立証しません」

クインは上品な眉をあげた。「なぜです、博士？」

「なぜならば、ちょっとお考えになればおわかりのはずですが、ロボット工学三原則は、世界の倫理大系の大多数の基本的指導原則だからです。むろん、人間だれしも自己保存の本能は有していると考えられています。それは、ロボットにとっては原則の第三条にあてはまります。また、社会的良心や責任感をもつ〝善良なる〟人間はだれしも、正当なる権威には従うものです。医者、上司、政府、精神分析医、同僚などの言葉に耳を傾けます、法律に従い、規則にのっとり、習慣に準じます――たとえそれらが、安楽や安全を脅かすときでさえも。それは、ロボットにとっては第二条にあてはまるものです。また〝善良なる〟人間は、自分と同様に他者を愛し、仲間を守り、おのれの生命を賭してひとを救うものです。これはロボットにとっては第一条にあたります。要するに――もしバイアリイがロボット工学の原則のすべてに従う場合、彼はロボットであるかもしれないし、また単にきわめて善良な人間であるかもしれないのです」

「とすると」とクインは言った。「彼をロボットだと証明することはまったく不可能だとおっしゃるんですな」

「ロボットではないと証明することはできるかもしれませんね」

「それは、わたしが欲する証拠ではない」

「いずれご都合のいい証拠が存在することになるんでしょうね。まあ、ご自分の欲しいものに責任をとるのはあなたなんですから」

このときラニングの頭に、ぱっと閃くものがあった。

「だれも気づかなかったんですかね」と彼は歯がみをして言った。「地方検事という職業は、ロボットには奇妙な職業だということに？　人間を告発し――彼らに死刑の判決をあたえ――彼らに計りしれない危害をもたらす――」

クインはにわかに熱意を示した。「いや、そんな逃げを打ってもだめです。地方検事であることが、人間であることの証明にはならんのだ。彼の裁判記録をご存じないのですか？　彼は無実の人間をぜったいに訴追しなかったというのがご自慢なのをご存じないのですか？　被告に対する反証が満足すべきものでないという理由で未審理になっている件がごまんとあるのを、彼が、陪審員を説得して彼らを原子に還元させてしまえる場合にもですよ。たまたまそういうふうになるんです」

ラニングのこけた頬が痙攣した。「いや、いや、クイン。ロボット工学の原則には、人間の罪を裁量するようなものは含まれてはおらん。ロボットは、人間が死に値するかどうか裁いてはならないのだ。それを決定するのはロボットではない。ロボットは人間に危害を加えてはならない――卑劣なやつにも、天使のようなひとにも、だ」

スーザン・キャルヴィンがものうげな声で言った。「アルフレッド、ばかなことをおっしゃらないでください。もしロボットが、人のいる家に放火しようとしている狂人に出会ったとしたらどうします。彼は狂人を止めるでしょうね？」

「もちろんだ」

「そしてもし、狂人を押しとどめる唯一の方法が、殺すことだとしたら――」

ラニングの喉が微かな音をたてた。が、それだけだった。

「それに対する答えは、アルフレッド、彼は狂人を殺さないように最善をつくすだろうということです。もし狂人が死ねば、ロボットは精神療法が必要になるでしょうね、あたえられた矛盾の前に、たちまち気が変になるかもしれませんから――より高尚な見地から、第一条を守るために第一条を破ったという矛盾ですね。しかし人間は死ぬかもしれない、ロボットが彼を殺したのかもしれない」

「それじゃあ、バイアリイは狂人なのか？」とラニングはあらんかぎりの皮肉をこめて詰めよった。

「いいえ、でも彼は自分の手で人間を殺したことはありません。彼は単に、ある特定の人間が、わたしたちが社会とよぶほかの大多数の人間の集団にとって、危険な存在であるという事実を暴露してきたんです。彼は大多数の人間を守っている、かように彼は最大限に第一条を固守しているわけです。彼にやれるのはここまでです。陪審員が被告の無罪か有罪かを決定したのち、死刑か懲役かの判決を下すのは判事です。罪人を収監するのは看守であり、殺すのは死刑執行人です。そしてバイアリイ氏は、なにが真実かを見きわめ、社会に寄与する以外のなにごとをも行ないませんでした。

じつを申しあげると、クインさん、わたしは、あなたがはじめてこの問題を持ちこまれたとき、バイアリイ氏の経歴をくまなく調査したんです。彼は陪審員に対する最終論告において、死刑を求刑したことは一度もありませんね。また彼は極刑の廃止を提唱していますし、犯罪者の神経生理学を扱う研究機関に莫大な寄付もしています。明らかに、犯罪は罰するものというよりは、矯正するものと信じているのですね。これは暗示的ですね」

「そう思われる？」クインはほほえんだ。「ロボットらしさを示唆していると、おそらく？」

「おそらく？　なぜそれを否定なさるのです？　彼が取っているような行動は、ロボットか、あるいは、人格高潔な人間のみがとれるものです。しかしです、ロボットと完全無欠な人間を見分けるのは不可能ですね」

クインは椅子によりかかった。その声はいらだちで震えていた。「ラニング博士、外見は人間そっくりのヒューマノイド・ロボットを作ることは可能なんでしょう？」

ラニングは、咳ばらいをして考えこんだ。「USロボット社で試作されたことはあります」と彼はしぶしぶ言った。「ただし、むろん、陽電子頭脳は使わずに。人間の卵子とホルモン・コントロールによって、人間の皮膚と肉を、多孔質のシリコン・プラスチックの骨格の上に生育させることができますが、そうすると外観上の識別はまったく不可能になる。眼も髪も皮膚もまったく人間のものであって、人間そっくりというのではない。そしてそれに陽電子頭脳や、体内に必要ないくつかの装置を取りつければ、ヒューマノイド・ロボットが完成するわけですな」

クインは簡潔に言った。「作るのにどれだけの日数がかかりますか？」

ラニングは考えた。「あらゆる装備――電子頭脳、骨格、卵子、適当なホルモンと放射エネルギー――が揃っているとして、そう二カ月ですな」

政治家は体を起こした。「それじゃあ、われわれはバイアリイ氏の体の中がどんなふうになっているか調べればいい。これはUSロボット社にとっては逆宣伝になるだろうが――しかし、あなたがたに一応の機会はあたえてさしあげましたからな」

ラニングは、スーザン・キャルヴィンと二人きりになると、彼女のほうをもどかしそうにふりかえった。「なぜ、あんたは主張するんだ、あんな――」

すると彼女は反感をあらわにして、すかさず鋭く応じた。「どちらをお望みなんでしょう——真実か、わたしの辞職か？　あなたのために嘘をつくのはいやです。USロボット社は、これぐらい切り抜けられるはずです。卑怯な真似はなさらないでください」

「それじゃあ」とラニングは言った。「もし彼がバイアリイの体を開け、歯車やギアが転がりだしてきたとしたら。そうしたらどうする？」

「バイアリイの体を開けるようなことはないでしょう」とキャルヴィンは軽蔑するように言った。「バイアリイは、クインに負けずおとらず賢い男ですから、少なくとも」

ニュースは、バイアリイの指名が行なわれることになっていた一週間前に、突如、市民の頭上におどりでた。いや〝おどりでた〟という言葉は適当ではない。市中によろめき出し、ふらふら歩きまわり、這いずりまわった。まず笑い声があがり、勝手な冗談がたたかれた。そしてはるかはなれたところにあるクインの手がゆっくりとその圧力をかけていくにつれ、笑い声はそらぞらしくなり、そしてなにか空疎な不安がしのびこみ、人々はとまどい、口をつぐむようになった。

党大会そのものが、動こうとしない種馬のようだった。もともと対立候補を立てる計画はなかった。ただバイアリイは、一週間前に指名されていてもよかったのだ。いまでさえ彼に代わる人物はいなかった。というわけで、彼らはやむなく彼を指名しなければならなかったが、それについては非常なとまどいがあった。

もし告発が真実であれば、その極悪非道さ、それが虚偽であれば、人騒がせな愚挙であるというこの二つのどちらが真相なのかと、大方の人たちが迷わなかったら、それほどひどい混乱も起きなかったであろうが。

バイアリイがお座なりの、熱意のない指名を受けた翌日――新聞がついに、〝ロボ心理学および陽電子頭脳工学に関する世界的権威〟スーザン・キャルヴィン博士との長いインタビューの要約を掲載した。

そこに現出したものは、簡潔平明に言えば、まさに地獄であった。

これこそ、根本主義者たちが待ち受けていたものだった。彼らは政党ではない。公認された宗教を装いもしなかった。本質的には、かつて原子力が目新しかったころ、原子力時代とかつて呼ばれたものに順応しようとしなかった人間たちである。じっさいはがつがつと生きつづける簡易生活主義者であるが、そういう生活を現実にしている人々から見れば、その生活はとても簡易な生活とは言えなかった。

根本主義者たちはロボットやロボット・メーカーたちを憎むのに、いまさら理由は要らなかった。しかしクインの告発やキャルヴィンの分析のような新たな論拠が出てくると、かかる憎悪を喧伝《けんでん》するには好都合であった。

USロボット&機械人間株式会社の巨大な工場は武装した守衛が群がって、さながら蜂の巣であった。会社は戦闘態勢を整えていた。

市内のスティーヴン・バイアリイの邸宅は、警官によって包囲されていた。

この政治運動は、むろんほかのあらゆる論点を見失い、指名と投票との間隙を満たすものであるという点においてのみ、選挙運動と類似していた。

スティーヴン・バイアリイはこううるさい男に、いたずらに悩まされるようなことはなかった。後につきそう制服警官の姿を見ても、悠然として取り乱すふうもなかった。家のそとでは、厳重な警戒陣の向こうに新聞記者やカメラマンがこの階級のしきたりに従って待機していた。ある仕事熱心な立体テレビ局では、検察官の簡素な邸のがらんとした玄関先にヴァイザー・スキャナーの焦点を合わせていたし、そのかたわらでわざとらしく興奮してみせているアナウンサーが、仰々しいコメントを入れている。

こううるさい男が進みでた。そしてなにやらごちゃごちゃ書かれた立派な紙を差しだした。

「これは、バイアリイさん、非合法の……うう……つまり、外見のいかんによらず、機械人間ないしはロボットが存在するかどうか……建物内を捜査する権限をわたしにあたえている法廷命令書です」

バイアリイは腰をうかして書類を受けとった。無造作に一瞥し、ほほえみながらそれを返した。

「すべて適正です。さあ、どうぞ。お仕事をなさってください。ミセス・ホップン」――

家政婦に声をかけると、彼女は隣室からしぶしぶと姿を現わした——「この方たちにお供して、できることがあれば手伝っておあげなさい」

ハロウェイという名のその小男は、もじもじしながら顔を赧らめたが、どうしてもバイアリイの眼をとらえることができないまま、二人の警官に「行こう」とつぶやいた。

彼は十分ほどで戻ってきた。

「すみました？」とバイアリイは、その質問にも答えにも特に興味はないというような調子で尋ねた。

ハロウェイは咳ばらいをして口を開いたが、それが間の悪い裏声だったので、怒ったように言いなおした。「さて、バイアリイさん、われわれの特別任務はお宅を徹底的に調査することでした」

「なさったのでしょう？」

「われわれは捜査すべきものをはっきり指示されています」

「それで？」

「つまり、バイアリイさん、ありていに申しあげると、われわれはあなたを調査するように命令されたのです」

「わたしを？」検事は大きな笑みをうかべた。「それで、いったいどんな方法で調査なさるおつもりですか？」

「透視放射線装置を用意しています――」

「では、わたしはX線写真を撮られるわけですね、ええ？　そんな権限があるんですか？」

「令状を見たでしょう」

「もう一度見せていただけませんか？」

ハロウェイはもう一度それをさしだした、その額がてらてら光っているのは単に熱心さのためばかりではなかった。

バイアリイは穏やかに言った。「あなたが捜査すべきものの品目を読みあげましょう。即ち、〝エヴァンストロン、ウィロウ・グローヴ三五五番地に所在せる、スティーヴン・アレン・バイアリイ所有の住居、ならびにガレージ、倉庫、別棟、およびそれに付帯せるいっさいの建造物、ならびにそれに付帯せるいっさいの土地〟……うむ……および、しかじか。まったく適正ですな。しかしですよ、これには、わたしの体内を調査する件に関してはなにも触れられてはいませんな。わたしは建物の一部ではありません。もし、わたしのポケットにロボットを隠しているとお考えなら、どうぞ服をお調べください」

ハロウェイは、だれのおかげでこういう仕事をしているかという点についてはいささかの疑いももたなかった。いままでよりはるかによい――つまりいままでより高給の――仕事にありつけるというチャンスを目の前にして、彼は後へ退こうというつもりはなかったのである。

彼は、どこやら、こけおどしのひびきの感じられる声で言った。「いいですか。わたしはあなたの住居の付属物、および住居内にあるいっさいのものを捜査する許可を得ている。あなたは住居内にいるじゃないですか？」

「驚くべきご意見だ。わたしはたしかにこの中にいる。しかしわたしは家具調度ではない。成人としての責任を有する市民として——わたしはそれを証明する精神科医の証明書を持っていますが——地方条令に保証された権利を有しています。わたしを調査することは、プライバシーの権利の侵害という項目に触れることになる。この書類では充分ではありません」

「たしかに、しかしもしあなたがロボットだとすれば、プライバシーの権利はない」

「ごもっとも——しかしそれでもこの書類では役に立ちませんよ。これは暗黙裡にわたしを人間と認めていますからね」

「どこがです？」ハロウェイは書類をひったくった。

「〝所有の住居〟云々《うんぬん》の箇所です。ロボットは財産を所有することはできない。あなたの上司にこうお伝えください、ハロウェイさん。もし彼が暗黙裡にわたしを人間と認めない、同じような令状を出そうとするならば、ただちに差し止め命令と民事訴訟に直面しなければならないだろうと、そして法廷において、現在彼が所有している資料だけで、わたしをロボットであると証明しなければならない羽目に陥るか、さもなければ、地方条令に保証されたわたしの権利を不当に侵害しようとしたかどにより莫大な罰金を払うかのどちらかになるでしょうとね。そうお伝えいただけませんか？」

ハロウェイはドアのほうへ進んでいった。そしてふりかえった。「あんたはすご腕の法律家だ——」片手がポケットにつっこまれている。彼はしばらくそこにつったっていた。やがて外へ出ていき、いぜん手持ちぶさたなヴァイザー・スキャナーに向かって微笑をふりまき——新聞記者たちに手を振って叫んだ。

「諸君、明日はいいことがあるよ。冗談じゃなく」

彼は地上車に腰を落ち着けると、ポケットから小さな機械を取りだして注意深く点検した。X線照射による写真を撮るのははじめてのことだった。ちゃんと撮れていればいいがなと彼は思った。

クインとバイアリイは、一対一の差しむかいで会ったことはない。しかし、テレビ電話は、かなりそれに近いものだった。事実、字義どおりに解しても、おそらくそれは正しいだろう。たとえたがいの姿が、ブラウン管の明暗のパターンでしかないとしても。

電話をかけてきたのはクインだった。最初に格別な挨拶もなく、口を開いたのもクインだった。「あんたが知りたがっているだろうと思ってね、バイアリイ。あんたが透視放射線を防ぐ保護物を着けているという事実を、わたしは公表するつもりなんだ」

「そうですか？ それならば、おそらくすでに発表なさったのではありませんか。仕事熱心な新聞社の代表の方々が、長時間にわたって、わたしのさまざまな通信線を盗聴していたように思われますが。わたしのオフィスに通じる通信線は穴だらけです。それで、わたしは、ここのところずっと、家に引きこもっているのです」バイアリイは親しげで、ほとんど打ちとけてさえいた。

クインの唇が微かにひきしまった。「この電話は防護されている――完全に。ある個人的な危険を冒して、そうしているのだ」

「そうでしょうとも。あなたがこの選挙運動の黒幕と知る人間はいないのだから。少なくとも公式にはだれも知らない。非公式には知らない人間はいませんがね。どうでもいいことです。それでわたしが防護物を着けているとおっしゃる？ それはおそらく、先だってやってきた、お宅のチビ犬のX線写真が露出オーバーと判明したからじゃありませんか」

「いいか、バイアリイ、あんたがX線分析に面と向かう勇気がないという事実は、だれの眼にも明らかだろう」

「それにまた、あなたが、あるいはあなたの配下の人たちが、わたしのプライバシーの権利を不法に侵害しようとなさったという事実も明らかですな」

「ばかな、権利はぜったい尊重する」

「かもしれませんね。それはわれわれの二つの選挙運動を象徴しているじゃありませんか？　あなたは一市民の権利にはたいして関心がおありにならない。ところがわたしにはおおいにある。わたしはX線分析を甘受する意志はない。わたしは主義として、自分の権利を守りたい。同様に当選のあかつきには、他人の権利を断固守るつもりですよ」

「演説としちゃあきわめておもしろいだろうね。だが、だれもきみを信用はしまい。いささか仰々しすぎて眉つばものだ。話はちがうが」突然きびきびした口調に変わって、「あんたの家の住人は、先夜は全員そろっていなかったようだね」

「というと？」

「報告書によると」と彼はビジプレートの画面にやっと入っている目の前の書類をぱらぱらとめくった。「人間が一人たりない――身体障害者」

「おっしゃるとおり」とバイアリイは抑揚のない声で言った。「身体障害者です。わたしの恩師で、いっしょに暮らしているが、現在は田舎に行っています――二カ月ほどになりますが。〝静養を要す〟という表現が、普通この症例に用いられますね。あなたの許可がいるんですか？」

「恩師？　すると、科学者のたぐいか？」

「かつては法律家でした――不自由な身になる前は。現在は、生物物理学研究員としての国家資格をもっており、自分の研究室をもち、彼が現在たずさわっている研究はしかるべき権威筋に登録されています、ご照会願ってけっこうですが。マイナーな研究ですが、害のない、ご愛嬌な趣味ですよ、その――哀れな身体障害者にとっては。わたしはそれにできるだけの助力をしているんですよ」

「なるほど。で、その……恩師……は、ロボット製作についてはどれほど知っているかね？」

「わたし自身が不案内な分野だから、彼の知識の程度を判断するのは無理ですね」

「陽電子頭脳に近づく機会はなかっただろうか？」

「USロボット社におられるあなたの友人にお尋ねください。あの方たちならご存じでしょう」

「率直に言わしてもらおう、バイアリイ。その体の不自由な恩師こそ、本物のスティーヴン・バイアリイなのだ。あんたは彼が作ったロボットだ。それは証明できる。自動車事故に遭ったのは彼であって、あんたではない。記録を調べる方法もある」

「ほほう？　では、そうなさったら。望むところです」

「それから、あんたの言うところの恩師の〝田舎の屋敷〟なるものを捜査することもできる。そこでなにが発見できるかな」

「いや、そうはいくまい、クイン」バイアリイは満面に笑みをうかべた。「遺憾ながら、わたしの言うところの恩師は病人です。彼の田舎の屋敷は静養の場所だ。成人たる責任を有する市民としてのプライバシーの権利は、かかる状況では当然ながらさらに強くなります。正当な理由を示さなければ彼の地所内に立ち入るための令状は手に入りますまい。もっとも、あなたがそうなさろうとしたってゆめゆめお止めはしませんが」

かなりの間があった。やがてクインは身をのりだした。そのために顔の映像が拡大され、額のこまかな皺がはっきりと映った。「バイアリイ、いつまで続けるんだ？　当選できるはずはないのに」

「そうでしょうか？」

「できると思っているのか？　あんたが、ロボットであるという告発に反証をあげる試みをしないならば——三原則のひとつを破りさえすれば、簡単にできるのに——あんたはロボットだと人に思いこませるだけじゃないのかな？」

「いままでのところでは、わたしが、多少は人に知られていたとはいえ、いわば無名に近い平《ひら》の法律家から、いまや一躍世界的人物になった、ということかな。あなたは腕のいい宣伝マンだ」

「しかし、あんたはロボットだ」

「そう言われているようだが、証明はされていない」

「選挙民に対しては、充分に証明されている」

「では、ご安心を——あなたの勝ちだ」

「失礼」とクインははじめて敵意を含んだ声で言った。テレビ電話ががちゃんと音をたてて切れた。

「失礼します」とバイアリイはなにも見えない画面に向かって平然と言った。

バイアリイは、〝恩師〟を選挙の一週間前に連れ戻した。彼を乗せたエアカーは、市の、人目につかないとある地点に急降下した。

「選挙が終わるまでここにいてください」とバイアリイは言った。「事態が悪化した場合、あなたが巻きこまれないように用心したほうがいいと思うのです」

ジョンの歪んだ口から、ようやく絞りだされたしゃがれ声には、懸念のひびきがあったかもしれない。「暴動の危険があるのかね？」

「根本主義者たちの動きが不穏なので、理論上はあると言えます。しかしじっさいはまず起こらないでしょう。連中にはほんとうの力はありませんからね。ただ、まあ絶えざる刺激分子で、そのうちに暴動を扇動するかもしれませんが。ここでもかまわないでしょう？お願いします。あなたのことが心配だと、気が気じゃありませんから」

「ああ、いいとも。きみはこれがうまくいくとまだ思っているかい？」

「確信があるんです。あちらじゃ、あなたを悩ます人間はだれもいなかったでしょうね？」

「いなかった。確かだ」

「あなたの仕事のほうはうまくいきましたか？」

「なかなかうまくいった。あのほうは心配はないだろう」

「それではお大事に、明日、テレビをごらんください、ジョン」バイアリイは、手にのせられた相手の節くれだった手をにぎった。

レントンの額には、憂慮のあまり深い皺がよっていた。彼は、選挙運動ともいえぬ選挙運動で、バイアリイの選挙事務局長というまったくありがたくない役目を引き受けているのだが、当の本人は、自分の戦術をあかすことを拒み、事務局長の戦術を受け入れることも拒んでいた。

「だめだ！」これは彼のお気にいりの文句だった。いまではこれしか言葉がないのだった。

「たのむよ、スティーヴ、だめだったら！」

彼は、検事の前に立ちはだかった。相手は演説のタイプ原稿をぱらぱらと繰っている。

「そんなものは置きたまえ、スティーヴ。いいか、あの群衆は、根本主義者どもが組織しているんだ。とても聞いてはもらえないぞ。石でも投げられるのがおちだ。なぜ聴衆の前で演説をしなければならない？　録音では、録画では、なぜいけないんだ？」

「きみは、わたしに当選してもらいたいんだろう？」とバイアリイは穏やかに訊いた。

「当選だって——当選などするものか、スティーヴ。ぼくはきみの命を救おうとしているんだ」

「なに、ぼくの身に危険はない」

「危険はない。危険はない」レントンは喉元で耳ざわりな音をたてた。「きみは、あのバルコニーに出て、五万という頭のおかしいやつらを前にして、まともに話をするつもりか——中世の独裁者のようにバルコニーの上で？」

バイアリイは腕時計を見やった。「あと五分——テレビの回線があいたらすぐにだ」

レントンの答えた言葉は、まったく聞き取れなかった。

群衆は市中のロープでかこんだ区域をびっしりと埋めていた。樹木や建物が、群衆という土台の中からにょきにょき生えているように見えた。そして超電波によって、世界中の人間が見守っていた。単なる地方選挙であったが、それにもかかわらず世界中の人間が見ていた。バイアリイはそのことを思って微笑した。

しかし群衆自体には、ほほえみかけるような空気はなかった。旗やのぼりが立ち並び、想定されるロボット政治について、考えうるあらゆる意見がさまざまに書きたてられていた。あたりには敵意が、ありありとみなぎっていた。

はじめから演説は不首尾だった。群衆の怒号、そして群衆の中に点々と島をつくって入りこんでいる根本主義者たちの調子のいい野次に圧倒された。バイアリイは、ゆっくりと、無表情に話しつづけた――

部屋の中では、レントンが髪をかきむしり、うめいて――流血の惨事を待ちうけていた。

群衆の前列でもみあいがはじまった。ひょろ長い手足に、つんつるてんの服を着た、眼玉のとびでた痩せぎすの市民がむりやり前に出ようとしている。警官が、おもむろに群衆をかきわけながら、その男に追いつこうとした。バイアリイは手を振り、怒ったように警官を制止した。

痩せた男は、まっすぐにバルコニーの下にやってきた。彼の言葉は、咆哮にかき消されて聞きとれない。

バイアリイは前へ身をのりだした。「なんですって？　合法的な質問なら、お答えします」彼は護衛の者をかえりみた。「あの方をここへお連れして」

群衆のあいだに緊張がみなぎった。〝静かにしろ〟という叫びがあちこちからあがって、それは大喚声となり、そしてまたぼつぼつと鎮まっていった。痩せた男は、頬を紅潮させ荒い息をつきながら、バイアリイと向かいあった。

バイアリイが言った。「質問がありますか？」

痩せた男は目をすえ、かすれた声で言った。「おれを撲ってみろ！」

彼は、勢いよく、顎をななめに突きだした。「おれを撲ってみろ！　ロボットじゃないと言っているんだろう。なら、証明してみろ。人間は撲れないんだろう、この怪物め」

死のような奇妙な沈黙があった。バイアリイの声がそれを破った。「あなたを撲る理由がありません」

瘦せた男は荒々しく笑った。「おまえはおれを撲れないいんだ。撲れるものか。おまえは人間じゃないからな。おまえは怪物だ、いかさま人間だ」

するとスティーヴン・バイアリイは唇をきっと引きむすび、目前の何万という聴衆、そしてスクリーンを見守っている何百万という視聴者の眼前で、拳をふりあげると、男の顎をがんと撲りつけた。挑戦者はどっとうしろに倒れたが、その顔にはぽかんとした驚きの表情がうかんでいるばかりだった。

バイアリイが言った。「失礼しました。中へお連れして、手当をしてあげてください。これが終わったら、話しあいましょう」

そしてキャルヴィン博士が、あらかじめ確保してあった場所から自動車をターンさせ走り去ったとき、わずかに一人の新聞記者がショックから立ち直り、彼女の車を追いかけ、なにやら大声でわめいた。

スーザン・キャルヴィンはふりかえると、叫びかえした。

「彼は人間です」

それで充分だった。新聞記者は、もときたほうへ走りさった。

残りの演説は〝話せど聞こえず〟といった有様であった。


キャルヴィン博士とスティーヴン・バイアリイは再度会見した――彼が市長就任の宣誓を行なう一週間前のことである。夜も更けて――すでに真夜中をすぎていた。

キャルヴィン博士が言った。「お疲れのようには見えませんね」

市長当選者はにっこりとほほえんだ。「長いこと眠らなくても平気なのです。クインにはおっしゃらないでくださいよ」

「言いませんとも。でも彼の名前が出たから申しますけれど、クインの話はおもしろかった。あれを形《かた》なしにしてしまったのは残念ですね。彼の仮説はご存じでしょう？」

「一部は」

「たいへんドラマティックな仮説ですよ。スティーヴン・バイアリイは若き法律家であり、聞く人を動かす弁舌家であり、偉大なる理想家であり――そして生物物理学にも若干の造詣があった。あなたはロボット工学に関心はおありですか、バイアリイさん？」

「法律の面においてのみですが」

「このスティーヴン・バイアリイは関心があった。ところが事故がありました。バイアリィの奥さんは死に、彼自身は、もっとひどいことになった。両脚を失い、顔を失い、声を失った。彼の心の一部は――挫けてしまった。彼は形成手術を受けようとしなかった。世間から引退し、法律家としての生涯は終わった――あとに残されたのは、知力と、二本の腕だけ。そしていかなる方法でか、彼は陽電子頭脳を手に入れた。それは複雑なもので、倫理上の判断をなしうる、偉大な能力を持ったものでした――これまで開発されたものの中ではもっとも高度なロボットの機能です。

彼はそれをもとに肉体を作りだした。そしてこれまで彼であった、そしてもうそうではなくなったあらゆるものが具わるように、それを訓練したんです。彼はそれをスティーヴン・バイアリイとして世の中へ送りだし、自分は、年老いた、肢体不自由な恩師として人目に触れぬように背後に隠れていた――」

「残念ながら」と市長当選者は言った。「わたしは人間を撲ったことによって、その説をぶちこわしてしまった。新聞には、わたしが人間だということは、あのときのあなたの公式の見解だと書かれています」

「どうしてあんなことが起こったんです？　よろしかったら話してくださいませんか？　偶然ということはありえませんもの」

「偶然ではまったくありませんよ。クインがほとんど下ごしらえをしてくれたようなものです。わたしの身内の者が、わたしがひとを撲ったことがないという事実をひそかに広めたんです、ひとを撲れない、それゆえ、挑発されても撲れないということは、わたしがロボットだという確かな証拠になるであろうと。そこでわたしは、公衆の前でばかげた演説をする手配をし、手をかえ品をかえて誇大な宣伝をした。で、まあ当然ながら、ある馬鹿者がそれにひっかかった。要するに、あれは、いわゆる三百代言の使う手ですが。こしらえあげられた雰囲気の中では、効果はてきめんでした。もちろん、心理的効果は期待どおり、わたしの当選を確実なものにしてくれました」

ロボ心理学者はうなずいた。「あなたは、わたしの領域まで侵害なさるのね——きっと政治家ってみんなそうなんでしょうね。でも、こんなふうになってしまったのは残念です。わたしはロボットが好きです。人間よりもずっと好きです。もし行政長官の能力をそなえたロボットが製作されたら、それは行政官として最高のものになるでしょうね。ロボット工学三原則によれば、彼は、人間に危害を加えることはできないし、圧政を敷くことも、汚職を行なうことも、愚行に走ることも、偏見を抱くこともできないのですからね。そして、適当な任期をつとめあげたのち、たとえ彼が不死であっても、退職するでしょう、なぜなら、彼は、ロボットが人間を支配していたのだという事実を知らしめることによって人間を傷つけることはできないからです。これはまさしく理想の姿でしょう」

「ロボットは、その頭脳固有の不完全さのために失敗するかもしれない。陽電子頭脳は、人間の頭脳の複雑さには及びもつきませんからね」

「助言者がいるでしょう。人間の頭脳だって、助力なしに、支配することは不可能ですものね」

バイアリイは、深い興味をもってスーザン・キャルヴィンをしげしげと眺めた。「なぜお笑いになるのです、キャルヴィン博士？」

「クインさんが見落としたことがあるので、おかしいのよ」

「彼の話につけくわえることがあるとでも」

「ほんの少々ね。選挙前の三カ月間、クインさんのお話の、このスティーヴン・バイアリイ、つまりこの大怪我をした男は、なにやら不可解な理由で田舎に行っていました。それからあなたの、あの有名な演説に間にあうように戻ってきた。けっきょく、あの体の不自由な老人は、一度やったことを、もう一度できるでしょうから、ことに二度目の仕事は、一度目にくらべたら、ずっと簡単でしたもの」

「なんのことやら、さっぱりわかりませんね」

キャルヴィン博士は立ちあがって服の皺を伸ばした。もう帰るつもりらしい。「ロボットが、ロボット工学三原則の第一条を破らずに、人間を撲れる場合が、たったひとつあるんです。たったひとつね」

「して、それはどういう場合ですか？」

キャルヴィン博士はドアのまえに立った。そして静かに言った。「撲られる側が、ロボットにすぎない場合です」

彼女がにっこりほほえむと、ほっそりした顔が輝いた。「さようなら、バイアリイさん。いまから五年後、あなたに投票したいものですわ――統監としてのあなたに」

スティーヴン・バイアリイは、くすくすと笑った。「そりゃ、どうも無理な話でしょうねえ」

ドアが彼女の背後で閉まった。

＊

わたしはいささかの恐怖をうかべて彼女を見つめた。「ほんとうの話ですか？」

「全部ほんとう」と彼女は答えた。

「するとあの偉大なるバイアリイはただのロボットだったんですね」

「それを突きとめる方法はもうありません。わたしはそうだったと思うけれど。でも彼は死のうと決心したとき、自らの体を原子に還元してしまったので、もう二度と、法律的に適正な証拠はあらわれないでしょう。――それに、どちらだってかまわないでしょう？」

「ですが――」

「あなたは、ロボットに対するまったく理不尽な偏見をもっておいでね。彼は立派な市長でした、五年後には、地区の統監になりました。二〇四四年、地球地区が連邦政府を結成すると、彼は初代の世界統監になったんです。そのころには世界を動かしていたのは、どっちみちマシンでしたから」

「ええ、しかし」

「しかしは、もうたくさん！　マシンはロボットで、彼らが世界を動かしているんです。わたしが真実を見きわめたのは五年前でした。あれは二〇五二年、バイアリイが世界統監の二期目をつとめあげたときでした——」

9　災厄のとき

The Evitable Conflict

統監の私室にはあの中世の骨董である暖炉が作ってある。もっともそれがまったく機能的な意味を失っている以上、中世の人々には暖炉とは認めがたいかもしれない。透明な水晶板の向こうの断熱材でかこまれた炉床ではちろちろと火が静かに燃えている。炉床に置かれた薪は、市内の公共建物に供給されるエネルギー・ビームの、ほんの一部が流用されて、遠隔から点火される。点火装置を操作する同じボタンによって、まず前の燃えかすを下に落とし、新しい薪が補給される。――これは完全に家庭的な暖炉というわけだ。

だが火は本物だ。音響装置がそなえてあるのでぱちぱちと薪のはぜる音も聞こえるし、またむろん補給される空気流の中で火花がはぜるのを見ることもできる。

統監の赤く映える眼鏡には、控え目にはねまわる炎が小さく映り、もの思いにふける瞳には、さらに小さな炎が映っていた。――そして客人であるUSロボット&機械人間株式会社のスーザン・キャルヴィン博士のひややかな瞳にも、それは映っていた。

統監は言った。「こちらにお出でを願ったのは社交的意図ではないのです、スーザン」

「そうだと思いました、スティーヴン」と彼女は答えた。

「――ところでこの問題をどうお話ししたらよいのかさっぱり見当がつかんのです。一方ではまったく取るにたりないことかもしれない。また見方を変えれば人類の終末を意味するものかもしれない」

「わたしもそりゃたくさんの問題にぶつかってきましたよ、スティーヴン、同じような二者択一に迷う問題に。問題なんてみんなそういうものよ」

「そうでしょうか？　ではこれをご判断ください――ワールド・スチール社はほぼ二万トンの過剰生産を報告している。メキシコ運河の開通は二カ月の予定遅延。アルマデンの水銀鉱山は昨春以来生産が減少していますし、天津《テンシン》の水耕農場では労働者の一時解雇がはじまっている。こうした事項がたまたま頭にうかびましたが。同じようなことはもっとほかにもあるのです」

「それほど深刻なことなのですか？　わたしは経済学者ではないから、それらが恐ろしい結果を生むとは思われないんですが」

「個々についてみれば、深刻なことではないんです。アルマデンの場合は、事態が悪化するようなら、鉱山技師を派遣すればいいでしょう。天津の場合は、水耕技師がだぶつくようなら、ジャワやセイロンへ送りこめばよろしい。二万トンの鋼鉄は、世界需要量の二、三日分にも当たらないし、メキシコ運河の開通が予定より二カ月遅れたとしても、たいしたことではない。気がかりなのはマシンたちのことなんです。——それについてはすでに、そちらの研究所長に話してみましたが」

「ヴィンセント・シルヴァーに？——彼はなにも言わなかったけれど」

「口止めしておきました。だからお話ししなかったのでしょう」

「彼はなんと言いました？」

「まずこの問題を順序よく追ってみましょう。まずマシンたちについてお話ししたい。それから彼らのことをあなたとお話ししたいのです。ロボットをじゅうぶん理解しておられて、いまわたしに助言してくだされるのは、世界中であなたただ一人ですから。話が哲学的な考察になってもよろしいでしょうか？」

「今晩はね、スティーヴン、あなたがなにを立証しようとしているのかまず話してくだされば、好きなように、好きなことを話してけっこうです」

「需要供給の完璧なシステムにおけるこうした小さな不均衡が、最終戦争への第一歩であるかもしれないということをです」

「ふむ。それで」

スーザン・キャルヴィンは、腰をおろした椅子がすわり心地のよいデザインであるにもかかわらず、くつろごうとはしなかった。唇のうすい、ひややかな面《おもて》と、落ち着きはらった抑揚のない声は、年とともにいっそうきわだっていた。スティーヴン・バイアリイは、彼女が好意と信頼をよせることのできる唯一の人間だが、七十に手の届く年ともなれば、一生かかって培われてきた習慣は、おいそれと破れるものではなかった。

「人間の発展の各段階において」と統監はつづけた。「それぞれに特有な紛争があったわけです——それぞれがかかえた多種多様な問題は、明らかに武力でのみ解決しうるものでした。そしていずれのときも、歯がゆいことながら、武力はほんとうに問題を解決するにはいたらなかった。それどころか、問題は一連の紛争を通じて存在しつづけ、やがて、経済事情、社会事情が変化するにつれ、自然に——なんといいましょうか——ぱっとではなく、ぐずぐずと消滅していったのです。そしてまた、新たな問題があらわれ、新たな一連の戦争がはじまる。——明らかに果てしない循環です。

比較的近代について考えてみましょう。十六世紀から十八世紀にかけては一連の王室間の戦争があり、当時のヨーロッパにおけるもっとも重要な課題は、ハプスブルク家かヴァロア・ブルボン家のどちらが大陸を支配するかということでした。ヨーロッパを二分して半分はこちら、半分はあちらという事態は明らかにありえなかったから、これは〝避けえぬ争い〟でした。

ただしヨーロッパはこうやって存在しつづけた。また戦いも一方を滅亡させ、他方の権力を確立するにはいたらず、結局一七八九年フランスに台頭した新しい社会情勢がまずブルボン家を権力の座から引きずりおろし、ついにはハプスブルク家をダストシュートにほうりこみ歴史の焼却炉へと追いやったのです。

これらと同時代に、もっと野蛮な宗教戦争があった。つまりヨーロッパはカトリックであるべきか、プロテスタントであるべきかという重大問題をめぐって争われた。半々というわけにはいかなかった。したがって剣による決着は〝避けがたた〟かった。――ところが剣では決着がつかなかった。そして、英国では、新しい産業主義が、大陸では新しい国家主義が勃興しつつあった。半々ずつのヨーロッパは今日にいたるまで存在しているし、それをとやかく言う者はだれもいない。

十九世紀から二十世紀にかけては、民族主義者と帝国主義者間の戦争がくりかえし起こった。当時の世界の最大関心事はヨーロッパのどの地域がヨーロッパ以外のどの地域の経済資源および消費市場を支配するかということでした。すべての非ヨーロッパ諸国は、一部イギリス、一部フランス、一部ドイツなどという形で共存することはできなかった。しかし民族主義の勢力が充分にいきわたって、いままでどんな戦争でも決着のつかなかったことに決着をつけ、みんな非ヨーロッパ人として気楽にやっていこうということになった。

それゆえわれわれはここにひとつのパターンを――」

「ええ、スティーヴン、よくわかりましたよ」とスーザン・キャルヴィンは言った。「でもそれはとりたてて深遠な洞察ではないけれど」

「ええ――しかしたいてい、明白なもの、というのは見えにくいものなんです。人は言います、〝それはきみの顔の鼻みたいに明らかだ〟しかし顔の前に鏡でもさしだされぬかぎり、自分の鼻がどれだけ見えるでしょう？　二十世紀には、スーザン、われわれはふたたび新たな一連の戦争をはじめた――なんと呼んだらよいでしょうな？　イデオロギー戦争？　宗教的感情が超自然的なものではなく、経済のシステムに注がれたわけですね？　ふたたび戦争は〝避けられぬ〟ものとなった。しかし今回は、原子力兵器が登場し、そのため人類は、避けられぬものが、避けられぬものによって疲弊させられるまで、戦争の苦難を耐えて生きつづけていくことはできなくなった――そこへ陽電子ロボットが登場したんです。

彼らの登場はまさに時宜《じぎ》を得ていた、それとともに惑星間旅行も可能となった。――それゆえ世界にとって、アダム・スミスかカール・マルクスかという選択は、もはや重大ではなくなった。新しい状況のもとではどちらもたいした意味はなくなってしまった。両者とも新しい状況に順応せざるをえず、最後にはほとんど同じ立場になってしまった」

「じゃあ、危機を救える神器《マキナ》というわけね、二重の意味で」とキャルヴィン博士がそっけなく言った。

統監はおだやかに微笑した。

「あなたが洒落をおっしゃるのを聞くのははじめてですよ、スーザン、しかしおっしゃるとおりです。しかもなお別の危機が存在していた。あらゆる問題が片づくと、また新しい問題が生じる。新たに勃興した世界ロボット経済も独自の問題を提起する可能性はある、それにそなえてわれわれはマシンを作った。いまや地球経済は安定しており、将来も安定はつづくでしょう。なんとなればそれは、ロボット工学三原則の第一条という不可抗力によって根底に人間にとって善性をそなえた計算機械の決定にもとづいているからです」

スティーヴン・バイアリイはなおも言葉をついだ。「マシンは人間の発明にかかる計算回路の膨大な集積にすぎませんが、ロボット工学三原則の第一条の意味においてはロボットであり、したがってわが地球の経済は人類の最高の利益にかなっています。地球の全住民はもはや失業も生産過剰も生産不足もないことを承知しています。余剰とか飢饉とかいう言葉は歴史書の中の言葉にすぎない。それゆえ生産手段の所有権という問題はしだいに消滅していった。個人、グループ、国家、あるいは全人類、なんぴとがそれを所有するにしても(この言葉にまだ意味があるとすればですが)、マシンが指示してはじめて、所有物を利用することができる――人々はやむなくそうさせられるのではなく、それがもっとも賢明な方法であるからです、そして人間はそれを知っていた。

これは戦争に終止符を打つものであり――くりかえされてきた戦争に最後のとどめをさすばかりでなく――次の戦争、そしてまた、将来起こりうるあらゆる戦争に終止符を打つものです。ただし――」

長い沈黙。キャルヴィン博士はとぎれた言葉をくりかえして促した。「ただし？」

暖炉の火はくずれて薪の上を這いまわり、そしてぱっと燃えあがった。

「ただし――」と統監は言った。「マシンが正常な機能を果たすかぎりにおいてです」

「なるほど。ところがさきほどのあなたのお話のように、些細な不調があらわれたというわけね――鉄鋼や水耕農場などに」

「そうなんです。こうした過誤は起こるはずはない。シルヴァー博士はぜったいにありえないと言われました」

「彼は事実を否定したんですか？　それはおかしい！」

「いや、むろん事実は認めました。わたしの言葉が足りませんでした。彼が否定したのは、マシン内部の誤りが解答のいわゆる（博士の言葉です）誤りの原因であるという点です。マシンは誤りをみずから正すから、リレーの回路に誤りがあること自体が自然の基本法則に反すると断言しました。そこでわたしはこう言いま――」

「こう言ったのでしょう。〝とにかくお宅の部下にそれを調べさせて、確かめてみてください〟」

「スーザン、あなたはわたしの心の中をお見通しですね。たしかにそう言いました。できぬと彼は言いました」

「忙しいとでも？」

「いや、人間の手には負えないというのです。率直にそれを認めました。彼の話によると、いや、こちらがちゃんと理解していればいいんですが、マシンは膨大な外挿をくりかえして作られたものだそうですね。つまり——数学者のグループが数年がかりで、陽電子頭脳を作るために計算をし、陽電子頭脳に、それと類似の計算をする機能をあたえる。この頭脳を用いて計算を行ない、それよりはるかに複雑な頭脳を作りあげ、そしてまたできあがったその頭脳を用いてまたはるかに複雑な頭脳を作るという仕事をくりかえす。シルヴァーの話によりますと、われわれがマシンとよんでいるものはこうしたステップを十段階も経てできあがったものだそうですね」

「ええ、ええ、よく聞かされる話ね。さいわい、わたしは数学者ではないから——可哀そうなヴィンセント。まだ若いのに。前所長のアルフレッド・ラニングやピーター・ボガートは死んでしまったけれど、彼らはこんな問題にはぶつからなかった。わたしだって。おそらくロボット工学者たちはみんなもう消えるときなのでしょう、自分たちの創造物をもはや理解することができないんですから」

「とんでもありませんよ。マシンは新聞の日曜版のような意味での超頭脳ではありませんからね――日曜版にはそんなふうに描かれていますが。それらは単に、ほとんど無限の量のデータとその相互関係をほとんど極微の時間のあいだに集めて分析するというマシン独特の領域においてのみ、人間がすみずみまで支配できぬところまで発展したというにすぎないのです。

そこでわたしはあることをやってみました。じっさいにマシンに訊いてみたのです。われわれは極秘裡に、鋼鉄の生産量の決定に影響をあたえたもとのデータ、その解答、そして現実の状況――つまり生産過剰――をマシンにあたえ、その矛盾に対する説明を求めてみたのです」

「なるほど、で、その答えは?」

「そっくりそのまま申しあげましょう。〝本件は解明を許さない〟」

「で、ヴィンセントはそれをなんと解釈しましたか?」

「二とおりに。ひとつは、われわれがマシンに、解答を引きだすだけの充分なデータをあたえなかったというのです、これは考えられません。シルヴァー博士もそれは認めました。――もうひとつの解釈は、人間に危害をおよぼす可能性があるデータに解答をあたえられるとマシンが認めることはありえないということです。これは当然、ロボット工学三原則の第一条で明示されています。そこでシルヴァー博士は、あなたに会うことをすすめたのです」

スーザン・キャルヴィンは、とても疲れているように見えた。「わたしは年寄りです、スティーヴン。ピーター・ボガートが死んだとき、わたしは研究所の所長になるように望まれたけれど、お断りしたの。その当時だってもう若くはなかったし、責任を負うのはいやだった。そこで若いシルヴァーにお鉢がまわって、わたしは満足でした。でもなんにもならないわ、いまごろこんな難題に引きこまれたのでは。スティーヴン、わたしの立場をはっきりさせましょう。わたしの研究には、ロボット工学の三原則に照らしてロボットの行動を解釈することもたしかに含まれています。ところが、この相手はとほうもない計算機械です。彼らは陽電子ロボットです、したがってロボット工学三原則には従います。でもパーソナリティが欠けている。つまり彼らの機能はごく限られています——そうにちがいない、つまり非常に特殊化されていますから。したがって、三原則が相互に影響をあたえあう余地はごく少ない、そしてわたしの攻撃方法は実質的には無用の長物。要するに、あなたのお役に立てるとは思いませんね、スティーヴン」

統監は短く笑った。「まあ、そうおっしゃらずに、とにかくあとをお聞きください。わたしの仮説をお話ししましょう、そうすればそれがロボ心理学に照らして可能かどうか教えていただけると思いますが」

「いいでしょう。お話しなさい」

「では、マシンが誤った答えを次々と出している、しかも、彼らが誤ることはありえないとすると、考えうる可能性はただひとつです。彼らは誤ったデータをあたえられている！言いかえれば、問題は人間側にあり、ロボット側にあるのではない。そこでわたしは最近惑星全体の視察旅行に出かけました――」

「そしていまニューヨークに戻ってきたばかりなんですね」

「ええそうです。ぜひともそうする必要があったんです。マシンは全部で四基あり、それぞれが惑星の各地区を担当している。そしてその四基ともぜんぶが不完全な結果を招来している」

「ああ、それは当然よ、スティーヴン。マシンのどの一基に欠陥があっても、それは自動的にほかの三基の結果に影響してくるはずです。というのは、三基はそれぞれ、彼ら自身の決定の基礎となる条件の一部として、不完全な四基目のマシンが完全であると前提しているからです。仮定が誤っていれば、彼らは誤った答えを出すでしょう」

「なるほど。わたしにもそんなふうに思われました。ここに、各地区統監とのインタビューの記録があります。ごいっしょに目を通してはいただけませんか？　ああ、それよりまず博士は〈人間同盟〉のことをお聞き及びですか？」

「ええ、はい。根本主義者たちの分派ね、USロボット社に対し不当な労働競争をもたらすという理由で、陽電子ロボットの雇用に反対しつづけている。〈人間同盟〉自体は、アンチ・マシンだったわね？」

「そうです、そうです。しかし――いや、まあごらんになっていただきましょう。はじめましょうか？　では、東方地区からはじめることにしましょう」

「どうぞ――」

東方地区

a　面積――七百五十万平方マイル

b　人口――十七億五千万

c　首都――上海《シャンハイ》

チン・ソウリンの曾祖父は旧中華民国に日本が侵略した際に殺されたが、親孝行な子供たちのほかには、彼の死を悼む者もいなければ、ましてその死を知る者さえいなかった。チン・ソウリンの祖父は四〇年代後半の内乱に生き残ったが、親孝行な子供たちのほかには、その事実を知る者も、それを気にかける者もない。

とはいえチン・ソウリンは地球の全人口の半数を占める人々の経済的福祉をその手に委ねられている地区統監であった。

おそらくそうしたことが心にあったからなのだろう、チンは、自分のオフィスの壁に唯一の装飾として二枚の地図をはっていた。一枚は一、二エイカーほどの土地を手書きの線で描いたもので、もはや時代おくれとなった古い中国の文字が書きこまれている。その色あせた文字を斜めに横切って小さな川がちょろちょろと流れ、みすぼらしい小屋がいくつか精緻な線で描かれており、そのひとつがチンの祖父の生家であった。

もうひとつの地図は、鮮明に描かれた大きなもので、見事なキリル文字が書きこまれている。東方地区を示す赤い境界線は、かつては中国、インド、ビルマ、インドシナ、インドネシアだった広大な領域をとりかこんでうねうねと伸びている。そしてその中のかつての四川《シセン》省地方に、チンの祖先の農場のあった土地であることを示す記号が、チンの手によって、だれにも見えぬくらい薄くひそやかに書きこまれていた。

チンはその地図の前に立ち、スティーヴン・バイアリイに正確な英語で話しかけた。

「あなたがいちばんよくご存じのはずですが、統監、わたしの仕事はまったくの閑職です。ある社会的な地位をともない、行政上の便宜的中心を代表しているわけですが、ほんとうの中心はマシンです！――マシンはあらゆる仕事をやってのけます。たとえば天津《テンシン》水耕農場の事業についてはどうお考えでしたか？」

「驚くべきものだ！」とバイアリイは言った。

「ところがあれは数多くの農場のひとつにすぎず、最大規模のものではありません。上海《シャンハイ》、カルカッタ、バタヴィア、バンコク――農場は広域にわたり、東部の十七億五千万の人口を養う問題を解決してくれたのです」

「ではあるが」とバイアリイは言った。「天津では失業問題がおこっている。生産過剰ということがありうるのだろうか？　アジアが食糧過多で悩むなどとは矛盾しているように思われるが」

チンの黒い眼がぱちぱちとまたたいた。「いや。まだそこまではいっておりません。過去数カ月間にわたって、天津で水耕槽のいくつかが操業を停止したのは事実ですが、たいしたことではないのです。従業員はほんの一時解雇され、ほかの農場で働いてもかまわないという連中は、セイロンのコロンボへ運ばれました。あそこでは新しい水耕農場が操業を開始しようとしています」

「しかしなぜ操業を停止しなければならないのだろう？」

チンはおだやかに微笑した。「水耕農業についてはおくわしくないようですね。ええ、これは予期しないことではないのです。あなたは北方人でおられるし、あちらでは土壌農業がまだ収益をあげています。北方人は、水耕農業を思いうかべるとき、かりにでも思いうかべることがあればですが、化学溶液の中でカブを育てる装置をお考えになるようですね、じっさいはそうなんですが——はかりしれないほど複雑な方法が使われています。まず第一に、われわれが扱う明らかに最大量の作物は酵母で、このパーセンテージは増大しています。すでに二千種以上の変種が作られ、さらに毎月新種が加えられています。

各種酵母の基本的な食用化学物質は無機物では硝酸塩と燐酸塩に微量の必須金属、そして必要な数ppmのホウ素とモリブデンを加え、有機物は、セルロースを加水分解したものから抽出した蔗糖の混合物です。それに加えてさまざまな食品要素が添加されねばなりません。

十七億五千万の人間を養う水耕農業を成功させるためには、東部の広大な地域に森林再生計画をおしすすめなければなりませんし、南方のジャングルを処理するための巨大な木材加工工場を作らなければなりません。とりわけ動力、鋼鉄、合成化学産業が必要となります」

「最後はなんのためです？」

「それはですね、バイアリイさん、これらの酵母の変種はそれぞれ特性を有しています。いまお話ししたように、われわれは二千種の変種を作りました。今日あなたがビフテキだと思って召しあがったものもじつは酵母でした。デザートにさしあげたシャーベットは冷凍酵母です。ミルクの味、外見、栄養価をもった酵母ジュースも作りました。

酵母を一般に普及させるためには、なによりもまず味です。味をよくするために人工的な品種を開発しましたが、この種の酵母は、塩や砂糖という基本的な栄養素では生存していかれない。あるものはビオチンを必要とし、あるものはプテロイルグルタミン酸を、またあるものはあらゆる種類のビタミンBと、同じく十七種類のアミノ酸を必要とします。

しかしあるものは（それにこれは評判がよく、経済的な意味からも捨てさることができません）――」

バイアリイは椅子の上でもぞもぞと体を動かした。「なんでまた、そんなことをこのわたしに話すんです？」

「統監は、なぜ天津で労働者が仕事を失ったのかとお尋ねになったではありませんか。もう少し説明申しあげたい。われわれは酵母のためにいろいろと変化に富んだ食品を用意しなければならないばかりでなく、時とともに変わる流行という複雑な要因を考えなければなりません。新たな需要と新たな人気にこたえる新種開発の可能性という複雑な要因もかかえこんでいます。こうしたものはすべて予見されねばならず、マシンがその仕事を行ない――」

「だが完全にではない」

「さほど不完全とは言えませんよ、いまお話しした複雑さを考えてみれば。たしかに、天津では数千人の労働者が一時的に仕事を失いました。しかし、この点を考慮なさってください、つまり過去一年間の余剰量は（余剰、つまり供給の失調、あるいは需要の失調による）われわれの全生産高の〇・一パーセントにも満たないのですよ」

「しかしマシンを使いはじめた最初の年は、その数字は〇・〇〇一パーセントにほぼ近かった」

「ええ、しかしマシンが本気で活動をはじめてから十年間、われわれは、マシンを利用して酵母産業をマシン以前の二十倍に増大させてきたのです。仕事が複雑になれば不完全なところも増すわけです、しかし――」

「しかし？」

「ラマ・ヴラサヤナの奇妙な例があります」

「その男がどうかしたのですか？」

「ヴラサヤナはヨウ素を生産する塩水蒸発プラントを預かっていました。酵母はヨードなしでもやっていけるが、人間にはなくてはならぬものです。彼のプラントはやむなく管財人の管理下におかれることになったのです」

「ほほう？　で、なにが原因だったのです？」

「競争ですよ、ほんとうにはなさらないでしょうが。一般にマシンの分析の主たる働きのひとつは、われわれの生産部門のもっとも効率的な分配です。事業所が足りないという地域が出るというのは明らかに誤算です。そうすると間接費に占める輸送費の割合が非常に大きくなる。同様に事業所を多く置きすぎるのも誤算です。そうすると工場は生産能力をおとして操業しなければならないか、もしくは、また互いに過当な競争をしなければならないかのどちらかです。ヴラサヤナの場合は、別のプラントが同じ市内に建設されたのです、しかもはるかに効率的な抽出システムをもつものでした」

「マシンはそれを許した？」

「もちろんです。べつに驚くにはあたりません。新しいシステムは一般に普及しつつあります。むしろ驚くべきは、マシンがヴラサヤナにシステムを刷新せよ、もしくは合併せよと警告しなかったことですよ。――しかし、そんなことはどうでもよろしい。ヴラサヤナは新しいプラントでエンジニアとして働くことを受けいれたし、責任を負うべきものや報酬が前より減ったにせよ、ちっとも悩んでなんかいません。従業員たちもほかの職場をすぐに見つけました。古いプラントはなにかに転用されています。なにか有益なものにですよ。われわれはこうしたことをすべてマシンにまかせたのです」

「で、その他の点では、なにも不平はないというわけですね」

「ありませんとも！」

熱帯地区

a　面積――二千二百万平方マイル

b　人口――五億

c　首都――キャピタル・シティ

リンカン・ンゴーマのオフィスにかかっている地図はチンの部屋にあった上海《シャンハイ》領の地図

の見事な精密さにはほど遠いものだった。ンゴーマの熱帯地区の境界線は太い暗褐色の線で刷りこまれ、〈ジャングル〉、〈砂漠〉、〈象およびあらゆる種類の珍獣あり〉などと区分けされたはなばなしい地域のまわりに広がっていた。

とりかこむのも並たいていではない、なにしろ熱帯地区の内陸部は二つの大陸の大部分をとりこんでいるからだ。すなわちアルゼンチン以北の南アメリカ全土とアトラス山脈以南のアフリカ大陸全土である。またリオ・グランデ以南の北アメリカと、アジア大陸のアラビア、イランをも含んでいる。ここは東方地区とは逆であった。東洋の蟻の巣が、全陸地の十五パーセントの中に人類の約半数をおしこめているのに反し、熱帯地区は地球上の全陸地のほぼ半ば以上の面積に、人類の十五パーセントの人口が散らばっているのだ。

だがそれは増加しつつあった。ここは移民による人口増加が出生による増加をうわまわる唯一の地区であった。——そして移住してくるすべての人々を必要としていた。

ンゴーマには、スティーヴン・バイアリイが、そうした移民の一人のように、苛酷な環境を人間にふさわしい快適なものにしようという創造的な仕事を求めてやってくる青白い人のように思われ、たくましい熱帯地区に生まれたたくましい人間が、低温の日光の下で生まれた不運な人々に対して無意識に感ずるあの侮蔑のいくばくかを感じていた。

熱帯地区には地球上でもっとも新しい首都があるが、それは単にこう呼ばれている——〈首都《キャピタル・シティ》〉、若さのとてつもない自信にあふれて。それは、ナイジェリアの肥沃な高地に鮮やかに広がり、ンゴーマのオフィスの窓の外、そのはるか下方には、生命と色彩があふれていた。ぎらぎらと輝く太陽、そしてはげしいスコール。極彩色の鳥のぎゃーぎゃーという啼き声までも小気味よく、星は漆黒の夜空に針の先のようにちかちかとまたたくのだ。

ンゴーマは笑った。黒い髪、黒い眼、がっちりした顔だちのハンサムな大男だ。

「そうですとも」と彼は言った。彼の英語は大仰なくだけたものだった。「メキシコ運河の開通は遅延してます。それがどうしたってんです？　ま、いずれは完成するでしょうよ、あなた」

「ここ半年は順調だったんですね？」

ンゴーマはバイアリイを見つめながら、大ぶりな葉巻の端をゆっくりとかみきって吐きだし、もう一方の端に火をつけた。「こいつは公式の調査ですかね、バイアリイ？　どうしたわけです？」

「べつに、なんでもありません。ただ好奇心をもやすことは統監としてのわたしの職分だから」

「ま、退屈しのぎというわけなら、お話ししますが、じつはわれわれはいつも労働力が不足してるんですよ。熱帯地区ではいろいろな事業が行なわれているんでね。運河はほんのそのひとつで――」

「しかしおたくのマシンが、運河に必要な労働量を予測してくれるのではないですか——ほかの競合するプロジェクトを見越したうえで？」

ンゴーマは片手を首のうしろにあてがい、煙の輪を天井に吹きつけた。「あれはちょっとばかりはずれた」

「よくはずれるんですかね」

「あなたが思うほどよくってわけじゃないが。——あれにたいした期待はかけちゃいませんよ、バイアリイ。われわれはあれにデータをあたえる。そして結果をもらう。そしてあれが言うとおりに事を運ぶ。——だけど、それはただ便利だからですよ。労力を節約する装置にすぎませんな。あれがなくたって、やらなきゃならないとなればやれるんです。同じというわけにはいかないが。ああ早くもいかないだろうが。しかし、かならずうまくいく。

われわれはここで自信を得たんです、バイアリイ、それが秘訣なんだ。自信！　われわれには、何千年ものあいだわれわれを待っていた未開の大地がある、世界のほかの地域は先原子力時代のぶざまな手探りのために、ばらばらに裂かれてしまっているが。われわれは東方の連中のように酵母なんぞ食う必要はないし、あなたがた北方人みたいに前世紀の腐りかかった澱《おり》のことで頭を悩ます必要もない。

われわれはツェツェ蠅も羽斑蚊《ハマダラカ》も絶滅させたし、人間たちは太陽の光の下で生きられることを発見して、それが気にいっている。ジャングルを切り開いて土壌を得た、砂漠を灌漑して緑園を得た。未開の原野で石炭や石油を発見し、鉱物は無尽蔵だ。まあ、後ろにさがって。われわれはほかの地区の方たちにこうお願いしたい――後ろにさがって、われわれの働きぶりを見てくれ」

バイアリイは淡々と言った。「しかし運河は、六カ月前までは予定どおりいっていた。なにがあったんです？」

ンゴーマは両手をひろげた。「労働力の問題」彼は机の上に積み上げられた書類の山を探っていたが、やがてあきらめた。

「一件の書類がこのへんにあったはずだが」と彼はつぶやいた。「まあ、ご心配なく。かつてメキシコのどこかで女性問題で不足をきたしましてね。あのあたりにじゅうぶんな数の女がいなかったんですよ。だれも、セックスに関するデータをマシンにあたえることを考えつかなかったとみえますな」

彼は口をつぐんで、愉快そうに笑い、やがて真顔に戻り、「ちょっと待った。そうか、わかったぞ。――ヴィラフランカだ！」

「ヴィラフランカ？」

「フランシスコ・ヴィラフランカ――運河の担当技師ですよ。ちょっと整理させてくださいよ。なにか事故があって、陥没がおきた。そうだ、そう。それだ。記憶によれば、死者はなかったが、たいへんな騒ぎで——とんだ恥さらしだ」

「ほう？」

「彼の計算にミスがあった。——いや、少なくともマシンはそう言った。担当者はヴィラフランカのデータや仮定やなんかをマシンにあたえた。彼が計算のもとにしたものをね。ところがちがった答えが出てきた。ヴィラフランカが用いた答えは不幸にも、水路の曲面に対する大量の降雨の影響を勘定に入れてなかったんですよ。——だいたいそんなところかな。わたしは技師じゃないもんでね。

とにかくヴィラフランカはぎゃあぎゃあ騒ぎたてましたよ。彼はマシンの答えが最初からちがっていたと主張した。自分はマシンに忠実に従ったのだと。それから辞職した！われわれは引きとめた——まあはっきりしないことだし、前の仕事は満足すべきものだった、とかいろいろね——むろん、地位は下がるが——それくらいはしなくちゃあね——過ちは見逃すわけにはいかん——規律がゆるむから——おや、どこまで話しましたっけ？」

「彼を引きとめた」

「ああ、そうだ。拒絶されましたわ。——まあ、なんだかんだ切り抜けて、二カ月遅れですがね。ふん、なんでもありませんや」

バイアリイは手を伸ばし、指先で机の上を軽く叩いた。「ヴィラフランカはマシンを責めたんですね？」

「まあ、自分を責めはしないでしょうが？　ま、直視せにゃ、人間の性《さが》というやつは、昔からわれわれのなじみの友だ。それにいまもうひとつ思いだしましたよ――まったく、必要なときに書類が見つからないときてるんだから。わたしの分類法なんぞ、ちっとも役に立たん――このヴィラフランカは、それ、あなたがたの北方団体のメンバーですよ。メキシコは北方地区に近すぎますからね！　それがトラブルのもとで」

「どの団体を言っているのかな？」

「それ、〈人間同盟〉とかいうやつですよ。ニューヨークで開かれる年次総会に毎年出席してましたよ、ヴィラフランカは。変人の寄りあつまりですがね、害はない。――やつらはマシンがきらいなんですよ、人間の独創力を損なうとぬかしてね。ですからヴィラフランカもとうぜんマシンを非難するでしょうな。――わたしにゃあの連中は理解できないが。わがキャピタル・シティにおいて人間が独創力を失っているように見えますかね？」

そしてキャピタル・シティは金色《こんじき》の太陽を浴び、金色の栄光に輝きながら果てしなく広がっていた――ホモ・メトロポリスのもっとも新しい、もっとも若い創造物として。

ヨーロッパ地区

a　面積――四百万平方マイル

b　人口――三億

c　首都――ジュネーヴ

ヨーロッパ地区はいくつかの点で変則的だった。まず面積ははるかに小さく極小である。面積では熱帯地区の五分の一に満たず、人口においては東方地区の五分の一に満たない。地理的には、かつてヨーロッパ・ロシアであった地域とイギリス諸島を除外している点で、先原子力時代のヨーロッパとわずかに似かよっているが、他方またアフリカとアジアの地中海沿岸を含み、それに大西洋を変なぐあいに飛びこえて、アルゼンチン、チリ、ウルグアイなどをも含んでいる。

この地区は、地球のほかの地区に対する相対的な地位を向上させる気力もないようだった。南アメリカの諸地方がもたらす活気を別とすれば。全地区の中で、ここのみが過去半世紀にわたって人口減少を如実に示している。また生産施設を真剣に拡張しようと努力もしなければ、人類の文化に斬新なものをさしだそうともしなかった。

「ヨーロッパは」とマダム・ツェゲツオウスカは柔らかなフランス語で話した。「もともと北方地区の経済的付属物です。それは存じておりますし、それはそれでいっこうにかまいません」

そして個性の欠如を甘んじて受けいれるかのように、地区統監のオフィスの壁に、ヨーロッパの地図はかかっていなかった。

「それにしても」とバイアリィは指摘する。「あなたがたはご自分のマシンを持っておられるし、大洋の向こうから経済的な圧迫をこうむっておられるわけでもない」

「マシン！　はっ！」彼女は華奢な肩をすくめ、小ぢんまりした顔にかすかな笑みをうかべながら長い指でタバコを軽くたたいた。「ヨーロッパは眠っているようなところです。熱帯地区へ移住しようともしなかったわたしたちは、この土地と同じようにくたびれて、眠っているのです。おわかりのように、わたしのように、かよわい女の肩に、地区統監というような仕事がふりかかってくるんですものね。まあ、さいわい、むずかしい仕事ではないし、そう期待も大きくはありませんから。

マシンについて申しあげれば――あれは〝こうしろ、それがおまえにとって最良の道だ〟としか言えないんですわ。でも、わたくしどもにとって最良の道とはいったいなんでしょう？　おそらく、北方地区の経済的従属物に甘んじていることとなんでしょうね。

でもそれがそれほどおぞましいことでしょうか？　戦争もなし！　平和に暮らしています――七千年ものあいだ戦争が続いてきたあとでは、ほんとうにすばらしいことです。わたしどもは老いておりますの、ムッシュウ。辺境には西洋文明の発祥地がございます。エジプトとメソポタミア、クレタとシリア、小アジアとギリシア――でも老年が必ずしも不幸とは申せません。喜びと申せることも――」

「たぶんおっしゃるとおりでしょう」とバイアリィは磊落《らいらく》に言った。「少なくともここの生活のテンポは、ほかの地区ほど早くはありませんね。心地よい雰囲気です」

「そうでしょうか？——お茶がまいりました、ムッシュウ。クリームとお砂糖のお好みをお聞かせくださいましな。——おそれいります」

彼女は静かにお茶を飲み、言葉をついだ。「ほんとに快適なのです。地球のほかの地区はご勝手に奮闘を続ければよろしいんですわ。ここに似たような例がありますわ、とても興味深い例ですの。ローマが世界の支配者だったころがございましたでしょう。彼らはギリシアの文化や文明をとりいれた。そのギリシアは一度も統一されたことはなく、戦争で自滅し、頽廃的な汚濁の中に終焉を迎えようとしていた。ローマがそれを統一し、平和をもたらし、栄華を廃して安定した生活をあたえました。この国は発展の途上に起こる衝突や戦争とは無縁に、哲学や芸術に専心しました。それは一種の死とも言えたけれど、平安に満ちたものであり、とちゅう何度か小さな挫折がありながらも約四百年も続いたのです」

「しかし」とバイアリイが言った。「結局ローマは滅亡し、阿片の夢は終わった」

「文明を破壊する野蛮人はもうおりませんわ」

「われわれ自身が野蛮人になれるのですよ、マダム・ツェゲツオウスカ。——ああ、お尋ねするつもりでした。アルマデンの水銀鉱山の生産量が最近いちじるしく減少しているそうですね。原鉱の産出が予想していたより急速に低下しているわけでもないのでしょう？」

　小柄な婦人の灰色の眼がバイアリイの顔にひたとあてられた。

「野蛮人──文明の滅亡──マシンがおかしうる過誤。あなたの思考過程はいとも明白ですわね、ムッシュウ」

「そうですかな？」バイアリイは微笑した。「いままでのように殿方を相手にしていたほうが無事らしいですな──あなたはアルマデンの問題はマシンの過誤だと思われるのですか？」

「いいえ、決して。でもあなたはそうお考えなんでしょう。あなたご自身は北方地区のお生まれでいらっしゃる。中央統監本部はニューヨークにございますわ。──あなたがた北方人はマシンに対して信頼を欠いていらっしゃるようにこのところお見受けしておりますの」

「そうでしょうか？」

「北方地区では〈人間同盟〉が勢力を伸ばしていますが、このくたびれた老年のヨーロッパでは多くの新会員を募ることはとうていむりですね、ここでは、しばらくのあいだ弱い人間はそっとしておいてやろうと考えておりますもの。たしかにあなたは自信ある北方人の一人でいらっしゃって、この老いさらばえた冷笑的な大陸人ではありませんわ」

「それがアルマデンとなにか関係があるのですか？」

「ええ、あると思いますわ。鉱山はコンソリデイテッド・シナバー社の管理下にあります。これはたしか北方系の企業で、本社はニコラーイエフにあります。私見を申しあげれば、あそこの経営陣はそもそもマシンに意見を求めているのかしらと思いますわ。先月の総会ではそうしていると申しておりました。むろん、そうしていないという証拠はございません、でもこの問題については——べつに悪気で申しあげるわけじゃないんですよ——どんな場合でも——北方人の言葉を信用するわけにはまいりませんの。——それにしても、いずれは幸運な結末をとげるでしょう」

「どんなぐあいにですか、マダム？」

「ここ数ヵ月来の経済の変調は、過去の大変動に比べれば小さなものですが、わたしども平和にひたりきっている者の心をかき乱し、スペイン地方に不穏な空気をかもしだしていることを理解していただかねばなりません。どうやらシナバー社はスペイン人のグループに身売りしようとしているらしい。ありがたいことですわ。わたしどもが北方地区の隷属者であるとしたなら、この事実をあまり喧伝するのもはばかられましてね。——わたしどもの地区の人々は大丈夫、きっとマシンに従いますわ」

「するとこれ以上のトラブルはないと言われるのですな？」

「はあ、そう思いますわ——すくなくともアルマデンでは」

北方地区

a　面積——千八百万平方マイル

b　人口——八億

c　首都——オタワ

北方地区はさまざまな点で首位に立っている。それは、地区統監ハイラム・マッケンジイのオタワのオフィスにかかっている地図によって明らかに示されている。この地図では北極が中心となっている。スカンジナビアとアイスランド地域というヨーロッパのとび領土を除けば、北極圏はすべて北方地区に包含される。

それは大体二つの主要地域に分けることができる。地図の左手はリオ・グランデ以北の北アメリカ全土。右手はかつてソ連邦であった全地域が含まれている。この二地域は、本惑星における原子力時代の初期の中心勢力であった。この二地域のあいだに、ヨーロッパ大陸をなめる舌ともいうべき大ブリテン島がある。地図の上部に、大きく、奇妙な形に歪んでいるのは、同じく本地区の一部をなすオーストラリアとニュージーランドである。

過去数十年間のあらゆる変化も、北方地区が惑星の経済的支配者であるという事実を変えるわけにはいかなかった。

バイアリイがいままでに見てきた公定の地区地図の中で、マッケンジイのオフィスの地図のみが、北方地区は競争を恐れず、その卓越性をわざわざ強調する必要もないとでもいたげに地球全土を書き入れているのは、はなはだ象徴的であった。

「不可能ですよ」とマッケンジイは気むずかしい顔でウイスキーをかたむけながら言った。「バイアリイさん、あなたはロボット技術者としての教育は受けておられないようですね」

「ああ、受けていませんよ」

「ふむ。ぼくに言わしてもらえば、チンやンゴーマやツェゲツオウスカもそうした教育を受けていないというのは悲しむべきことですな。地球人のあいだでは、地区統監は有能な組織者で、太っ腹な統括者で、人あたりのいい人物でありさえすればよいという意見が一般にしみこみすぎていますよ。今日《こんにち》ではそのうえにロボット工学に通じている必要があると思いますね——悪気があって言うんじゃありませんが」

「なんのなんの。わたしも同感です」

「たとえば、いまのお話だと、あなたは最近の世界経済の些細な変動を気に病んでおられる。あなたがなにを心配しておられるか知らんが、過去において、ある人々が——分別のあったはずの人々が——虚偽のデータがマシンにあたえられたらどうなるだろうと考えたことがあるんですよ」

「それでどういうことになりますかね、マッケンジイさん?」

「そうですな」スコットランド人は溜息まじりに身じろぎした。「集められたデータはすべて、人間と機械がかかわる複雑なスクリーニング・システムのチェックを経るわけですから、そうした問題はほとんど起こりえませんよ。――だがこれはひとまずおきましょう。人間というものは誤りをおかしやすく、堕落しやすいものだし、通常の機械装置はとかく機能不全を起こしやすい。

問題の核心は、われわれが〝誤ったデータ〟と呼ぶものは、ほかのあらゆる既知のデータと相容《あいい》れないものということです。それが正誤を判断する唯一の規準なんですよ。それはマシンも同様です。たとえば、アイオワの七月の平均気温が華氏五十七度であるという前提で農作業を指導せよと命令してごらんなさい。マシンは受けつけやしませんよ。解答をだそうとはしないでしょう。――その特殊な気温に偏見をいだいているからではなく、解答が不能だからでもなく、長年のあいだあたえられた既知のデータに照らして、七月の平均気温が五十七度になる確率が文字どおりゼロなのを承知しているからなんです。マシンはそのデータを却下する。

〝虚偽のデータ〟をマシンにむりやりあたえることのできる唯一の方法は、それを自己矛盾のない一連のデータの一部にまぜてやることです。しかもその誤りは、非常に微妙でマシンが発見できないか、あるいはマシンの経験にはないものであるかのどちらかの、ごく微妙な誤りでなければならない。前者は人間の能力の限界を越えるものだし、後者もほぼ同様で、マシンの経験が刻々と増すにつれ、ますます不可能となるわけですよ」

スティーヴン・バイアリイは鼻梁に二本の指をあてた。「するとマシンはみだりにだまされないというわけだな――では、最近の誤りはどう説明しますね？」

「ねえ、バイアリイさん、あなたは本能的にあの大きな誤り――つまりマシンはなんでも知っているという誤りを冒しておられる。わたし個人の経験を例にあげてみましょう。綿花産業は綿花を買いつけるために熟練した買付け人を雇っている。彼らの手順は、まず、一山の綿花の梱《こり》を任意に選んで綿花の房をひきだす。その房を眺める、手で触る、ちぎってみる、ちぎりながらその音を聞いてみる、舌先に触れてみる――こういう手順を経て、その梱の綿花の等級を定めるのです。およそ十ほどの等級があります。彼らの決定の結果、綿花はしかるべき値段で買いつけられ、ある割り合いで混合が行なわれる。ところでこれらの買付け人たちの役割はいまだにマシンがとってかわることはできないんです」

「なぜです？　データはそれほど複雑だとは思えないが？」

「そうでしょうね。しかしあなたがおっしゃるのはなんのデータです？　いかなる繊維化学者も、買付け人が綿の房に触ったとき彼がなにを検査したのか知ることはできない。おそらく、糸の平均した長さとか感触、滑らかさの度合いとか性質、目のつみぐあいなどかもしれない――数十という項目が、長年の経験によって無意識に比較考量されるんです。しかしこれらの検査の定量的性質はわからない。検査の中には検査そのものの性質さえわからないものさえある。だからマシンにあたえるデータはまったくない。買付け人たちも自分自身の判断について説明することはできない。彼らはただこう言うだけだ、〝さあ、これを見てくれ。こいつはかくかくしかじかの等級じゃないかね？〟」

「なるほど」

「こんなケースは数えきれないほどありますよ。マシンはしょせん機械です、計算とか判定という重荷を人間の肩からとりさることによって人間の進歩を早める役には立ちますよ。しかし、人間の脳の仕事は相変わらず残っている。つまり、分析すべき新しいデータを発見すること、検査する新しい概念を考えだすことだ。〈人間同盟〉がそれを理解しようとしないのは遺憾ですな」

「彼らはマシンを排斥しているのですか？」

「生きているその時代時代で、数学を排斥したり、文学を排斥したりしたでしょうよ。同盟の反動分子たちは、マシンが人間の魂を奪いさると主張している。しかし有能な人間はわれわれの社会ではいまもっておおいに需要がある。われわれはマシンに尋ねるしかるべき質問を考えだせるような聡明な人間を必要としています。そんな人間をたくさん見つけだせれば、あなたが心配なさっているこれらの混乱も起こらなくなるでしょうよ、統監」

地球（無人の南極大陸を含む）

a　面積――五千四百万平方マイル（陸地面積）
b　人口――三十三億
c　首都――ニューヨーク

石英板の向こうの火は衰え、パチパチ音をたてながらしぶしぶと消えかかっている。統監の顔は暗く、消えかける炎にも似た気分だった。

「みんな状況を過小視しておるのです」声は低かった。「みんながわたしを笑うとは想像しがたいでしょう？　しかるに――ヴィンセント・シルヴァーはマシンが狂うことはありえないと言う。わたしは彼を信用しないわけにはいきません。ハイラム・マッケンジイは、虚偽のデータをあたえることは不可能だという、わたしはそれも信じないわけにはいかない。しかしマシンは変調をきたしている、とにもかくにも、その事実も、信じないわけにはいかない――とすると、まだもうひとつ可能な考え方が残されている」

彼は、かたわらのスーザン・キャルヴィンをちらりと眺めた。眼を閉じている彼女は、一瞬眠っているように思われた。

そうはいっても、彼女はきっかけをはずさずに訊いた。「どんな？」

「つまり、正しいデータがあたえられ、正しい答えが受けとられるのだが、その答えは無視されるという。マシンは命令に対する服従を強要することはできませんからね」

「マダム・ツェゲツオウスカは、一般北方人を引き合いに出し、そんなようなことをほのめかしたような気がしますが」

「そうです」

「マシンに従わないことによって、どんな目的が満たされるかしら？　動機を考えましょう」

「それは明らかですよ、博士にも明らかでしょうが。これは故意にボートをゆするというケースですよ。現在地球上では由々しい紛争は起こりえない。つまりある特定のグループが、全体としてみたら人類にとっては有害であるけれども、そのグループの利益になると思うものを手に入れるために、もてる以上の権力を奪取しようとする——そういう抗争は起こりえない、マシンが支配するかぎりは。もしマシンに対する一般の信頼が失われて、マシンを廃棄するようなことになれば、地球はふたたびジャングルの法律に支配されることになる。——そして四つの地区のどれをとっても、まさにそうなることを望んでいるという疑惑を免れうるものはない。

　東方地区はその境界の内側に人類の半数の人口をかかえているし、熱帯地区は地球資源の半分以上をかかえている。両地区ともそれぞれ全地球の本来の支配者であると自覚するかもしれないし、またそれぞれ北方地区に対する屈従の歴史を持っている。それに対して彼らが無分別な復讐を望んだとしても、それは人情として当然でしょう。また他方、ヨーロッパは栄光の伝統を持っている。かつて地球を支配していた。そして権力の記憶ほど永遠にまといついてはなれぬものはありませんからね。

とはいうものの、見方を変えれば、それも考えにくくなる。東方地区も熱帯地区も、その領土の中で目ざましい発展の途上にある。信じられぬほどの登り坂にあるのです。軍事活動に費やす余剰のエネルギーがあるわけがない。そしてヨーロッパには昔日の夢しかない。軍事的には無に等しい」

「とすると、スティーヴン」とスーザンは言った。「残るは北方地区ね」

「ええ」とバイアリイは力強く言った。「そうです。北方地区はいまやもっとも強大だ、そしてほぼ一世紀の間、その状態を保ってきた、あるいはその構成地域のいくつかはそうだった。しかしいまや、それもほかに比べると衰えつつある。熱帯地区はファラオ以来はじめて文明の先頭に立つかもしれない。そしてそれを恐れている北方人がいる。

〈人間同盟〉は元来北方地区の組織ですね、そして彼らは、マシンは不要だと考えている事実を隠そうとはしない。——スーザン、彼らは数においては少数だが、有力な人々の集まりなのですよ。工場の幹部、農工合同企業の幹部といった、彼らが言う〝マシンの給仕〟であることを忌み嫌っている連中がそれに属している。野心をもった人間が属している。自分たちにとってなにが最善かということは自分たちで決めるくらいの能力はあると、おまえにはこれが最善なんだと命令されなくともすむくらいの能力はあると思っている人間なんです。

つまり、これらの人間は、ともにマシンの決定に応じることを拒否することによって短時日のうちに世界を覆すことができる――まさにそういった連中が同盟に属している。スーザン、これで話のつじつまがあいます。ワールド・スチール社の取締役のうち五人までがそのメンバーです。そしてワールド・スチール社は生産過剰という事態におちいっている。アルマデンで水銀を採掘しているコンソリデイテッド・シナバー社は北方地区の企業です。名簿を目下調査中ですが、すくなくとも中の一人は〈人間同盟〉のメンバーでした。独力でメキシコ運河の開通を二カ月遅らせたフランシスコ・ヴィラフランカもメンバーの一人だったことが判明しています。それからラマ・ヴラサヤナもそうでしたが、こちらももうまったく驚きませんでしたよ」

スーザンが静かに言った。「わたしが指摘したいのは、あの人たちはへまをやった――

――」

「そりゃ当然ですよ」とバイアリイが口をはさんだ。「マシンの分析に従わないということは、最善ではない道をたどることですからね。結果はみじめなものですよ。それは彼らが支払わなければならない代価ですな。当面は荒っぽい行動に出るだろうが、結局そのうちに混乱をきたして――」

「いったいなにを企んでいるんです、スティーヴン？」

「はっきり言ってもうぐずぐずしてはいられませんよ。ただちに同盟を非合法化して、メンバーは責任ある地位からひいてもらうつもりです。そして今後あらゆる経営部門や技術部門の管理職候補者は、非同盟員である旨の宣誓に署名した者のみにかぎることにします。これは基本的な市民の自由をある意味で侵害することになりますが、議会はおそらく——」

「それはうまくいきませんよ」

「なんですと！——なぜできないのです？」

「予言してもいいわ。もしそんなことをすこしでもやろうとしたら、いたるところで妨害されますよ。実行が不可能なことがわかります。あなたがそういう動きをしたら、かならずトラブルが起きますからね」

バイアリイは呆気にとられた面持だった。「なぜそんなことをおっしゃるんです？——このことについてはあなたのご賛同が得られると思っていたのですが」

「あなたの行動が誤った前提に立っているかぎり、そうはいきませんね。あなたはマシンが誤りをおかすことはできないこと、また誤ったデータをあたえられることはないことを認めましたね。ここでマシンに従わないということは不可能であるという事実をお見せしましょう、あなたは、同盟が従っていないと考えているようだけれど」

「そこのところがわたしにはさっぱりわからない」

「ではお聞きなさい。マシンによって仕事をしている経営幹部が、マシンの的確な指示に従わない場合、その行為は、次の問題のデータの一部になる。したがってマシンは、その幹部が自分の指示に従わない性向があることを知るわけです。マシンはその性向をデータに組みこむことができる——定量的にね、つまり、不服従がどの程度に、どの方面で起るかということを的確に判断したうえで。したがって、その次の解答は、当の幹部がそれに従わないことを前提とし、従わないことによって、その解答が最良の方向へ持っていかれるように、その分だけかたよらされる。マシンは知っているんです、スティーヴン！」

「確証はないはずです。単なる推測にすぎない」

「ロボットとともに一生を暮らした経験にもとづく推測よ。こういう推測は信頼したほうがいいわ、スティーヴン」

「そうは言っても、あとになにが残っていますか？　マシンは正しい。彼らが用いる前提も正しい。それは認めましたよ。いまあなたはマシンに従わないことは不可能だとおっしゃった。じゃあどこが狂っているんです？」

「ご自分で答えをだしたじゃありませんか。なにも狂ってはいないんです！　マシンについてようく考えてごらんなさい、スティーヴン。彼らはロボットです。だからロボット工学三原則の第一条に従います。でも、マシンは一個人のためにではなく、人類全体のために働く、そこで第一条はこうなります。

〈マシンは人類に危害を加えてはならない。また、その危険を看過することによって、人類に危害を及ぼしてはならない〉ところで、スティーヴン、人類に危害を及ぼすものとはなんでしょう？　原因はなんであれ、大部分は経済的混乱です。そうじゃありませんか？」

「そうでしょうね」

「将来において、経済的混乱をもっとも惹きおこしやすいと考えられる要因はなんですか？　お答えなさい、スティーヴン」

「まあ」とバイアリイはしぶしぶと答えた。「マシンの破壊です」

「わたしもそう思います。マシンもそう考えているでしょう。したがって彼らの第一の関心は、自分自身を守ることとです、われわれ人類のために。だから彼らは、自分たちを脅かす唯一の要因をひそかに取りのぞこうとしている。マシンが破壊されるようにボートをゆすっているのは、〈人間同盟〉ではないんです。あなたは絵を裏側から見ていたんですよ。むしろね、マシンが、ボートをゆすっているんです――ほんとに微かに――マシンが人類にとって有害だと考えてボートのふちにしがみついている少数の人たちをふりおとせるくらいにゆすっているんですよ。

それでヴラサヤナは工場を失い、なんの危害も及ぼせない仕事をあたえられた――ひどい痛手を負うこともなく、生活費を得る手段を奪われもせず。それはマシンが、最小限度しか人間に危害をあたえることはできないからです。それもほかのより多数の人間を救う場合においてのみですが。シナバー社はアルマデンにおける支配力を失った。ヴィラフランカはもはや重要なプロジェクトに参画できる民間の技術者ではない。そしてワールド・スチール社の幹部たちは、経営上の支配力を失いつつある——もしくは失うでしょう」

「しかし、ほんとうのところはわからないのでしょう」とバイアリイは取り乱した口調で言った。「どうすればあなたが正しいほうに賭けられるんです？」

「賭けねばなりませんよ。あなたがマシンにこの問題をあたえたときの、マシンの答えをおぼえていますか？　こうでしたね、〝本件は解明を許さない〟。マシンは解明がないとは言わなかったし、解明ができないとも言わなかった。それは単に、解明を許さないと言ったのです。言葉を変えれば、その解明を知らされることは、人間にとって害のあることなんですよ、だから推測するほかはない——そしてこれからも推測にたよるだけですよ」

「しかし、なぜその解明がわれわれに害をおよぼすんです？　あなたが正しいと仮定してですが、スーザン」

「おやおや、スティーヴン、もしわたしが正しければ、それはこういうことですよ。マシンは、単にわれわれの直接の質問に答えるだけではなくて、世界情勢や人間心理全般に対する普遍的な解答を通じて、わたしたちの未来を導いているということね。そしてそれを知ることは、われわれを不幸にし、われわれの誇りを傷つけるかもしれない。マシンはわれわれを不幸にすることはできないし、してはならないんです。わたしたちにわかるかしら？スティーヴン、人類の究極的な幸福がなにを必要とするか、わたしたちにわかるかしら？　マシンが自由にできる無数のファクターを、わたしたちは手もとに持っていない！　身近な例をあげれば、われわれの技術文明は不幸や悲惨さを取りのぞいたけれど、それ以上の不幸や悲惨さを作りだしてもいる。おそらく、もっと文明度の低い、人口もすくない、農民風の、あるいは田園生活風の文明のほうがよいのかもしれない。もしそうだとすればマシンはわれわれには知らせずにその方向へ進んでいくにちがいない。愚かな偏見から、わたしたちは慣れ親しんでいるものが良いものだとしか考えないし――そうなれば変化と闘おうとするでしょうから。あるいは、完全な都会化か、あるいは完全に鋳型にはめこまれた社会か、または完全な無政府状態か、いずれかが答えとなるでしょう。わたしたちにはわからない。それはマシンたちだけが知っている、彼らがわたしたちをそこへ連れていってくれるんです」

「それじゃあ、スーザン、〈人間同盟〉の主張が正しいとおっしゃるんですね、人類は未来に対してみずからの発言権を失ってしまったんだと」

「いまだかつて発言権があったためしはありませんよ。いつだって、人間にははかりしれない経済的、社会的な力に左右されてきたんですから――気候の気まぐれとか、戦争の勝敗などによって。マシンはそういう力を理解しています。人間はだれもそれらを押しとどめることはできない、だからマシンが対処していくでしょう、〈人間同盟〉に対処しているように——もっとも強力な武器、われわれの経済に対する完全な支配権という強力な武器をほしいままにして」

「なんとおそろしいことだ！」

「すばらしいことじゃありませんか！　考えてもごらんなさい、この先ずっと、あらゆる紛争がついに避けられることになったんですもの。これからは、マシンだけが、避けられぬものなんですよ！」

　炉床の火はすっかり消えて、ゆらゆらとたちのぼる煙だけが、その存在を示していた。

＊

「これでおしまい」とキャルヴィン博士は言って立ちあがった。「わたしはロボットをはじめから、おわりまで見てきました、哀れなロボットたちが、まだ口もきけないころから、人類を破滅から守るときまで。この先は見ますまい。わたしの人生はもうおわり。このあとを見とどけるのはあなたがたですよ」

　スーザン・キャルヴィンにふたたび逢うことはなかった。女史は先月、八十二歳でこの世を去った。

「ロボット学」の新たな世紀へ
アシモフ〈ロボット工学の三原則〉の受容と発展

作家
瀬名秀明

読書好きの人なら面白い本を読んだ後に感じるあの充足感を知っているだろう。もちろん小説の面白さにはさまざまな種類があって、一度きりの読書を楽しませてくれるものもあれば、何度読んでも初読のときの興奮と感動が蘇ってくるものもある。だが読み返すたびに新しい発見があり、自分の歩む人生と共に面白さが増してくるものとなると意外に少ない。

いまあなたが手にしているアイザック・アシモフの短篇集 ***I, Robot*** (1950) こそ、その稀有な読書体験を約束できる名作中の名作である。

現在日常的に使われているロボット工学 (robotics) という言葉は、アイザック・アシモフのこの連作から生まれた。そして彼が本書を纏める際に冒頭に示した〈ロボット工学の三原則〉（The Three Laws of Robotics）は、ロボットを語るにあたって必ず言及されるほど重要な概念となった。アシモフはロボットに呪縛をかけ、そしてロボットの未来を切り拓いた。しかしそれだけではない。もしアシモフの小説が科学や技術だけに耽溺していたら、決してこれほど永い期間にわたって読み継がれることはなかっただろう。アシモフのロボット・シリーズは私たちそれぞれの人生と共鳴する。その時々によって常に新たな相貌を見せる。それは私たちがどんなときでも自分というものを考えているように、作者であるアシモフがロボットを通して自分を描き続けたからだ。クリフォード・D・シマックに影響を受けたという彼の簡明な文体は、ページが開かれた瞬間の人間社会のあり方や私たちの興味を映し出す。鏡のように、とはいわないでおこう。そのくっきりとした反射光にはアシモフの静かな情熱と作家性が実は籠められているのだから。それが心地よさと驚きへ転じたとき、アシモフが生涯をかけて深化させていったロボット小説の道筋が私たちの前に姿を現す。その道筋こそ、私たち人間が永遠に求め続ける人間らしさ（ヒューマニティ）という謎へのベクトルなのである。

デビュー、そして三原則の誕生へ

アイザック・アシモフ（Isaac Asimov）は一九二〇年にロシアの小村で生まれた。カレル・チャペックが戯曲『ロボット―― R.U.R.』の初版を発表した年である。名字の

Asimov は「アジモフ」と発音するのが正しいが（『アシモフ自伝Ｉ』によると、has-him-of とくっつけて発音し、そこからふたつの h を抜けばよいのだそうだ）、日本では慣例的に「アシモフ」と表記されることが多い。

両親と共にアメリカへ移民してきた彼は、父が経営するキャンディストアでパルプ雑誌の物語に浸りながら少年時代を過ごす。やがて彼は小説を書く魅力に取り憑かれる。一九三八年、「アスタウンディング」誌にジョン・Ｗ・キャンベル・ジュニアが新編集長として就任し、誌面の刷新がおこなわれた。アシモフはこれに刺激を受けて投書を始め、やがてそれが「ＳＦを書いてＳＦ雑誌に載りたい」という情熱へと発展していったのだ。アシモフは書き上げた小説を抱いてキャンベルの門を叩く。最初の小説は日の目を見なかったものの、アシモフはその後も精力的に作品を書いてキャンベルに送り、ＳＦ作家アイザック・アシモフの誕生へと繋がるのである。

デビュー前後の一九三九年五月、アシモフはＳＦファンの集まりにも顔を出すようになり、作家のオットー・バインダーと出会っている。アシモフはオットーと兄のアールが合作したイアンド・バインダー名義の短篇「ぼくの創造（I, Robot）」（1939）を読んで感銘を受けていた。またその少し前には、大好きな作家レスター・デル・リイの書いた短篇「愛しのヘレン」（1938）にも感激したばかりだった。アシモフはオットーと会った三日後にロボット小説を書き始め、そして同月二三日、彼はこの短篇に「ロビイ」というタイトルをつけてキャンベルのもとに送ったのだ。

当時はどんな時代だったのだろうか。前年一二月二五日にはカレル・チャペックが死去している。第二次世界大戦が勃発する直前だったが、アメリカではルーズベルト大統領の推進するニューディール政策を受けて大衆消費社会が花開き、電子工学への関心が高まっていた。同年から翌年にかけて開催されたニューヨーク万博のテーマは「明日の世界の建設」である。それは旧来のヨーロッパ文化や共産主義を一掃し、新しいアメリカの時代がやって来ることを喧伝する一大祭典だった。一九歳のアシモフもこのニューヨーク博を訪れているが、きっと彼はウェスティングハウス社のパビリオンで身長七フィートのヒト型ロボット《エレクトロ》を見たことだろう。ルネサンス時代のオートマタ文化は一九世紀に万博文化と結びついていたが、ここでもロボットは未来社会を象徴する輝かしい科学の産物として脚光を浴びたのである。《エレクトロ》は七七の言葉を喋り、壇上で前後に動き、番犬ロボット《スパルコ》を従えていた。

当時の小説ではロボットが人間の脅威として描かれることが多かった。宇宙からの侵略者の手先であったり、最終的に人類を滅ぼしてしまう存在だったりといった具合である。科学者を目指していたアシモフにとって、これらの物語は非現実的に映ったはずだ。「ぼくの創造」も「愛しのヘレン」も心優しく高貴なロボットが人間と心を通わせる。そこにアシモフは惹かれたのだろう。ところが「ロビイ」はあまりにもこの二作に似ているということでボツになり、結局この短篇は友人のフレデリック・ポールが編集する「スーパー・サイエンス・ストーリーズ」誌に（勝手にタイトルを変更されて）掲載される。一九四〇年、アシモフ九作目の短篇。その後五〇年に及ぶアシモフのロボット物語のスタートである。

アシモフは続いてロボット小説をキャンベルの「アスタウンディング」誌に発表してゆく。ロボットが自己存在に好奇心を示す二作目の「われ思う、ゆえに……」（1941）で初登場したのがドノヴァンとパウエルという技術者コンビだ。アシモフはキャンベルが一九三〇年代半ばによく書いていた宇宙活劇の主人公、テッド・ペントンとロッド・ブレイクのコンビを参考にしてこのふたりを創り上げたらしい（キャンベルの連作は後に *The Planeteers*（1966）として纏められている）。そして三作目の「うそつき」（1941）で、アシモフは人間の心が読める特殊なロボットが現れたらどうなるかを描こうとした。ロボ心理学者スーザン・キャルヴィンの登場である。有名な〈ロボット工学の三原則〉はこの「うそつき」について打ち合わせをしている際に誕生した。作家でもあり卓越した編集者でもあったキャンベルが、すでにアシモフの作品の中に潜んでいたテーマを見事に顕在化させたかたちであった。アシモフは四作目の「堂々めぐり」（1942）で初めてこの三原則を物語中に明示し、その後も三原則を基盤にシリーズを書き続けてゆくことになる。本書『われはロボット』を纏める際にも三原則は冒頭に掲げられた。アシモフは各々の短篇も手を加えて整合性を重視し、老齢のキャルヴィンがUSロボットの歴史を振り返るという外枠を設定した。それによればキャルヴィンとUSロボットは共に一九八二年に誕生し、「ロビイ」は一九九八年の物語ということになる。

アシモフ自身は当初意識していなかったかもしれないが、現場担当技術者とロボ心理学者という二面性はロボット社会のあり方をうまく捉えている。アシモフの世界でロボットは何よりも宇宙という過酷な環境下における労働力であり、同時に太陽系を飛び出してゆくフロンティア事業のサポーターである。現場で問題が生じたとき、それを解決するのはチームの力であり、技術者の能力であった。翻って地球上では、人間たちのロボットへの偏見（アシモフの命名によればフランケンシュタイン・コンプレックス）がいつまでもなくならない。人間とロボットの付き合い方が常に議論され、そこに無数の謎と困難が生じる。新しいタイプのロボットは常に人間と摩擦を起こす。だからこそロボットの立場で考え、ロボットの立場で人間を見るロボ心理学者が必要とされたのだ。

三原則の浸透、そして変化

本書を読むと、アシモフのロボットが人間の姿へと近づいてゆくにつれて、三原則の議論がどんどん深まってゆく過程がわかるだろう。外見上ロボットと人間の見分けが付かなくなったとき、三原則が陽電子頭脳に組み込まれていることは両者を積極的に隔てる基盤となるのか。そうではない、とキャルヴィンは「証拠」(1946)の中で早くも指摘している。たとえある人物の行動が三原則に当て嵌まったとしても、それは彼がロボットであることを保証しない。なぜなら三原則は世界の倫理体系であるからだ。

これはロボットがあくまでも私たち人間社会のパートナーであることを浮き彫りにさせる。キャンベルには人種差別的な思想があったと伝えられており、三原則に奴隷の法則のニュアンスを感じる人は多い。だがアシモフは大学の恩師ウィリアム・C・ボイドの影響もあってか、外見で人を区別する偏見を嫌った。確かに人はそれぞれ異なった肌の色や血液型を持っている。だが人間であることに変わりはなく、そこに人間らしさの優劣は存在しない。アシモフはボイドとの共著『人種とは』(1955)ではっきりとその考えを述べている。アシモフは三原則に基づいてロボット小説を書きながら、おそらく常に「ロボットと自分(アシモフ)は何か異なるところがあるのだろうか?」と自問していたのだと思う。ロボットは第一条の「人間に危害を加えてはならない」「人間が被るであろう危険を看過してはならない」という二項目ですべての行動を束縛されているが、これを義務ではなく倫理と解釈すればそのまま人間社会の規範となるのだ。そして和辻哲郎がかつて述べたように、倫理学では常に自己と他者というふたつの相対する人間性が同時に議論される。つまり三原則がロボットに課せられた社会において、ロボットを人間が受け入れるということは、人間側の倫理体系も変革を迫られているということなのである(アシモフもエッセイ「はじめに　人間学の法則」で似たことを述べている）。ロボットではないかと嫌疑をかけられた市長スティーヴン・バイアリイは公衆の面前で人を殴れるかという試練に晒される。彼はその後「災厄のとき」（1950）で、ロボットの雇用に反対する〈人類同盟〉の突き上げに耐えながらも人類の将来のために奔走する。経済の混乱は人類に危害を与えることであり、ならばマシンが経済を安定化させることが人類（ヒューマニティ）の幸福に繋がり、第一条の達成になるという考え方が、ここですでに登場している。アシモフのロボットたちは個人の幸福と人類全体の幸福の狭間に立ち、より豊かな人間性の実現を巡って思索を重ねてゆくことになる。

　アシモフの三原則は現実の工学者からどのように見られてきたのだろうか。工学ではアイデアをシステムとして機能させる「実装」の精神が重視されるが、それに基づいて三原則を検討すると、やはりまず第一条の「人間」や「危害」をどのように定義するかが非常に難しい。そして第二条、第三条における「〜の限り」という文面にも人工知能《AI》の困難な課題が含まれている。アシモフの三原則がこれまで工学分野で真剣な議論の対象とならなかったのは、実装への道がまるで見えなかったからだろう。

　一方、誰が最初にいい出したのかわからないが、この三原則は優れた道具の原則であるという指摘が洋の東西を問わず昔からあった。アシモフ自身そのことをエッセイ「ロボティクスの法則」で述べているし、永瀬唯は著書『肉体のヌートピア』（1996）の中で当時のアメリカの状況を俯瞰しつつ三原則に籠められた大衆消費社会の本質を見ている。三原則を①安全で、②役に立ち、③丈夫であること、と読み直せば、ロボットだけではなく道具や機械全般に当て嵌まる原則だ。つまりこれは設計思想ではなく消費者という立場を想定した姿勢なのである。

もっと人間に寄った解釈を展開したのは小隅黎だ。『われはロボット』の子供向けリライト版（ポプラ社 1972）のあとがきで小隅は「科学のための三原則」「人間の文明の守るべき三原則」「科学のつくりなすあらゆる機械が、三原則の第一条を守って設計されていれば、公害などおこらない」と記し、また自作『北極シティーの反乱』のあとがき（徳間文庫 1981）では優れた家電の法則でもあると看破している。「家電の」とまでいい切ったのは小隅が最初かもしれないが、厳密にはわからない。石川英輔はこの小隅のあとがきを受けて、後に世界でも類例のない本格的なロボット小説『人造人間株式会社』（1983）を書き、開発現場の立場から新たな三原則まで提示した。自動車メーカーの技術者がヒューマノイドを開発する物語――といえば多くの人は驚くだろう。一九九六年の二足動歩行ヒューマノイド《P2》や、その後の《ASIMO》で人々の度肝を抜いた本田技研工業との符合を感じさせる。

作家たちはアシモフの三原則を参照しながら、そしてときには強く反発しながら、己のロボット物語を書いていった。その意味でアシモフはアーサー・C・クラークの『200

1年宇宙の旅』や手塚治虫の『鉄腕アトム』と同様、人々に呪縛をかけたのかもしれない。日本では「SFマガジン」誌の発刊に伴ってアシモフの三原則も輸入されたが、当初はこれを遵守しなければならないのかといった誤解も日本作家の間にあったようだ。日本でアシモフのロボット小説をもっともよく受け継いだのは眉村卓である。受容の後はひねりが加えられ、小松左京の「ヴォミーサ」(1975) などが出た。海外でもバリントン・J・ベイリーの『ロボットの魂』(1974) や『光のロボット』(1985)、ジョン・スラデックの *Roderick* (1980)、ルーディ・ラッカーの『ソフトウェア』(1982) などはアシモフへの反発から生まれ、新たなロボット小説の地平を開拓した小説である。

これまでロボットシリーズは映画化の機会に恵まれなかったが、二〇〇四年にアレックス・プロヤス監督によって換骨奪胎されたオリジナル版『アイ，ロボット』が公開された。しかしそれ以前にも実はアシモフの親しい友人でもあったハーラン・エリスンが『われはロボット』の脚色を試みている。何回かのリライトの後エリスンは一九七八年夏にシナリオをアシモフへ送り、アシモフはたいそう気に入っていたようだ。しかし予算が足りなかったことや、ちょうど『スター・ウォーズ』ブームで原作のイメージを曲げられそうになったこともあって、製作には至らなかった。後にアシモフはこのシナリオを「アイザック・アシモフズ・サイエンス・フィクション」誌に分載し (1987/11, mid-12,12)、それはやがてマーク・ザグの繊細な挿画に彩られた *I, Robot: The Illustrated Screenplay* (1994) という素晴らしい本になった。

物語はアシモフのロボット短篇を巧みに再構成しつつ、壮大な人類とロボットの叙事詩へと広がってゆく。二〇七六年、スティーヴン・バイアリイの葬儀の席で伝説のロボ心理学者スーザン・キャルヴィンを目撃した記者ブラテナールは、バイアリイと特別な関係があったと噂される彼女の生涯について取材を始める。ハーラン・エリスンは心憎いまでにお馴染みのキャラクターをちりばめ、私たちをアシモフのロボット世界へと誘う。このシナリオではキャルヴィンが生まれたのは一九九四年のことだ。記者は六歳のキャルヴィンがロビイと心を通わせた話をUSロボットのラニングから聞く。そして彼はオゾンが立ち籠める惑星に赴き、九〇歳になったドノヴァンとパウエルから「堂々めぐり」の話を聞く。ジャングルなどエキゾチックな舞台を行き来しながら、彼は「うそつき」のエピソードを知り、やがてキャルヴィンと対面してインタビューに成功する。キャルヴィンは「レニイ」(1958)のことを、そしてバイアリイのことを語ってゆく。バイアリイと中央コンピュータの内面世界で数式が飛び交うクライマックスは圧巻だ。そして最後に記者はバイアリイとキャルヴィンの驚くべき秘密を知るのである。この力技はアシモフを読み込んだ人ほどびっくりするに違いない。これはまさしくアシモフの世界でありながら、同時に見事なエリスンの作品となっている。ラストシーンでは誰もが胸を熱くすることだろう。

先端ロボティクスへ、書くことへ、そしてアシモフ自身へ

シリーズの発展と共にロボ心理学者のキャルヴィンはキャラクターを確立してゆく。灰色の瞳に薄い唇、どんな人間にも好意を示さないクールな壮年の研究者である彼女は、しかしロボットを誰よりも愛している。本書で提示された議論は『ロボットの時代』(1964)の収録作へと受け継がれていった。「迷子のロボット」(1947)の続篇「危険」(1955)ではキャルヴィンのライバル的存在であるジェラルド・ブラックが再登場し、また「校正」(1957)ではある人物が最後にキャルヴィンへ憎しみをこめてこう告げる、「いつの日かあんたのロボットがあんたに刃むかい、あんたを殺せばいい」「あんたには人間の心理なんか理解できないのだ。(中略)なぜならあんたは皮をかぶった機械なんだから」と。そしてその人物はいう、あなたのロボットは人間の創造の楽しみをみんな奪ってしまうのだと。キャルヴィンはその人物に同情を感じながらも、ついに有効な反論を口にすることができない。

このくだりはもしかすると、作者であるアシモフが自分自身に向けて放った痛烈な批判なのではないかと思えてくる。アシモフは一九五〇年代終盤から活動の軸を小説から外し、以後おびただしい数のノンフィクションを残した。彼のエッセイやノンフィクションは当時の人々を科学の楽しみへと導く優れた案内役を果たしたが、現在ではほとんど忘れ去られている。なぜアシモフはそれほどノンフィクションを書くことにのめり込んだのだろ

う？　彼のノンフィクションは決して熱狂をバックボーンにしたものではない。いま彼のノンフィクションを読み直しても、SF業界に関するごく内輪な話題を除けば、アシモフという作家個人の心の内がほとんど見えてこないのだ。あなたは人間の心理なんか理解できないのだ、とアシモフはタイプライターを叩いている瞬間にも己に問いかけていたのかもしれない。だが彼は暑苦しい熱狂の代わりに科学や歴史やユーモアを静かな情熱で愛していたのだと思う。そしておそらくキャルヴィンのように、誰よりもロボットを愛していたのだ。

それだけでなくアシモフはロボットに自己を投影していたと思われる。アシモフはロボットを書くことで自分自身を書いていったのだ。それを裏付けるかのように、アシモフのロボット／AIは芸術活動、とりわけ書くことに取り憑かれてゆく。シリーズキャラの登場しない小品「いつの日か」(1956)や「笑えぬ話」(1956)でもその萌芽は見えたが、ノンフィクションから再び小説の執筆に戻ってきた一九六〇年代終盤頃からその傾向は顕著になった。創造の原動力である直感をロボットに組み込む「女の直感」(1969)や、ロボットがロボットの歴史を書こうとする「バイセンテニアル・マン」(1976)などがそれだ。特に後者は人間になろうとするロボットの二百年にわたる物語を描き切った名篇であり、シリーズ最高のクライマックスともいえる作品である。ロボットが創造することと自由であること、そして人間になることとの意味は等価であるとの思想がここには籠められている。

後年になるとアシモフは自律型ヒューマノイドばかりではなく、現実のロボット研究の進展を積極的に取り入れて、自分の世界観を拡張させようと努めている。「天国の異邦人」(1974)では遠隔操作型の水星探査ロボットがその自由意思によって喜びを獲得するさまが描かれているし、「チッパーの微笑」(1988)ではサイバネティクスが、「マイクの選択」(1989)ではナノマシンによる癌治療が取り上げられている。

だがアシモフの興味が三原則に縛られたロボットたち自身の欲望から離れることは決してなかった。最晩年の「キャル」(1990)では、作家の家事手伝いロボットが小説創作の欲求に燃え、ついにはその情熱が三原則を脅かす可能性さえ示される。アシモフの妻ジャネットはエッセイ「アシモフになりたい」(「SFマガジン」1995/12所収)の中で、死期の迫ったアシモフがしきりに「アシモフになりたい」と呟くのを聞き、あなたがアシモフだと伝えると幸せそうに笑みを浮かべて寝入ったというエピソードを披露しているが、何人かの評論家が指摘する通り、アシモフは長い作家生活を通して静かな情熱に支えられた自分自身を探求し続けていたのかもしれない。三原則に縛られたロボットたちから情熱を掘り起こすことは、彼自身の源泉を探る営みと等しかったのではないか。

ロボット学から人間学へ

アシモフの造語 robotics は従来「ロボット工学」と翻訳されてきた。しかし工学の特徴とされる「実装」の精神も、本来は分野を問わず多くの人間社会の現場に適応できる。今後はロボティクスも他の学問分野と協力し合い、広い意味での人間学になってゆくだろう。ゲノム学は人間を細かな物質の立場から見上げ、ロボット学はリバース・エンジニアリングの方法論を活用しつつ人間らしさの実装を追求する。ゲノムとロボットで挟み撃ちにすることで、人間そのものが立体的に浮かび上がる。従って工学の矜持である「実装」を社会全般に広げる意味でも、今後は robotics をあえて「ロボット学」と訳す方がよいのかもしれない。

これから本格的なロボット共存社会が到来するだろう。そのときロボットだけが規範を守ればよいのではない。私たち人間ひとりひとりがロボットと一緒に暮らすことの誇りを持ち、人間としての矜持を抱いて暮らす必要性が出てくる。なぜならロボットは油断するとすぐさま人間性を喪失させるベクトルを発揮するからだ。人類はその歴史の中で常に人間らしさとは何かと問い続けてきた。西洋ルネサンス時代の人々は神や動物と自分を分けることで人間らしさ（ヒューマニティ）を獲得している。だが今後ロボットが普及すれば、私たちは自分とロボットの間に新たな境界線を引くことで私たちは「世間」の枠組みを変えてしまうかもしれない。またロボットと付き合うことで私たちはヒューマニティを再定義しようとするかもしれない。同じ時空間に存在しながら、「世間」や「社会」が共有されることなく、ただ重層されるだけの世界に暮らすことになるかもしれない。その閉塞感が人間らしくありたいという私たちの欲求をますます加速させるだろう。二一世紀はロボットの普及によって「ヒューマニティ・コンシャス」の時代になるかもしれないのだ。だからこそ私たちはロボットに、自らの「世間」や「社会」を取り持つ大使としての役割を求め、それにすがろうとするかもしれない。その歪んだ構造が未だ方向の見えないロボット産業のキラーアプリになるかもしれない。アシモフが自分自身を追い求めたように、私たちもこれから自分の「人間らしさ」という青い鳥を探すためにロボットと付き合うのだ。

しかしアシモフは同時に、個人の幸福ではなく人類(ヒューマニティ)全体の幸福に思いを馳せていた。「災厄のとき」で提示されていた議論はやがて長篇『ロボットと帝国』(1985)で、第一条に先立つロボットの第零原則として結実する。

　ロボットは人類に危害を加えてはならない。またその危険を看過することによって人類に危害を及ぼしてはならない。(小尾芙佐訳)

だが「人類」という抽象概念をどのように定義すればよいのか? ここでもかつて人間の定義論争に陥った歴史が繰り返される。「人類のために」という大義名分が多くの犯罪を正当化してきた歴史をどう考えるのか? そもそも「人類の危機」など個人の抽象論に過ぎないのではないか？　すでにこの時代、人類とロボットは宇宙へと広く進出している。ロボットのダニール・オリヴォーは人間社会の危機に直面する過程でこの第零原則の重要性に辿り着き、従来の三原則に縛られた自分自身をつくり替えようとさえ願うのだ。ロボットに秘められた人類への静かな情熱がここでも陽電子頭脳に刻み込まれた第一条を覆そうとする。ロボットのジスカルド・レベントロフはダニールにいう、「人類のどの面が選択の対象となっているのかはっきり確信がもてないときに、一人の人間か人類かを選ぶというのは、きわめて困難だ、したがってロボット工学三原則の妥当性そのものが怪しくなってくる。人類というものが抽象的存在として表面に出てくるやいなや、ロボット工学の法則（The Laws of Robotics）は、たちまち人間工学の法則（The Laws of Humanics）に合流するだろう――そんなものは存在しないかもしれないが」（小尾芙佐訳）

アシモフは晩年、このロボット・シリーズをもうひとつの代表作であったファウンデーション・シリーズの世界観と統合させ、さらなる人間性を追求しようと試みた。そしてその途上で一九九二年に亡くなった。享年七二歳。

アシモフが創造した「ロボット学」は、アシモフの呪縛を超えていま新たなステージへ踏み込もうとしている。私たちが本書『われはロボット』を読み返すたびに新たな面白さを見出すのはそういうことなのだ。人間社会の倫理は自己と他者の間で浮かび上がり、それは個々人の人生と共に広がり、深まってゆく。そこに関わる時空間のすべてがロボット学（robotics）の課題であり、そして同時に人間学（humanics）の課題なのである。ティーンエイジの頃なら本書は私もかつてそう感じたように、ロボットやＳＦへの興味を掻き立てるよき入門書の役目を果たすだろう。そして科学や文学にさらなる興味を覚える頃にはアシモフという巨大な作家の足跡を辿る道標として、ロボットや物語を実装する側に立った者にとっては自分の問題意識を振り返り鮮明化する介助役として、思春期を抜けて人間社会の中に踏み出した人々にとっては人間らしさを自らの経験に当て嵌めて考えるパートナーとして、本書はその時々の面白さを反射させてくれる。つまり本書は私たちと共に、いや、人類と共に育ってゆく小説なのだ。ちょうどそれは私たちとロボットの関係そのものではないか。

私たちはこれからロボット社会を生きてゆく。これから生まれてくる子供たちは、最初からロボットのいる社会で育ってゆく。そのとき私たちにできる最小限のことは、そして同時に最大のことは、人間らしく生きるということなのである。その人間らしさとは何かを探り続けるために、私たちはアシモフに倣ってロボット学を実らせ、人間学を実装してゆくのだ。そしてそのために私たちは、これからもロボットと付き合い、アシモフを読み続けてゆくのだろう。

【謝辞】本解説執筆にあたり、翻訳家の小隅黎氏とIsaac Asimov Home Page (http://www.asimovonline.com/) を主催するEdward Seiler氏から貴重なご助言をいただきました。心から感謝いたします。

【編集部】本書は一九八三年十一月にハヤカワ文庫ＳＦより刊行された『われはロボット』の訳文に手を加えて決定版としたものです。

収録書籍 / 雑誌						登場キャラクター
I	R	C	D	V	日本版	
			○		SF マガジン 1988/1	スーザン・キャルヴィン
					ゴールド—黄金—	
				○		
				○	SF マガジン 1990/10	
				○	SF マガジン 1995/12	
					ゴールド—黄金—	
					ゴールド—黄金—	
				○		
				○	変わる！	
				○	変わる！	
				○	変わる！	
				○	変わる！	
				○		
				○	変わる！	
				○	真空の海に帆をあげて	
		○			コンプリート・ロボット	
				○	真空の海に帆をあげて	
				○	真空の海に帆をあげて	
			○			
				○	ロボット・シティを捜せ！	
				○	疑惑のロボット・シティ	
				○	脱走サイボーグを追え！	
				○	天才は殺される	
				○		
				○		
				○	ゴールド—黄金—	

邦訳タイトル	原タイトル（初出タイトル）	初出
夢みるロボット	Robot Dreams	Robot Dreams, Berkley, 1986/10
チッパーの微笑	The Smile of the Chipper (Man as the Ultimate Gadget)	Business Week's 1988 Guide to Giving, 1988/10/21
	Christmas Without Rodney	Isaac Asimov's Science Fiction Magazine, 1988/mid-12
マイクの選択	Too Bad!	The Microverse , Bantam, 1989/11
未来探測	Robot Visions	Robot Visions, Roc, 1990/4
キャル	Cal	Doubleday, 1990/8
おとうと	Kid Brother	Isaac Asimov's Science Fiction Magazine, 1990/mid-12
ノンフィクション（短篇集収録作のみ）		
	Robots I Have Known	Computers and Automation 1954/10
新しい先生	The New Teachers	The American Way 1977/1
友人をつくる	The Friends We Make	The American Way 1977/6
お望みのものはなんでも！	Whatever You Wish	The American Way 1977/7
わが知的な道具たち	Our Intelligent Tools	The American Way 1977/10
	The Machine and the Robot	Science Fiction: Contemporary Mythology, Patricia S. Warrick, Martin H. Greenberg & Joseph D. Olander ed. Harper & Row, 1978/6
ロボティクスの法則	The Laws of Robotics	The American Way 1979/6
知能が協力して	Intelligences Together	The American Way 1981/8
序文	Introduction	The Complete Robot, Doubleday, 1982/3
新しい職業	The New Profession	The American Way 1984/5
ロボットが敵になる？	The Robot as Enemy?	The American Way 1985/4/20
	Introduction	Robot Dreams, Berkley, 1986/10
はじめに	My Robots	Isaac Asimov's Robot City 1: Odyssey, Ace, 1987/7
はじめに　人間学の原則	The Laws of Humanics	Isaac Asimov's Robot City 2: Suspicion, Ace, 1987/9
サイバネティック・オーガニズム	Cybernetic Organism	Isaac Asimov's Robot City 3: Cyborg, Ace, 1987/11
ユーモアのセンス	The Sense of Humor	Isaac Asimov's Robot City 4: Prodigy, Ace, 1988/1
	Robots in Combination	Isaac Asimov's Robot City 6: Perihelion, Ace, 1988/6
	Future Fantastic	Special Reports 1989/9
ロボット年代記	Introduction: The Robot Chronicles	Robot Visions, Roc, 1990/4

収録書籍 / 雑誌						登場キャラクター
I	R	C	D	V	日本版	
	○	○			ロボットの時代	
			○		木星買います	
	○	○		○	ロボットの時代	スーザン・キャルヴィン
			○		停滞空間	
	○	○		○	ロボットの時代	スーザン・キャルヴィン
			○		停滞空間	
			○		停滞空間	
			○		サリーはわが恋人	
			○		サリーはわが恋人	
			○		アシモフのミステリ世界	
		○		○	サリーはわが恋人	
		○		○	聖者の行進	スーザン・キャルヴィン
		○		○	ＳＦミステリ傑作選	イライジャ・ベイリ
		○	○		木星買います	
		○			聖者の行進	（スーザン・キャルヴィン）
		○			聖者の行進	
		○			コンプリート・ロボット	
		○			SF マガジン 1995/12	
		○		○	聖者の行進	（スーザン・キャルヴィン）
		○			聖者の行進	
		○	○		ミニミニＳＦ傑作展	
		○		○	コンプリート・ロボット	
			○		変化の風	
			○		変化の風	
					夜明けのロボット	イライジャ・ベイリ
					ロボットと帝国	イライジャ・ベイリ

邦訳タイトル	原タイトル（初出タイトル）	初出
みんな集まれ	Let's Get Together	Infinity Science Fiction, 1957/2
蜜蜂は気にかけない	Does a Bee Care?	If: Worlds of Science Fiction, 1957/6
校正	Galley Slave	Galaxy Science Fiction, 1957/12
ＺをＳに	Spell My Name with an "S" (S, as in Zebatinsky)	Star Science Fiction, 1958/1
レニイ	Lenny	Infinity Science Fiction, 1958/1
ナンバー計画	The Feeling of Power	If: Worlds of Science Fiction, 1958/2
停滞空間	The Ugly Little Boy (Lastborn)	Galaxy Science Fiction, 1958/9
戦争に勝った機械	The Machine That Won the War	The Magazine of Fantasy and Science Fiction, 1961/10
目は見るばかりが能じゃない	Eyes Do More Than See	The Magazine of Fantasy and Science Fiction, 1965/4
反重力ビリヤード	The Billiard Ball	If: Worlds of Science Fiction, 1967/3
人種差別主義者	Segregationist	Abbottempo 4, 1967/4
女の直感	Feminine Intuition	The Magazine of Fantasy and Science Fiction, 1969/10
ミラー・イメージ	Mirror Image	Analog Science Fiction/Science Fact, 1972/5
光の韻律	Light Verse	Saturday Evening Post, 1973/9-10
心にかけられたる者	...That Thou Art Mindful of Him!	The Magazine of Fantasy and Science Fiction, 1974/5
天国の異邦人	Stranger in Paradise	If: Worlds of Science Fiction, 1974/5-6
親友	A Boy's Best Friend	Boys' Life, 1975/3
物の見方	Point of View	Boys' Life, 1975/7
バイセンテニアル・マン	The Bicentennial Man	Stellar-2, Judy-Lynn del Rey, ed. Ballantine, 1976/2
３００年祭事件	The Tercentenary Incident (Death at the Tercentenary)	Ellery Queen's Mystery Magazine, 1976/8
真の恋人	True Love	American Way, 1977/2
考える！	Think!	Isaac Asimov's Science Fiction Magazine, 1977/Spring
最後の解答	The Last Answer	Analog Science Fiction/Science Fact, 1980/1
記憶の隙間	Lest We Remember	Isaac Asimov's Science Fiction Magazine, 1982/2/15
夜明けのロボット	The Robots of Dawn	Doubleday, 1983/10
ロボットと帝国	Robots and Empire	Doubleday, 1985/9

【収録書籍】I：われはロボット、R：ロボットの時代、C：『コンプリート・ロボット』、D：Robot Dreams、V：Robot Visions
Robots I Have Known より下はC、DまたはVに収録されたエッセイ

収録書籍／雑誌						登場キャラクター
I	R	C	D	V	日本版	
○		○		○	われはロボット	（スーザン・キャルヴィン）
○		○		○	われはロボット	ドノヴァン＆パウエル
○		○		○	われはロボット	スーザン・キャルヴィン
	○	○			ロボットの時代	
○		○		○	われはロボット	ドノヴァン＆パウエル
	○	○			ロボットの時代	
○		○			われはロボット	ドノヴァン＆パウエル
○		○			われはロボット	スーザン・キャルヴィン、ドノヴァン＆パウエル
○		○		○	われはロボット	スーザン・キャルヴィン
○		○	○	○	われはロボット	スーザン・キャルヴィン
					母なる地球	
○		○		○	われはロボット	スーザン・キャルヴィン
	○	○			ロボットの時代、地球は空地でいっぱい	スーザン・キャルヴィン
			○		夜来たる	
			○		夜来たる	
			○		火星人の方法	
		○	○		サリーはわが恋人	
					鋼鉄都市	イライジャ・ベイリ
	○	○			ロボットの時代	スーザン・キャルヴィン
			○		地球は空地でいっぱい	
		○		○	地球は空地でいっぱい	
					はだかの太陽	イライジャ・ベイリ
	○	○			ロボットの時代	マイク・ドノヴァン
			○		停滞空間	
			○		地球は空地でいっぱい	
			○		サリーはわが恋人	

アイザック・アシモフのロボット／ＡＩ作品一覧

作成：瀬名秀明

邦訳タイトル	原タイトル（初出タイトル）	初出
ロビイ	Robbie (Strange Playfellow)	Super Science Stories, 1940/9
われ思う、ゆえに……	Reason	Astounding Science Fiction, 1941/4
うそつき	Liar!	Astounding Science Fiction, 1941/5
ＡＬ76号失踪す	Robot AL-76 Goes Astray (Source of Power)	Amazing Stories, 1942/2
堂々めぐり	Runaround	Astounding Science Fiction, 1942/3
思わざる勝利	Victory Unintentional	Super Science Stories, 1942/8
野うさぎを追って	Catch That Rabbit	Astounding Science Fiction, 1944/2
逃避	Escape! (Paradoxical Escape)	Astounding Science Fiction, 1945/8
証拠	Evidence	Astounding Science Fiction, 1946/9
迷子のロボット	Little Lost Robot	Astounding Science Fiction, 1947/3
母なる地球	Mother Earth	Astounding Science Fiction, 1949/5
災厄のとき	The Evitable Conflict	Astounding Science Fiction, 1950/6
お気に召すことうけあい	Satisfaction Guaranteed (Flesh and Metal)	Amazing Stories, 1951/4
ホステス	Hostess	Galaxy Science Fiction, 1951/5
人間培養中	Breeds There a Man…?	Astounding Science Fiction, 1951/6
火星人の方法	The Martian Way	Galaxy Science Fiction, 1952/11
サリーはわが恋人	Sally	Fantastic Story Magazine, 1953/5-6
鋼鉄都市	The Caves of Steel	Galaxy Science Fiction, 1953/10,11,12
危険	Risk	Astounding Science Fiction, 1955/5
投票資格	Franchise	If: Worlds of Science Fiction, 1955/8
いつの日か	Someday	Infinity Science Fiction, 1956/8
はだかの太陽	The Naked Sun	Astounding Science Fiction, 1956/10,11,12
第一条	First Law	Fantastic Universe, 1956/10
最後の質問	The Last Question	Science Fiction Quarterly, 1956/11
笑えぬ話	Jokester	Infinity Science Fiction, 1956/12
スト破り	Strikebreaker (Male Strikebreaker)	The Original Science Fiction Stories, 1957/1

訳者略歴　1955年津田塾大学英文科卒，英米文学翻訳家，訳書『アルジャーノンに花束を』キイス，『闇の左手』ル・グィン，『火星のタイム・スリップ』ディック（以上早川書房刊）他多数

HM=Hayakawa Mystery
SF=Science Fiction
JA=Japanese Author
NV=Novel
NF=Nonfiction
FT=Fantasy

われはロボット
〔決定版〕

〈SF1485〉

二〇〇四年八月十五日　発行
二〇二五年十月十五日　二十刷
（定価はカバーに表示してあります）

著者　アイザック・アシモフ
訳者　小《お》尾《び》芙《ふ》佐《さ》
発行者　早川　淳
発行所　株式会社　早川書房
郵便番号　一〇一 - 〇〇四六
東京都千代田区神田多町二ノ二
電話　〇三 - 三二五二 - 三一一一
振替　〇〇一六〇 - 三 - 四七七九九
https://www.hayakawa-online.co.jp

乱丁・落丁本は小社制作部宛お送り下さい。
送料小社負担にてお取りかえいたします。

印刷・三松堂株式会社　製本・株式会社フォーネット社
Printed and bound in Japan
ISBN978-4-15-011485-5 C0197

本書は活字が大きく読みやすい〈トールサイズ〉です。